绿地文学丛书

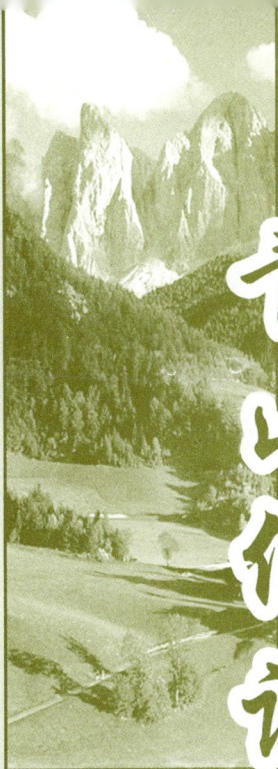

青山作证

李德明 著

黄河出版传媒集团
阳光出版社

图书在版编目（ＣＩＰ）数据

青山作证 / 李德明著. -- 银川 ：阳光出版社,
2013.8
（绿地文学丛书 / 高耀山主编）
ISBN 978-7-5525-1007-2

Ⅰ. ①青… Ⅱ. ①李… Ⅲ. ①中篇小说－小说集－中
国－当代②短篇小说－小说集－中国－当代 Ⅳ.①I247.7

中国版本图书馆CIP数据核字(2013)第203278号

绿地文学丛书　　　　　　　　　　　　　高耀山 主编
青山作证　　　　　　　　　　　　　　　李德明　著

责任编辑　冯中鹏
封面设计　邱雁华
责任印制　郭迅生

黄河出版传媒集团　出版发行
阳 光 出 版 社

地　　址	银川市北京东路139号出版大厦　（750001）	
网　　址	http://www.yrpubm.com	
网上书店	http://www.hh-book.com	
电子信箱	yangguang@yrpubm.com	
邮购电话	0951-5044614	
经　　销	全国新华书店	
印刷装订	银川市开创广告印刷有限公司	
印刷委托书号	（宁）0015449	
开　　本	880mm×1230mm　　1/32	
印　　张	8	
字　　数	180千	
版　　次	2013年8月第1版	
印　　次	2013年8月第1次印刷	
书　　号	ISBN 978-7-5525-1007-2/I•356	
定　　价	298.00元（全十册）	

目　录

一 个 兵

今天是老兵复员离队的日子。

汽车马上就要开动去火车站送人，二班长王建林却突然跳下车，向他原来住的屋子跑去，给大伙撂下一句话："无论如何，我还得再找一找，请稍等一会儿！"

关键时刻这人是怎么啦？他到底要找什么东西呢？大伙都用惊奇的目光望着他的身影。这几天，老战士忙着准备复原回家的东西，连队充满了热闹友好的气氛。昨天晚上，连队举办同乐晚会，老战士向连队深情告别，新战友衷心为老战士祝福。那些即将离开连队的老兵们，在这紧靠腾格里大沙漠的三关口生活了三四年，现在突然要离开这里，竟有点儿恋恋不舍呢。王建林和好多老兵发言时都激动得流下了热泪，惹得那些新兵也不住地擦眼睛。

连长站在车旁，焦急地看了看手表："王建林怎么还不来呀？"他说着朝前望了望，又回头说："通信员，去看看王建林找什么？帮他找一找，快一点！"

通信员转身跑去了。

王建林当了四年兵，前三年，两个人在贺兰山里的巴颜呼都格沟看守战备坑道。先是老兵带他，后是他带新兵。第四年才回到班里当班长。

通信员跑回来了，气喘吁吁地说："连长，二班长在找一个'兵'，还没找到呢！"

"什么，找一个'兵'？"

"是的，是象棋上的一个'兵'。"

连长的眉头倏然皱起来："唉呀！一个小棋子值得费这么大劲嘛，我们还要赶火车呢！文书，你去我屋里，把我那副棋拿来送给二班长；通信员，你再去一趟，叫二班长马上回来！"

两个人赶紧跑去了。

连长问跟前的几个战士："二班长平时是不是特别爱好下象棋？"

二班一个战士说："他看守坑道那几年，用手榴弹的盖子做了一副棋，带回来锁在抽屉里，在班里偶尔才玩一玩。"

另一个战士说："昨天晚上，二班长把他的铁棋拿出来说，最后的机会啦，咱们再玩两盘吧！以后你们就再也见不到这样的棋了……没想到最后收拾棋子时，却少了一个'红兵'，找来找去硬是没找到，不知跑到哪儿去了，真奇怪！"

连长轻轻地说："哦，是这样……"

这时候，文书抱着棋盒过来了。通信员和二班长也回来了。看王建林那垂头丧气的样子，那个"兵"肯定是没找到。连长端着棋盒诚心诚意地说："二班长，你喜欢下象棋，我这副棋就送给你，做个纪念吧！"

不料，王建林连忙推着连长的手说："不不，我不要，我其实也不怎么爱下棋，我是，我是……连长，咱们上车出发吧！"他说完就很快上了车。

汽车终于开动了。

路上，王建林显得十分懊恼，不住地念叨着："怪事，那个'兵'能跑到哪儿去呢？真是怪事……"

（原载《解放军文艺》2000 年第 2 期，《小小说选刊》
2000 年第 7 期选载，获宁夏文学艺术大赛二等奖）

心灵上的一根刺

那一年，我高考落榜，自惭形秽地回到家，但乡亲们却把我看得很高。在我们那个小山村，高中生就是很稀罕的"文化人"，算得上是祖坟里冒出来的高蒿子。

一天，二婶跑来找我，我娘也跟在后面。二婶笑嘻嘻地对我说："明娃，二婶想借你一样东西，说啥你也得答应，你娘已经同意了！"

我说："借啥？只要我有。"

"有，有，你有。"二婶依旧笑着说，"就借你的脸，一顿饭的工夫。"

我大惑不解："借我的脸？"

二婶说："是这样，人家给你根旺哥说了个对象，今天来见人看屋。看屋咱不怕，咱刚盖好三间新房。咱就怕……二婶想叫你替替你根旺哥……"

我转身就走："我不去，那不是哄人嘛！"

我娘一把拉住我："你根旺哥三十多岁的人了，说个对象不容易，你能眼看着他一辈子打光棍？快把这新褂子换上，跟你二婶去！"

在二婶和我娘的连拉带推下，我只好去了。

我和那个叫月兰的姑娘见了面，事情成了。

媒人走的时候拿了 2000 块钱，算是定亲彩礼。我知道那些钱一多半是他们家好多年来攒下的，其余都是求爷爷告奶奶借来的，的确不容易。

不久，我参军考上军校，毕业后成了军官。那一年我回家探亲，问娘："根旺哥成家后日子过得咋样？"

娘低下头抹着泪说："那年还不如听你的话不去好呢，你走后，你二婶又花了几千块钱，总算糊弄着成了亲，谁知道那媳妇天不亮就跑了，至今再没见到人面，扔了八九千块钱，连个响声也没有。女方娘家还来了几十号人上门要女儿，没完没了，闹了个昏天黑地。你二婶差点气疯了，还有你根旺哥，差点成了神经病，唉……"

从此，我心里沉甸甸的，十分愧疚。

后来，我也在当地成了家，有了一个可爱的小儿子。一天，我上街去钉鞋，坐在小凳上，把鞋递过去——咦，这人怎么好面熟，难道……我心里激动了："你，你是不是叫月兰？"

她盯住我，终于认出来了："你，你是李家沟的……"

我说："是啊。"

她后来告诉我，她有两个孩子了，男人是弹棉花做网套的。鞋钉好后，我掏出一张 100 元的钱给她："拿着，在外面不容易……"

不等我说完她就坚决拒绝："不不不，钱我不要，你同意的话，把，把你的相片给我一张就行了。"她说着擦了一把泪。

我立即把军官证上的照片取下来给了她，眼下，只有这张一寸大的照片。

她十分感激："好，好，这就好，这我就满足了，满足了。我不怨你，真的，我不怨你……"她说着说着，眼睛溢出了泪花。

最后我说："我们家在军区，星期天你们全家都来，老乡嘛。"

"好，好，我知道，我知道……"她满口答应了。

可是我没有等来她们，后来我又多次去大街小巷里寻找她，也没有再见到她。心想，我在当地大概是不会再见到她了，又想，即使找到了她，又能怎么样呢，那份儿良心债还得清吗？从此，这件事就像一根刺深深地扎在我的心灵里，略一碰它，就一阵发疼。

（原载《解放军文艺》2000 年第 2 期）

诀　别

小草结籽，树叶落地，秋天来了。

黄土高原上的雷庄村，慢慢地隐入暮霭之中。占河家的土炕上，70多岁的老母亲正处在弥留之际。她已经好几天粒米未进，只咽了几匙橘子罐头水。她一会儿闭上眼昏睡，一会儿睁开眼念叨："占海，占海……你在哪儿，你在哪儿？"

占河知道，娘是想见哥哥一面。哥哥在大西北一个给水工程团当连长，前些日子来信说，他们正在腾格里大沙漠边缘的一个村子里扶贫打机井，那里不通电话，一封信要走十几天，眼下无法跟他联系。听到母亲又一次叫哥哥，占河忙附在她耳边说："妈，我哥很快就会回来的，你别着急，再等一等。"

"电、电、电报……"母亲用十分微弱的声音说。

"发了，发了，都连着发三封电报咧！"

"哦，那、那就等……"

占河擦了一把眼中的泪，问："妈，你想吃啥，我给你去买？你等我哥，就得吃东西。"

"不、不想吃，我就想……见你哥……"

占河把一匙橘子水送到母亲嘴边："妈，你再喝点。"母亲微微张开嘴，橘子水大半又从嘴边流出来——她吞咽已经很困难了。"你哥，咋还、还不回来？"她说着又昏睡了。

占河妈疼儿子是全村有名的。占河爹去世的时候，占海6岁，占河4岁，她硬是默默地把两个儿子拉扯大。占海刚上学的时候，她天天把儿子送到学校，放学后再接回来。天热时，就拿一把大蒲扇跟在后面，一边走路一边给儿子遮阴扇凉，怕把儿子晒着热着。那一年，占海参军要走了，她把儿子送到村外。后来整整一个多月，她经常站到村头上张望，好像儿子一会儿就会回来似的，嘴里还不住地自言自语，到底说些啥，别人也听不清，那模样怪吓人的。村上人见了，就对占河说："你妈又在村头上站着呢，快把你妈叫回去吧。"

……围在炕边的儿子、媳妇、孙子，还有占河的舅舅、邻居，都在不停地擦眼泪。

舅舅把占河拉到院子，说："你哥在部队上带兵当连长，正忙得不可开交，再说也……我看他十有八九回不来，咱们这样等下去怕是不行，叫你妈白难过……"

占河哽咽着说："我也知道我哥回不来，可是……舅，现在你说吧，你说咋办就咋办。"

舅舅说："那这样吧，你靠近点。下午我听说，李家沟……"舅舅说完，占河点了点头。

天黑酽了。舅舅给屋里点上了一盏煤油灯，他把灯焰弄得很小很小，没有黄豆大，小屋里显得又昏又暗。占河娘忽然睁开了眼睛，看着油灯说："灯，电灯……"

占河舅舅说："刚才停电了。"

母亲转过头去，又叫："占海，占海……"叫着叫着又昏睡了。

过了一会儿，舅舅在占河娘耳边叫道："姐，你快醒醒，快醒醒，你老大占海回来咧，你快看看！"

占河娘很快睁开了没有多少光彩的眼睛。

舅舅又说："姐，你快看看，占海回来咧，就在你边上站着哩！"

老人慢慢转过了头，果然看见大儿子穿着一身绿军装，戴着大檐帽，站在炕边。只听他大声哭叫："妈——"就伏在母亲身边泣不成声。

老母亲用非常微弱的声音说："占海，叫妈看看你的脸，叫妈看看……"儿子把脸抬起来，母亲看着他，又用手在他脸上摸着，说："你远路、回来，身子乏，就、就坐到妈跟前歇、歇、歇……"她抓着儿子的手，突然松开了……她就这样咽了最后一口气。

屋里立即传出一片悲痛的哭声。

舅舅把小外甥拉起来："占河，快把军装脱下，赶紧去还给人家。"

占河抹了一把泪，说："哎，就去！"

（原载《宁夏日报》）

让　座

　　回到阔别四年的父母身边，我就急不可待地跑到街上，要尽情尽意地看看我千百回魂牵梦绕的凤凰城。

　　挤上了公共汽车，我抬起一只手抓住车顶上的拉杆，稳住身子。虽然车上人很多，没有座位，但我心里依然很高兴，回到生我养我的故乡，一切都叫人感到新鲜、愉快！

　　忽然，汽车颠了一下，我的身子不由自主地随着一晃，左侧空空的袖管打在邻近座位上一个姑娘的脸上。她在阅读英语书本立即抬起头看了我一眼。

　　我赶紧赔不是："对不起，我不是故意的。"

　　"没关系！"她的声音非常友好，充满了谅解。她的目光停留在我的空袖管上，"来，您请坐！"她说着，收起书本，从座位上站起来，让到旁边。她的举动使我很敬佩，但我不好意思让她站着而我坐下："不不，还是你坐吧！"叫一个大姑娘给一个小伙子让座，实在太难为情了。可她态度又很诚恳，再推让就辜负了她的好意，我终于坐到了座位上。

　　她后来一直站在我的旁边，看那本《英语九百句》。

　　我在南方边境自卫反击战中被敌人的地雷炸断了一只胳膊，尽管我曾承受过巨大的痛苦，但这会儿我的心里非常甜。我幸福地感受到：故乡人真好！知道疼爱一个负伤归来的战士……我坐在座位上，心里激动不已。

我任凭思绪飘游，没注意车已在一个站上停下，直到汽车猛地开动时，我才发现她已经不在了。我急忙向窗外望去，看到她已经离开了车站。忽然，我的脸上"发烧"了——我看到她走路时身子一歪一歪，她的一条腿是跛着的，原来她也是个残疾人……

很久很久，她的身影一直留在我的脑海里。

（原载《银川晚报》）

七十颗黄豆

大概每个人都吃过药，但是妈妈那次吃药却叫我终生难忘。

20世纪60年代初，全国遭灾没粮吃，那时我十多岁。

那年春天，家乡黄土高坡上一片荒凉景象，没有一点儿生机。母亲整天为我们全家人的生活忙碌，由于生计艰难，母亲终于积劳成疾，一病不起。全家人吃了上顿没下顿，既没钱给妈妈买药治病，也没有什么好吃的补充营养，她的病就一直不见好转。一天，在邻人的劝说下，妈妈请先生开了药方，求人借了些钱，叫我到镇上去买药。

我急急忙忙跑到镇上，找到药店，把药方递上去，只听算盘噼里啪啦一阵响，那个人大声喊："拿钱来！"

我瞪着急不可待的眼睛，慌忙把紧握在手里的一把钱递上柜台。那人数了数说："药费三块八毛三，这还不够两块，再拿！"

我赶紧说："就这么多钱。"

那人把钱和药方推出来，极不耐烦地说："去去去，把钱拿够了再来！"

我呆呆地在柜台前站了一会儿，知道没什么指望了，才无可奈何地往回走去，心里恨恨地骂那个卖药的。

回家的路上，要穿过一条土公路，打老远我就看见一群孩子在抢什么东西。我立刻意识到一定和吃的有关，于是奋力跑过去。一看，大家正在路上抢大概是从汽车上掉下来的黄豆。我毫不犹豫，趴在地上拼命地捡起来。由于来得晚，紧捡慢捡，只捡了两小把。我用手紧紧地抓住装有黄豆的小衣袋，异常兴奋地往回走。路上，我按捺不住激动的心情，把捡来的黄豆数了三遍，每次都是不多不少正好七十颗。

我满头大汗地跑到家，给妈妈说了买药的经过。妈妈好像早就料到了似的，轻轻叹了口气，吩咐我把借来的钱再还给人家，就躺在炕上，一句话也不说了。

我把钱一一送还给人家后，来到伙房，在灶膛里塞了柴草，把捡来的黄豆放到锅里煮熟，然后连豆子带水盛了大半碗，双手端到妈妈的土炕前，说："妈，你把这些豆子吃了。没买上药，吃了这些豆子你的病就好了。"

天知道站在旁边的弟弟是怎么想的，竟也跟着说："妈，你吃，这些豆子就是药！"

妈妈看着碗里的黄豆，听了我们的话，立刻泪流满面，猛地把我们搂在怀里，泣不成声地说："我娃真乖，我娃真乖……"后来，妈妈坚持把豆子分给我们兄弟吃了，她只喝了两口汤，算是吃了一次药吧。

几十年来，这件事时常在脑海里浮现。几乎我每次服药都会想到那七十颗黄豆。

（原载《解放军文艺》2002年第2期，获宁夏小说征文优秀奖）

一阵奇怪的风

政治部的中校干事郑文斌拿着文件夹，迈着轻快的脚步，来到了贾政委的办公室门口。他前后看了一眼，没有什么人，就来了个深呼吸，稳了稳神，想象着自己敲门进去，然后举手敬礼，然后政委非常和蔼可亲……于是，他挺起胸部，喊了一声："报告！"

门内应了一声，他轻轻地推门进去，敬了礼，递上文件夹，恭立一侧，等候批示。政委手拿红铅笔，一行一行看得很细。

忽然，政委不知想起了什么事，抬头对郑干事说："小郑，你到隔壁把王处长给我叫来。"郑干事正要走，政委又说："唉！算了算了，还是我去给他交代吧，你在这儿等一会儿。"说完，他就出了门。

郑干事端端正正地站在那里，望着政委堆了很多文件的宽大的办公桌。忽然，窗口吹来一股风，把桌上一张报纸和政委的一个深绿色笔记本吹到了地上。郑干事知道这种笔记本是军区为首长统一印制的保密笔记本。他急忙上前，把报纸和笔记本捡起来，放回桌子上。

正在这时，门一响，政委回来了。

郑干事回过身，对政委说："刚才一阵风把笔记本吹到地上了。"

政委看了他一眼，说："没关系！没关系！没什么保密的，没关系！"

郑干事的目光紧跟着政委，又说："刚才，突然吹进来一股风……"

这时候，政委已经坐到了椅子上，斜过脸又看了郑干事一眼："不要紧，没关系啊。"

郑干事心里觉着有点……就又说："刚才，不知怎么搞的，忽然就进来了一阵风……"

政委又一次抬起头："我不是给你说了嘛，没什么关系嘛。"说着，他在文件上签了字："好了，拿去吧。"

郑干事接过文件夹，总觉得心头有点小疙瘩，就红着脸，有点紧张地说："政委，刚才、真是，从、从窗子那儿吹进来一股风……"

政委看着郑干事，说："你这小郑今天是怎么啦？我不是给你说过了嘛，没关系呀，你还让我说什么？好啦好啦，就算是从窗口忽然吹进来一股风……这总行了吧，去吧去吧，快去吧。"

郑干事连敬礼也忘了，转身出了门。

连他自己也不知道他是怎么回到办公室的，他坐在椅子上，怀里抱着那个文件夹，脑子里一直在回想刚才在政委办公室的情景和政委说的每一句话。唉，这该怎么办啊？说什么也不能给首长留下那么一个印象呀！

郑干事一个人在办公室，把手狠狠地砸在大腿上，在心里说："真邪门！真要命！那股讨厌的怪风，你为啥早不吹晚不吹，偏偏要在那个时候吹呢！你那个讨厌的笔记本，你干嘛早不掉晚不掉，偏偏要在那会儿往下掉呢！"接着又想：

现在可倒好，你一个堂堂副团职干事，还讲究是什么模范共产党员，是什么优秀机关干部，是什么自学成才标兵……你竟偷看首长的保密笔记本！你、你、你，你这是什么思想品质？你算是什么政工干部？这今后还……先不说下一步提升处长的事，就说今后咋见首长呀……要不，就主动去找首长，再诚恳地说明一下：当时的确是忽然间从窗口吹进来一股风……可是，如果去了，首长会怎么想……他越想脑子越大……

有好几次，他不知不觉地走到了政委办公室的门口，可不知怎么鬼使神差地又回来了。

接下来的几天，郑干事脑子里老是盘旋着笔记本的事，心头的思绪简直成了斗大的线团，缠起来没个完：再找找首长……到底去？还是不去？

从此，郑干事总是情绪恍惚，心神不定，睡觉不稳，吃饭不香。妻子看他神色不对，就问："你这是怎么啦，出什么事了吗，整天魂不守舍的？"

郑干事总是说："没事，没事。"

年底，郑干事被通知转业。

一天，政委忽然打来一个电话，叫他过去一趟。

他到了政委办公室，政委非常和气地拿出一个保密笔记本递给他："来，你要走了，也没啥好东西，就送你个笔记本，做个纪念吧。"

他望着政委，呆呆的站在那里，什么话也说不出来。

（原载《新消息报》）

给嫂子敬个礼

贺兰山守备团五连连长刘国良，扛大包提小包，一路风尘仆仆，终于回到了连队驻地伊利盖图（蒙语意思：一棵树）。他虽然人瘦了，脸黑了，但仔细瞧瞧就会发现，他的心情特别好，甚至还有那么一点点得意。

饭后，刘连长把通信员、文书叫来："去，把包里那些东西给各班都分点！"两个人提了包兴冲冲地出了门。

分给各班的花生、核桃、大枣、糖块还没吃完，"消息灵通"的人士就传开了："知道连长为什么这么高兴吗？双胞胎，一下子生了俩胖小子！"有人马上附和："就说嘛，连长这次回来咋这么来劲呢！"有人甚至连双胞胎的名字都打听到了："知道吧，大的叫大龙，小的叫小龙！"

日出日落，斗转星移，眨眼间大半年过去了。

刘连长的妻子李若苹是老家镇上的小学教师，来了封电报，要到山里来度暑假。这天下午，通信员驾驶连里的"驴吉普"，从40里外的停车点把李老师接回来了。

晚上，几个好热闹的战士想到临时家属房看看连长的大龙和小龙，通信员赶忙拦住他们，拉到一边，小声说："只有一个……"

大伙一脸疑惑，悄悄地回去了。

小屋里，李老师热泪盈眶的对刘连长说："国良，都是我不好，我对不起你，我没带好小龙……"

刘连长忙哽咽着说："不不不，别这么说。说到根子上其实都怨我，要是我在你身边，咱们两个人照看，也不至于……"他看了看熟睡的孩子，扶住妻子的肩："不是信上早就说好了吗，咱以后再不提这回事，咱们尽心尽力带好大龙吧！"

她擦了一把泪："我已经叫他龙龙了。"

刘连长赶紧说："对，就叫龙龙，叫龙龙好，叫龙龙好。"

没几天，全连都知道了：两个月前，大龙忽然半夜发烧说胡话，李老师急忙把他送到医院里。大龙刚刚没事了，小龙又得了肺炎发高烧，李老师忙前忙后，管了这个看那个，但小龙的病比大龙更严重，最终没治好。

这天中午，开饭号响了。全连人员站好队，值班排长把队伍带到了李老师临时住的屋门口。连长在里面听到动静，急忙跑出来，李老师也跟了出来。还没等他们明白是咋回事，只听值班排长喊道：

"向连长敬礼！"

"唰——"全连一个动作。

"向嫂子敬礼！"

"唰——"全连又是齐整整一个动作。

连长嗔怪地看着排长："你们这是干什么嘛！"他说着说着鼻子酸了，"谢谢大家，谢谢大家了！"

李老师的热泪早下来了："快别这样，我知道大家的心，快回去吃饭，快别这样，别这样……"

可是，全连官兵还是站在那里，久久不肯离去。

彩色名片

这天，是今年连队老兵复员离开贺兰山的日子。

这批南方老兵 10 点登车，行李早就收拾好了。这会儿还不到点，大伙儿就扎在一堆忙着道别。说话间，三班班长赵元突然拿出一摞彩色名片来，一边给大伙儿发一边说："战友们，今后多联系，欢迎大家去家乡做客，谈生意！"随后他又真诚地笑着对我说："指导员，不好意思啊！"

我手里的名片上印着：大华服装有限公司副总经理——赵元。赵元的父亲办了一家服装厂是全连都知道的，他在学习大会上谈感受时提到过。看得出来，大家拿着赵元副总经理的名片，都觉得有些突然。特别是有几个复员战友看着名片，一个个直像"张飞穿针线——大眼瞪小眼"：明明是个班长嘛，咋一眨眼的工夫，就变成个"副总"了！

大个子王建虎晃着手中的名片说："赵元呀赵元，没看出来啊，人还没到家，就把名片都印好了！"

"不不不，"赵元忙解释道，"这是前些天，我父亲给印的，让我给大伙留个联系方式！"

作为千万富翁的儿子，他当初来当兵的事，曾在部队引起过一场大讨论。他当新兵下连不久，他父亲就来过连队，对我说："我送儿子来部队，一不想考军校，二不图学技术，就是

想叫他好好学做人，去掉他身上的臭毛病！再说啦，现在独生子女非常多，可大家都有保家卫国的义务啊！"据他说，赵元在家时就跟着他经营服装厂，没受过创业的艰难，花起钱来大手大脚，成天和他的那帮狐朋狗友逛歌厅、泡酒吧，咋整也没用。本想把厂子交给他，可实在不放心。最后他坦率地说："说实在话，我们家不缺吃、不缺穿、不缺钱，就缺教养。都说军营是个大熔炉，我就把他交给你们了！"

岁月如梭，三年时间很快就过去了。

前不久他父亲联系生意路过，到连队住了三天，还给大伙每人送了一件背心。其实，他是特意来连队"考察"儿子的。最后，他兴奋地说："这次我来仔细看了看，真不敢想象，儿子会在部队上入了党，还当上了班长，就跟变了个人一样……"

赵元留下的名片让我想了很多很多，这是我保存的所有名片中最难忘的一张。

大家热热闹闹地说个没完，趁大伙不注意，来自大西北六盘山区的老兵刘拴娃红着脸悄悄地塞给赵元一个折叠好的小纸条，小声说："班长，没人了你再看！"

刘拴娃是第二天离队，晚上，我想问他：那纸条上到底写了啥，没好意思问。后来又想问，犹豫了一会儿，还是没有问。

（原载《宁夏日报》）

大漠英魂

　　天气火辣辣的，十分闷热。

　　算起来，那是 1936 年的秋天，她们红军妇女团在河西走廊浴血奋战，弹尽粮绝，最后被马步芳匪部打散了。那天晚上，衣衫破烂，沾满血迹的陈美珍、李秋兰和吴玉萍走在了一起。月光下，三个人心里都十分难过。她们商量了一会儿，决定向东走，去延安。

　　可是，她们都是南方人，马步芳匪徒沿路设卡，一旦发现外地口音，立即抓走。陈美珍担心地问："咱们怎么走呀？能闯过去吗？"吴玉萍望着茫茫大漠说："不到延安心不甘，我们从腾格里大沙漠往东走，只有这样才能躲开马匪，我们只有这一条路！"大家都同意了。

　　第二天，她们遭遇当地土匪武装，李秋兰被抢走了。

　　于是，陈美珍扶着快临产的吴玉萍走进了大沙漠南缘，继续向东跋涉。

　　大漠茫茫，烈日炎炎。

　　她们没见到一个人，没看到一棵树。后来的那几天，她们粒米未进，滴水未沾，嘴唇上结了一层层黑血痂，连说话的力气都没有了。由于又饿又累，吴玉萍跌倒在沙漠上，她的儿子也提前出世了。当孩子发出哇哇的哭叫时，母亲已经昏迷，陈

美珍慌得不知如何是好。吴玉萍好不容易醒过来，听见孩子哭叫，急忙把乳头送进孩子嘴里，孩子立即使劲吸吮着。可是母亲哪里还有奶水啊，孩子吐出乳头，凄惨地哭叫起来……

吴玉萍满眼是泪，心如刀扎！

没有奶，没有水，就喂血——她不顾陈美珍的阻拦，毅然用她们唯一的一把大刀割破乳头，鲜血立即流了出来，她赶紧把乳头送进孩子嘴里。孩子一吸，她就疼得浑身一抖。也许是鲜血的腥味太重，也许是母亲乳房里的血也干枯了，孩子刚吸了两口，就吐出乳头，又一次嘶哑地大哭起来……他哭着哭着，声音越来越弱，越来越弱……

万里晴空，赤日当头，大沙漠酷热难熬。

吴玉萍一下一下地张着口哭泣，可是嘴里已听不到一丝声音，眼里也早就哭干了泪水。

吴玉萍的孩子就这样匆匆来到人间，没吃一口奶，没沾一滴水，就永远地离去了。

吴玉萍和陈美珍手捧热沙掩埋着小尸体，母亲的手没有停，一个劲地埋，一个劲地埋，直到她的手再也举不起来，永久、永久地陪伴在孩子的身旁。

这时候，她的丈夫曾团长也在河西走廊的激战中牺牲了。

陈美珍昏迷后，侥幸被一个拉骆驼的人救走了。

后来的几十年，她就一直在寻找李秋兰，直到八十年代初，才得到了她的消息。这时候她已经是一位名副其实的藏民了。当时，她被那些人抢去后因极力反抗，被剁去了左臂。

那年，在时隔50多年后，年近80岁的陈美珍在儿子的陪同下，又一次来到大西北的腾格里大沙漠，专门探寻吴玉萍她们母子俩。她站在那里，眼含热泪，一遍又一遍地念叨："她们在哪里呢？她们在哪里呢？"

　　她在那里站了很久很久，不肯离去。

（原载《宁夏日报》）

送你一尊铜雕像

省城要召开一次抗日战争胜利纪念大会，报社就有几个记者来到干休所，采访省军区原司令员康铁环将军。他虽然已经七八十岁了，但看上去依然身材魁梧，精神矍铄；说话声音洪亮，干脆有力；四方脸膛上胡须刮得光净，头上白发向后梳着，很整齐，看得出他是一个生活作风很严谨的老人。记者们忙乎了大半天，最后，老司令叫公务员从楼上抱下来一个红木框的玻璃盒子，放在茶几上，爽朗地说："你们看，这就是我们当年缴获的那把军刀！"几个人一看，又是拍照，又是摄像，赞叹不已。

记者们走后，老司令心里非常高兴，又把目光停留在那把不同寻常的军刀上。退休十多年来，不，也许几十年来，他几乎与这把军刀没有分开过。他走到哪里就把它带到哪里，与它有着一种特殊的亲密关系。虽然他给这把军刀做了一个非常精致的盒子，但军刀平时大半还是悬挂在卧室的墙壁上，以便可以随时瞅上一眼。在他的生活中，几乎每天都少不了两个程序：早上一睁眼，先看上一眼军刀，然后就吸烟；晚上临睡前吸完烟，再看一眼军刀，最后熄灯。这个习惯，他一保持就是几十年！

他时常坐在沙发上默默地对望着军刀。他守着它的时候，其实也在守着一个隐秘的精神堡垒。对心中那独特的境界，他给谁也没有诉说过。即便是跟他生活了几十年的老伴，他也没有诉说过。不是他不愿意说，是因为深藏心中的那个情结说不清。他觉得，有些东西虽然在心里可以任意驰骋，但往往用嘴说不清。一旦说出来，那意境就有相当一部分被损耗了。老伴不止一次地说过："不就是缴获的一把旧军刀嘛，你看你，看得比老婆孩子还亲近！"他和老伴是刚解放那会儿结的婚，那时候她是个青年学生。每当她唠叨的时候，老司令总是一句话："你不懂！"

过了两天，省报上发表了采访老司令的文章，自然还有他和那把军刀的照片。

这天下午，小儿子建军带着个人回来了。一进门他就介绍说："妈，这是省拍卖行的贺经理，我的好朋友。"接着又介绍说："这是我妈。"旁边的贺良看上去三十七八岁的样子，身材健壮，西装革履，头上油光闪亮，一丝不乱。他见建军介绍自己，忙说："阿姨好！"

建军又问："我爸呢？小贺想见我爸。"

母亲说："在楼上画画呢！"

老司令退休后开始学作画，先上省老干部局办的老年大学美术班，后来又上北京的书画函授大学。他只画马，而且追求一种神似，所以他画的马有点抽象。近几年好多人都冲着他的画技和名位来求画，有人还主动付给报酬，但他分文不收。凡是来人来电，一概有求必应。

建军指着沙发对贺良说："你先坐会儿，我上去看看。"

老司令正在楼上书房挥毫作画，听见楼梯响，就把头转向门口，一看是小儿子建军，就又把头转过去。

建军到门口叫了一声："爸！"

老司令没有转头，不冷不热地应道："嗯。"

他不喜欢这个小儿子。

他有三个儿子一个女儿，本来除了老伴在省妇联工作外，全家都是军人。女儿、女婿都是军医，大儿子是个军分区司令员，二儿子当处长，就这个建军最小，也当上了副团长。本来，老头子心里暗暗的有点喜悦，这正是他所期望的家庭成色。

过去，他是最疼爱建军的。跟两个哥哥不一样，这小子特好动。老大、老二都很忠厚，很稳重。就这老三小时候就有股天不怕地不怕的劲头，经常跟小朋友打架，弄得鼻青脸肿的回来，但从来不哭，问啥也不说。有时候还充当哥哥的保镖，谁和哥哥一吵架，他就往上冲："想干嘛？想干嘛？"一副公鸡叨仗的样子。上下楼总是蹦蹦跳跳，没有好好迈过步，弄得楼梯咚咚响。上学路上，别人是背着书包走，他是抢着书包走。要么就是来回踢上一个足球，边走边玩。

还是建军上初中的时候，有个星期天，他和老伴到营院外面散步，看到路边一块空地上围了好多人，老伴出于好奇，拉着他说去看看。开始看了一眼，他感到没啥好看的，就对老伴说："走，玩自行车有啥稀奇的，回！"老伴一把拉住他，尖叫道："你看，是咱们家三儿！"回头一看，还真是那小子。只见他骑个自行车，一会儿飞速疾行，一会儿猛地刹住；一会儿前轮子腾空，只用后轱辘行进；一会儿人从车上跳下，车子照样飞行，转上半圈，人又倏地窜上去……

老伴一下子变了脸："这贼小子，还说是去学校补课，原来在这儿耍杂技……"

他连忙拉上老伴往回走："快走快走，孩子嘛。"

建军上完高中当了兵，又上了三年军校，当上了干部。

他喜欢老三那种气质，总觉得在老三身上能看到自己的一点影子。他心里曾想，老三这块料子，只要引导对路，说不定还真能在军营里弄出点动静来，将来超过两个哥哥！果然，这小子从排长连长干起，三十出头就当上了副团长。他心里暗暗高兴，老大、老二都在省军区系统工作，终是前程有限，唯这老三在野战军闯天下，而且自己原来也在这个军营工作过，对建军来说，可谓天时地利人和占尽，正应了军营里的一句话："年轻资格老，神仙扳不倒！"

可谁料到，神仙扳不倒，他自己却把自己扳倒了——非要转业去下海经商！一石激起千重浪，全家人都反对。可任凭家里闹翻天，他还是脱军装转业了，和几个哥们弄了个什么神州文化传播公司，自任总经理。

为此，老司令半年没理他。

公司成立后，一帮哥们赤膊上阵，偷偷地动用老爸北京老战友子女的关系，请来毛阿敏、孙悦、满文军、阎维文、朱军等大牌名星，轰轰烈烈地搞了几场晚会。前不久，天知道他们通过什么渠道，竟把俄罗斯的白桦歌舞团也给弄来了，一张甲票卖到了980元。建军给爸妈送回两张票，老妈拿着票像烫手似的摇着说："要是叫我买票，98元也不干，你们还让老百姓过不过日子了！"建军嘻嘻哈哈地说："谁不让你过日子啦，世事大着呢！告诉你吧，整个座无虚席！"建军和他那帮哥们着实好风光了一阵子。本来事情要是一直这么下去自然没说的，谁料想最近一场晚会却因演员车祸给搞砸了，只好临时借了几十万元，才堵上了窟窿。

建军笑嘻嘻地又叫道："爸，你最近身体还好吧！"

老司令继续做他的画，头也不抬："你来干什么，准没好事！"

老伴知道这爷俩到一起就针尖对麦芒，一个见不得一个，就赶紧跟上来，接口说："孩子好不容易回来一次，你就知道没好事？"

老头这才回过头来："说，你到底有什么事？"

"爸，是这么个事，"建军说着，故意搓着手，装出一副诚惶诚恐的样子，"我有个朋友，看了报纸上登的采访你的文章和军刀的照片，说了好几次，想来看看军刀开个眼界。人现在正在下边坐着呢，你看……还是让看看吧。"老头子一听是这么回事，情绪立即转好，脸上也很快解冻了："那好吧，你把军刀取下来，放在盒子里端上吧。"

建军连忙小心翼翼地从墙上取下军刀，放进红木玻璃盒内，抱着下楼来。老司令本不想跟上去，可别人拿走他的军刀，就像扯动他的哪个器官，还是身不由己地跟上下来了。

他不能离开他的军刀！

到了客厅，贺良忙站起来，恭恭敬敬地说："叔叔，你好，我是小贺。"

老司令抬起手："好好，坐下坐下。"

建军把军刀放到茶几上，给父亲介绍说："小贺是省城五洲拍卖行的经理，对各类古董文物很有研究。"

贺良立即伏在军刀盒上端详起来，康建军指着刀柄对贺良说："你看这儿，完全用白色鲛鱼皮包裹，青铜镀金，丝带缠绕，手工精心锻制。你再看看这儿，有三朵并蒂相连的樱花铜饰，日本军刀的特征！"

贺良说："这樱花做得真好看！"康建军又指着一个地方说："你看这儿的丝带，是金色的，证明这把军刀是将军级的；还有红的、蓝的，那是佐官、尉官级的。知道吧，日本佐官相当于我们的校官。"

老母亲在旁边说："就你知道的多，让你爸说吧。"

"对，你有啥不明白的，就问我爸，我爸差不多是个军刀专家了。"

贺良抬起头说："叔叔，听建军说，这把日本军刀是您亲自缴获的？"

老司令点了点头说："是啊，是侵华日军松井将军的指挥刀！"随即，他又指着军刀说："其实，这把军刀不是原装配套的。日本军队当时有个通行的规矩，刀鞘是统一配制的，刀刃可以自己选配。当然，选配刀刃的多是名门贵胄。松井的祖先曾是高级军官，他的这把刀刃是他们家祖传的名刀。"他说着拉开了刀鞘，"你们看这刀刃，这里刻有'广光'两个字，据日本仰木弘邦先生《古刀铭尽大全》记载，这是日本广光、广正、广次、秋广四大名刀系列之一，是日本古名匠冈崎的正宗传人手工精制的。日本军刀的比例一般是1:4，而这把军刀的比例是1:2.36，便于双手持握砍击。这把刀配上这个鞘，全长101公分，里里外外，大大小小，一共31朵樱花图饰……"

贺良出于职业习惯，对这把军刀已经是五体投地了。他拿起军刀，这儿看看，那儿瞅瞅。又来回拉动刀柄，发现刀刃和刀鞘之间，简直就像煮熟的蛋黄和蛋白一样严丝合缝，令人叫绝。

贺良在老司令家里几乎逗留了一个下午，最后，康建军将他送到门外，二人又嘀咕了好一会儿，贺良才上了车。

今天，老司令的心情特别的好。

晚上，建军陪着父亲看新闻联播。这是老司令几十年不变的另一个习惯，雷打不动。看完新闻联播，建军就往父亲跟前凑了凑，说："爸，我想给你说个事。"

老司令不紧不慢地说："要是还让我发挥'余热'，为你找领导说情，趁早别开口！"

"不是那回事。"建军嬉皮笑脸地说，"是这样，下午来的那个贺良，他们公司要在最近搞个大型拍卖会，专门从香港请来了拍卖师，按惯例拍品要预展三天。他们想借你的那把军刀，一起展览，提高展品档次，用后归还，最后付给你佣金，你看行吗？"

"我的军刀只在家里保存，不在外面出风头！"老司令头也不回地说。

老伴自来向着儿子，急忙说："借几天嘛，也不是要你的，叫人家说一个老将军就那么小气！再说，这也是宣传你们老军人的光荣嘛！"

母子俩缠磨了一阵子，老司令终于吐口同意了。

康建军的生意一下子翻不了身，原来欠人家的债自然也还不上，债主三天两头找上门，弄得非常狼狈。正在他万般苦恼的时候，贺良还军刀来到他的办公室。一见面他就兴奋地说："哎呀哥们，我这次可得好好的谢谢你啦，这把军刀可是给我们争面子了。"贺良坐到沙发上，扔给建军一支烟，自己也点上一支继续说："好多人都很喜欢这把刀，还有一位不肯透露姓名的先生打听了好几次，你猜怎么着，他想收藏这把刀！"

建军不咸不淡地说："要不然我能给你推荐吗！"

"够哥们，够哥们！"贺良这才注意到康建军好像有心事，情绪不对头，一问才知道是公司的事，就说："唉呀！看把你愁成这样了，不就是几十万元的事吗，我说你这样……"随后，他给建军出了一个点子。

康建军把军刀带回家，还给了父亲，自然少不得把贺良介绍的情况尽情发挥赞美一番，说得父亲和母亲满脸高兴。趁着老爸情绪不错，建军笑着脸说："爸，给你透个信息，贺良有个建议，你这宝贝可以参加拍卖，准能卖个好价钱……"

"什么？拍卖？"老司令盯着儿子，瞪起了眼睛。

"是啊，据贺良估计，少说也卖个八九十万。要是在香港拍，至少也在 200 万上下。"不管父亲高兴不高兴，建军还是趁机把自己认为最关键的话全说出来。他认为，能否最终说服父亲，一定要让他了解这件东西的价码。

"你小子给我听着，1000 万也不卖！"父亲用手指着儿子说。

建军继续嘻嘻哈哈地耍赖："爸，你不是一天总给我们说，金钱、名利都是身外之物，都要看淡点嘛，现在一把军刀你就舍不得啦？何况是卖，不是要，是有回报的！"

"那是两码事！再说，我正是看淡金钱才不卖这把刀的！"

"那放在家里也不是闲放着吗？"

老司令激动了，伸手指着建军："我告诉你，只要我活着，我就让它放着。我活一天，就放它一天。我再告诉你，你少打它的主意，想卖它，妄想！"

建军一看没戏了，脸上就阴沉下来，低了头，不再言语。父亲看着他，继续说："好好的一个人，怎么一下子就变得满脑子都是钱钱钱，只有个钱！你小子可给我小心点，凡事都有

个度，可别掉在钱眼里上不来了！"

建军这会儿心里也有点气不顺，情不自禁地辩解道："我既然经商，就是个商人，自然就离不开跟钱打交道，你不是说过吗，干啥就得吆喝啥嘛，这是我的本职工作呀，是我的职业特性决定的。这跟我过去是个军人，就得谈枪论炮是一样的。"

老司令一听建军的话，心头忽地冒起一股无名火："好啦好啦，现在我是个军人，你是个商人，跟你是两股道上跑的车，咱们各走各的路，你该干啥干啥去，给我远远地走开！滚！"

老伴一听这爷俩又干上了，急忙从楼上跑下来打圆场。她知道，母女之间，一辈子总有说不完的话；而父子之间，却总有闹不完的仗。她在旁边听了一阵儿，也听出点名堂来了，就问："建军，你是不是急着等用钱？"

建军低下了头，有些难为情地说："我是想，如果我爸同意的话，拍卖的钱我先借一部分，倒手应个急，随后我就还。"

"需要多少钱？"母亲关心地问。

"三四十万吧。"

"啊？需要那么多钱？"母亲大吃一惊，"你们公司不是挺顺当的吗，咋就搞成这样了？"

听了儿子的话，父亲不由得也回过头来，看着建军，有些怒其不争地说："叫你好好当你的军人，你非要听你那些狐朋狗友的话去下海，你看看，这下有事了吧。"停了停，他又意犹未尽地说："你已经不是小孩子了，总不能到今天还靠父母吧？你自个的事情自个了断，不要跟家里瞎掺合！"说完，他就抱着军刀上了楼。

到了楼上，他打开盒子取出军刀，挂在墙上。本来好好的心境，硬是叫这小子搅得乌烟瘴气。甚至心头隐隐的有点发堵，好像被谁踩了一脚似的。他在屋里转了两圈，就坐在沙发上，久久地盯着墙上的军刀。盯着盯着就一边无意识地点着头，一边默默地自言自语："柄刃之比，1:2.36，全长101公分……"

那是抗日战争最残酷的阶段，20多岁的康铁环在八路军里当连长。经过八路军总部数十天的谋划，他们和兄弟部队以十多倍的兵力，终于将日军6000多人包围在预定地域。总攻就要开始了。伤其十指不如断其一指，总部决定分割包抄，各个击破，不惜代价，务必全歼，以扭转华东地区的战争态势。

团里召开连以上干部会，传达了上级命令。最后，黑脸团长语气更重，脸色更黑地说："大伙都记住了，上级交给我们团的任务，是直接拿下松井司令部，这是上级对我们全团的信任，无论如何必须完成。首长一再交代，千万不可轻敌。他们司令部有一个敢死队，是一块硬骨头。真他妈邪门，他们敢死，我们就怕死吗？我们哪怕十个人换他一个人，哪怕全团打到最后一个人，也要死死咬住他，吃掉他！"他习惯地在前面走了走，扫视一眼会场，黑脸阴沉沉地说："你们看看我和政委、参谋长——"他用手指着几位团首长，"我们已经换上了自己最新的衣服，你们回去后也一样，都给我拣最新的衣服穿上，散会！"

换上最新的衣服，什么意思？谁心里都明白。

总攻是凌晨1点发起的，一直打到下午5点多。康铁环的连队直插敌司令部核心部位，与守敌敢死队展开了殊死搏斗。子弹打光了，枪托砸烂了，刺刀拼弯了，全连百十号人，只剩下20多个，人人身上都带伤、都流血，个个面目全非，几乎谁也认不得谁。战场上血流成河，尸体成堆……后来，康铁环带人直扑敌指挥部最后一间房子，一齐围住了敌指挥

官松井少将。

双方对视片刻，康铁环大吼一声："放下武器！"

松井一动不动。

康铁环他们十多个人逼近一步，他再次吼道："放下武器！"

松井嗖地抽出军刀，双手高高举起，企图剖腹自杀。康铁环不顾生命危险一个箭步抢过去，用双手紧紧抓住松井的双腕使劲一拧，松井身子一抖，军刀落地。康铁环转身捡起军刀，叫道："押走！"

战评时，他们团被授予"老虎团"荣誉称号，他们连被授予"尖刀连"荣誉称号，他也荣立了特等功。

那场惨烈的战斗给康铁环留下了至死难忘的印象，同时也见识了日军敢死队的骠悍……唉，那场战斗，他们付出的代价太大了！

不知为什么，他一直非常喜欢那时候大家传唱的一首歌：

> 快点，快把酒囊给我，
> 我不需要女人的吻抱……
> 喂，别指望我造就你的胜利，
> 你的失败将是我最大的荣耀……

所有的战利品都上交了，他设法留下了这把军刀。

作为一个军人，他太想留下这把军刀了：这是我亲自带人缴获的，是我们多少战友的生命和鲜血换来的啊！当晚，他将军刀带回驻地，交给房东，郑重地说："这把刀我拜托你给我稳稳当当的放好了，除非我来取，谁也不能给，期限是两年，过了两年，你就可以随便处理了。"他当时想，在那样的年代，说不定自己哪天就战死沙场了，也许一个月，也许半年，最多两三年吧……

1945年8月14日，日军宣布无条件投降，那时候他已经是团长了。听到这个振奋人心的消息，他猛然间又一次想起了他的那把军刀。好久以来，虽然忙于战事，但那把军刀始终悬挂在他的心里。这会儿不知为什么，他越兴奋就越想把那把军刀找回来，恨不得立刻把它拿到手。

第二天，他请了假，骑了一匹马，几百里地奔回当年战斗过的地方。一路上，他又急又怕，急的是恨不能插翅一下子飞到房东家；怕的是万一房东家不在了咋办？再说，当时说的是两年为限，可现在早已过期了……

终于万幸找到了房东家，双方一下子都认出了对方。房东不等他问就十分高兴地说："康连长，你那东西还在，我给你去拿！"

康铁环心里总算舒了一口气，他激动地对房东说："你知道吗，日本人投降啦！全部投降啦！"

房东也格外高兴："是吗？"房东拿来了军刀，外面用旧布包着。康铁环终于看到了昼思夜想的军刀，一个劲地说："谢谢你老乡，谢谢你……"临走的时候，他掏出三块银元塞给了房东，当时他身上只有那么多。

从此，那把日本军刀就再也没有离开过他。

当年，他和老伴结婚时，军刀也挂在新房里。新娘子总觉得那玩意儿挂在新房里有点不舒服，几次劝丈夫暂时取下它："我一看见那把刀，心里就怪怪的……"

丈夫总是笑着说："哎，时间长了你就习惯了！"

新娘说归说，军刀还是照样挂在那里。

前几年，有一次他住院，呆在病房里总是惶惶不可终日，不停地在屋里兜圈子。转着转着，他猛然间明白了：他和军刀分开了。他很快叫人把军刀取来，人一下子安静了。

老伴看爷俩又是不欢而散，先是劝慰了儿子几句，又上楼来，对老头子说："孩子有难处，你能帮就帮，不能帮也好好说嘛，何必总要闹成这样！"看看老头子没吭声，她又说："你那东西再好，不就是一件东西吗，还能比人重要？说个公平话，自打老三扑腾以来，你可是一个条子没写，一个电话没打，一个熟人没找呀。现在他碰上了难题，我们还不该帮帮吗？你当年也不是每次都打胜仗吧？何况，他只是借你的钱嘛……"

"借？说得好听！"老头子盯着老伴，"他人呢？"

老伴心里轻松了：老头子到底动心了，终究是自己的亲儿子嘛。她满怀希望地说："在下面呢！"

老司令不再作声，走下楼来。老伴紧跟在后面。

到了楼下，老司令严肃地对建军说："我再给你说一遍，这把军刀只要我在，就绝不会卖的，不论多少钱！你也曾经是个军人，而且曾经是个不算小的军官，我想你是能够理解这把军刀在我心里的份量的。不过，现在不能理解也没关系，总有一天你会理解的。"他坐在沙发上，继续说："至于你的事嘛，你已经不小了，也是三四十岁的人了，应该哪里跌倒就自个在哪里爬起来。实在起不来，再叫我和你妈拉你一把，这么多年，我们多少还攒了点钱，能给你凑个份子。懂吗？小子？"

儿子点了点头："懂了。"

不料，老司令突然提高声音说："你懂个屁？我从眼神里就能看出来，你没懂！滚！"

老伴坐在旁边，刚才的那一丝高兴劲儿早就无影无踪了，心里越来越不对味：这老头子心肠咋就这么硬呢？

中国西部大开发，给中外商家提供了无数良机。老司令所在的省城也不例外，各种各样的经济洽谈会一个接一个，十分热闹。一天下午，儿子建军忽然带回家一帮人。那些人往那儿一站，就站出一片气势来。建军忙介绍说："这是我爸，这是省上的黄副省长，这是刘市长……"

老司令说："好好，请坐请坐，都是熟人嘛。"

老伴在旁边说："你瞎叨叨啥？熟人？你跟谁是熟人呀？"

老司令笑着说："电视上经常见嘛。"

一句话说得大伙都笑了。黄副省长四十来岁，儒雅不俗，他笑笑地说："老首长，我们没有打招呼就来打扰您，真是不好意思。好在有建军给我们带路……"

老司令接口说："套用电视上的一句话，不打招呼，该不是为了给我一个惊喜吧？"大家再次笑起来。老司令劝大伙就坐："你们都是领导、父母官，快坐快坐！"

黄副省长忙说："唉呀老首长，您可不能这么说，您当咱们省上司令员那会儿，我还在上小学呢！"

寒暄了一阵儿，黄副省长开口直奔主题："老首长，我们今天来，有件事想跟您老沟通一下。是这样，最近咱们省上刚开完一个国际经贸洽谈会，可能您也从电视、报纸上也看到了，成效比我们原来预计的要好多了。现在呢，最让我们感兴趣但是却有一些难度的一件事，就是有个日本商家，想利用我们这里的石油和天然气资源，在我们这里投资建一个大型石油化工

项目，总体投资 100 多个亿，首期投资 20 多个亿，建成后其规模目前在国内首屈一指。如果建成投产，将对我们当地和整个西部的经济发展产生重大影响。当然，经济效益也是非常可观的。现在的问题是，商家已经考察了好多地方，就西北来说，我们当地虽然在电力、煤炭、石油、天然气等能源方面有优势，但我们省地域小，人口少，工业落后，位置较偏，交通不便，劣势也很明显。因此，投资商还在徘徊，省上领导都非常着急，该使的招数都使上了，还是不能敲定。现在我们正在……"

黄副省长滔滔不绝地说着，老司令有点不大明白：这事的确重大，可是与我有什么关系呢？这些人到底是干什么来了？

黄副省长继续说："就在这两天，这个日本公司的总裁田中大荣先生忽然提出一个条件，使我们感到很高兴，看到了这件事成功的希望。"

老司令笑了："那好啊，那就再加把劲，拿下它！"

黄副省长说："原来，他的父亲是行伍出身，早年也来中国参加过侵华战争，退伍后他从事经商，把收入的相当部分都用于收藏军用品。田中大荣先生作为他的儿子，自然也成了收藏家。在咱们经贸会召开之前，他就来到省上，游览了风景名胜，又参加了省城拍卖行的活动。在拍品预展时，他看到了您的那把军刀和有关介绍，非常感兴趣，想收藏您这把刀。"黄副省长说到这里，看了看老司令，"据田中先生说，他去过世界著名的西班牙潘普洛纳市的兵器博物馆，又去过我们厦门，参观了由新加坡张荣光先生创办的胡里山兵器珍藏馆。据他说，他的太平洋兵器收藏馆的藏品不亚于那两个地方，至少是互有高下。他甚至说，他们还收藏到我们越王勾践使用过的一把宝剑呢。"

　　黄副省长刚停口，刘市长就说："当然，他也了解到，您的军刀对外不卖。此后，他经过反复考虑，给我们提出了一个条件，如果能收藏到您老这把军刀，在付给您 500 万元的同时，那个投资项目就可以和我们签字，地址就初步定在我们省城西边的青石山下。"

　　黄副省长说："现在是万事俱备，只欠东风。所以嘛，我今天代表省上陈书记、高省长先来跟您见个面，通报一下情况。"

　　黄副省长说到这儿，如释重负。对今天谈话的难度，他事先是作了充分估计的。且不说老司令是省城德高望重的老首长、老领导，单就他是个七八十岁有收藏爱好的老人来说，就不容乐观，更何况这是一位驰骋沙场、戎马一生的老将军呢！他看了看老司令，果然他的脸上神情肃穆，嘴唇紧闭，目光死死盯着墙上的一副画。

　　显然，他虽然盯着那幅画，但他脑海中根本没有那幅画。

　　过了一会儿，他才说："我不是收藏家，但田中先生的愿望我可以理解。表面上看，收藏家收藏的是一件古董，而从另一个方面说，他收藏的是一个梦想，而梦想是无价的。"老将军说着，不可理喻地点着头，随后又说："我是个军人，不是卖刀的……这个事嘛……"说了半截，后半句话被他掐掉了。

　　黄副省长不安起来。

　　过了一会儿，他又小心异异地说："田中先生的意思是，他也知道您这把军刀很珍贵，所以他主动提出，在价位上他可以让步，他提出的参考价是 500 万元人民币。您有什么想法，有什么条件，可以尽管提出来！"

　　老司令沉默了。

　　黄副省长赶紧说："老首长，这事我们只是和您商量，怎

么定，我们还是听您的。"

老司令看着他们几个人说："黄副省长、刘市长，你们大概也知道，这把军刀非比寻常，这是我们连上百名战友还有其他成千上万名战友的生命和鲜血换来的啊。它跟了我50多年。正因为有了那场抗战经历，有了那把军刀，我心中觉得我才算是一个真正意义上的军人，一个中国军人。这话也许一般人听来不好理解。还有，更重要的是，这是一场悲壮战争的见证，是一段特殊历史的见证，也是一个民族尊严的见证！你们说说，这是一个多少钱或者是一个钱多钱少的问题吗？"老司令说着，不禁激动起来："还有，如果田中先生得到了这把军刀，是不是纯粹意义上的收藏？会不会被日本国内的军国主义分子所利用？我们现在尽可以相信田中先生，那么以后呢？"

黄副省长、刘市长几个人，包括康建军听着老司令的话，不住地点着头。

老司令最后说："黄副省长、刘市长，让你们几位为这事跑到家里来，很不好意思。你们看这样，这事嘛，让我再认真考虑考虑好不好？"

黄副省长几个人忙站起来说："好的好的，老领导，我们今天对您提出这样的问题，应该是我们不好意思，都是我们的工作没做好……"

老司令忙说："哎，话不能这么说嘛……"

黄副省长一行走了后，老司令就走上楼去，取下军刀，看一看，摸一摸，不停地默默自语道："柄刃比例1：2.36，全长101公分……101公分……"

他在楼上呆了很久很久。

康建军没有走，留下来在家里吃晚饭。他没料到，饭桌上，老爸问他："建军呀，你说这事怎么办好？"

建军不摸老爸的底，不敢乱说，只好含糊其词："爸，这可不是件小事，还是你自个定吧。"

他又回头问老伴："老太婆，你说呢？"

老伴总是随着儿子转："你自个的事情自个定，我才不想在你手里留个话把子呢，再说，我们说啥你会听吗？"

老司令笑道："没那么严重吧，我在家里的作风还是很民主的嘛！"

第二天上午，黄副省长带着高省长又来到老司令家，一进门，老司令就指着黄副省长说："你这是怎么搞的呀，又拉上了高省长，恐怕都是你回去没汇报好……"

高省长忙说："老首长，哪里哪里，本来昨天我们是要一起来的，实在太忙，脱不了身，就叫黄副省长先来给您通报一下情况。"

大家落座后，老司令爽快地说："你们都不用再跑了，我决定了，这把军刀我无偿赠送田中先生！"

在场的人都出乎意料，大吃一惊地望着老司令。

过了片刻，高省长才说："老领导，不能这样啊，您老别误会，那500万的确是田中先生自己提出来的，咱们一直没有抬过价。"

黄副省长也说："您是老革命、老前辈，不管怎么说，既然刀让给他，您该收的钱还是要收的！"

看着大家的神情，老司令一字一板严肃地说："不过，我是有条件的！"

大伙又都一齐望着他，露出一副洗耳恭听的神态来，心里

都在猜测，老司令会提出什么条件呢?

老司令态度认真地说: "我的条件是: 第一, 田中先生必须在原定期限内, 兑现投资总额, 一分钱不能少。第二, 其提供的设施必须达到世界一流水平, 不能使用其国内的淘汰设备。我从内参上看到过, 我们很多企业都吃过这个亏。第三, 在他们收藏馆展示这把军刀时, 必须如实介绍它的来历, 这是我们在第二次世界大战时, 从松井太郎手中缴获的。第四, 我们必须与其签定一个具有国际法律效力的协议, 军刀只能作为永久性收藏, 永远不得用于不利于和平的军事行为和宣传, 否则我们有权收回。第五, 作为我个人, 军刀无偿赠送, 永不反悔!"

老司令说完, 一时间屋内竟悄然无声。

接着, 老司令又说: "主要内容就是这些, 具体文字嘛由你们斟酌。"

老司令这回一说完, 在场的人都一齐站起来, 高省长、黄副省长紧紧握住老司令的手, 激情难掩。黄副省长说: "老领导, 对您提出的这些条件, 我们一定和田中先生好好谈谈。"

高省长也激动地说: "老司令, 谢谢, 谢谢你! 我代表全省人民谢谢你, 也谢谢你们全家!"

省政府很快与田中先生达成协议, 他完全接受老司令的条件。田中先生坚持来到干休所当面向老司令致谢, 并应他的请求, 特意和老司令拍照合影, 以作纪念。

田中先生友好地问道: "听说你参加过那场战争, 了不起。我父亲也参加过那场战争, 他经常为此忏悔。康将军, 这次由于军刀认识了你, 我感到非常荣幸, 也使我完全明白了, 50多年前的那场战争, 我们是注定要失败的。"

最后，他竟出乎意料地对老司令说："康将军，你真伟大！"

老司令连忙摇着手说："哎呀！不敢不敢，可不能这么说！我只是个军人，普普通通的中国军人。真正伟大的，是在那场战争中牺牲的中国战士！"

后来商定，在开工典礼上正式赠送军刀。

开工典礼终于在省城黄河之滨如期举行。省上特邀老司令参加大会，他坚持不去。高省长只好再次上门迎接，说这也是为了工作，为了宣传西部大开发，为了提高本省的知名度，再说也与您有直接关系呀，如果您不去，这会就不能开……架不住省长的诚心诚意和坚决态度，老将军到底还是出席了大会。

大会上，老司令正式将军刀赠送田中先生。

接下来，田中先生捧出一尊50多公分高的头部铜雕像，双手送给老司令："老将军，这尊铜雕像是我们公司特意赠送您的。"雕像下面有一行小字：康铁环将军。背后也有一行小字：太平洋兵器珍藏馆赠。

老司令连说："太贵重，太贵重了！"可此时此地，他终是难以推辞，不得不收下它。

会场上下突然爆发出经久不息的掌声。

接着，高省长又拿出一幅字，代表省政府送给老司令。那幅字由本省书法家协会主席张老先生亲笔题写，上书四个大字：军旅名将。

三年后，大型石油化工基地正式投产，股票上市，人们都以拥有其股份而自豪。没多久，"黄河石化基地"这几个字便家喻户晓了。它成了当地的名片，也成了当地的骄傲。

在老司令的卧室里，代替老军刀的是一张大照片。老司令

时常望着那张照片，有时会突然间说道："柄刃之比，1:2.36，全长 101 公分……"常常把老伴吓一跳。

（原载《解放军文艺》2001 年第 9 期）

青 山 作 证

夕阳西下，贺兰山沐浴在彩霞中。巍峨的山峦苍峻突兀，零散的山榆树、沙枣树孤立崖头，偶尔传来几声"嘎嘎嘎"呱啦鸡的叫声。山坡上，一尺多高的野花五角梅，有红的，有黄的，也有白的，十分好看。

贺兰山显得更加幽深、更加神奇了。

一辆军用吉普车在山路上飞驰。残破的古长城、颓败的烽火台一闪而过。"再快一点！"副团长周天成此刻仍然处于悲壮而浮躁的心情中。就在一星期前，上级正式通知：贺兰山守备团编制撤销，将从全军序列中永远消失，永远！

他传达上级决定时尽量控制自己，但几次情不自禁地声音哽咽，几乎讲不下去。他的声音是催化剂，好多干部低下头悄悄地抹眼泪。后来就骂娘，天王老子谁都骂，嘴比鸡屁股还臭。但谁都明白，全军裁减 100 万人，你这两千人也许是 100 万中最倒霉的一部分。因为别人从宣布撤编后，名为休整学习，实则各为自己寻找出路。那真是八仙过海，各显神通。无论是转业还是调动，只要你联系到单位，这里就放人。但在相同的撤编期限内，就是说当年 10 月底以前，周天成所在的守备团，不但人要走完，正在施工的 3800 米坑道掘进任务也必须不差一厘米完成交工。

命运就是如此不公平!

三天前,他在常委会上提出:不管怎么样,两千活着的人最终好歹都有个归宿,可58个亡灵怎么办?

十年施工,打通一百多条坑道,修建上千座战斗据点,成千上万吨钢铁水泥铸进了贺兰山的胸膛,同时也有58个战友永远地留在了这里。守备团若在,他们不会寂寞:清明节,会有人来祭奠他们;建军节,会有人来追念他们……可如今守备团不久将黄牛过河各奔四方,他们呢?让他们在这空幽幽的贺兰山里,伴着黄沙清风永远永远地漫游吗?

会议决定:同意周天成的意见,施工任务再紧,也得把他们安置好。随后,他们调整兵力马上行动。当地青山市很快作出答复:同意将烈士遗骨迁入市烈士陵园。下午,周天成特意去检查,58个穴位已全部挖好。明天,将举行迁坟仪式。

他跳下车子。可以看出,他的身材很精干,穿戴也很齐整。他一边进门一边喊:"通信员!"小刘应声赶来。

"叫雷参谋来!"

"是!"

团部在工地的中心,参谋们就住在首长周天成周围,一律半地下式地窝子。雷参谋来了。周天成说:"你简要汇报一下各连的进度。"雷参谋说:"全团14个连队进度正常,安全无事故。就是五连掘进的八号坑道,仍然是沙石结构,进度没有按计划完成。"

"陈技术员在那里吗?"

"一直都在。"

周天成想了想说:"你准备一下,一会儿我们去五连看看。"

雷参谋走了。

一抬头，他又看到了墙上那篇气壮山河的不朽辞章——岳飞的《满江红》。那是他请一位书法家书写，又花了几十块钱装裱的中堂。这是他的座右铭。他的生活极有规律，每天都要看上它一眼，然后满怀激情地去工作。每当看到这些慷慨激昂的词句，他就禁不住浑身热血奔流：

"莫等闲，白了少年头，空悲切。"
"壮志饥餐胡虏肉，笑谈渴饮匈奴血。"
"驾长车，踏破贺兰山阙……"

最近他不想看它，反倒看得越多。

小学时上地理课，他就记住了贺兰山这个响亮而神秘的山名。后来读了岳飞的词，使他对贺兰山更加神往。更没想到的是，18岁那年参军，列车竟把他一口气拉到了贺兰山。他心中暗喜，岂不是天随人愿！从此，贺兰山成为他的第二故乡。入伍15年，从战士到排长、参谋、股长、营长，又到副团长，一步一个脚窝，一个台阶不拉。他的青春年华，他的痛苦欢乐和整个命运，都与贺兰山与守备团紧紧地联系在一起。读了几十部将军传，残酷地控制自己，年逾三十三，还是单身汉，就为了专心在军事上展宏图，酬壮志。可如今，对不起，脱军装吧，等待第二次就业吧。副团级，该满足了吧，好歹也是黄土高原上祖坟里冒出来的高蒿子。

"喂喂，情况怎么样？我实在……"

隔壁的团长又在打电话！

忽地，周天成浑身的血直攻头顶。他一步跨到窗前，使劲推上窗子。"啪"地一响，玻璃碎了。

他非常爱讲这样一段历史：重庆谈判时，国民党代表仓促应对，有意在宴会上组织人给毛泽东主席敬酒，周恩来副主席看破了他们的企图，毅然挺身——代饮，最后终于不支，竟上不了汽车……这种工作第一的战友情怀，曾多少次使他心驰神往！他想，如果守备团能有一个老练的一把手，那么，他情愿作"代酒人"！他一直盼上级能任命一个自己敬仰的团长，可好久盼不来。后来上级领导找他谈话，让他思想上作好准备，挑重担子。什么意思？不是明摆着么。

可是一个多月前，新任团长来了。高凡，三十多岁，军区某首长的儿子。周天成心里虽然难受，但他还是很快稳定了自己的情绪，准备配合新团长，竹板弓子一个劲地干一场。

机关的参谋干事们见了新团长大吃一惊：他一表人才，个头高，身板直，行动麻利，不愧是军校培养出来的指挥官。他五官清爽，刚健中不乏文秀之气。一张口，听听，标准动听的普通话。你说他是个军事干部，挺帅；你说他是个政工干部，满行！相处一星期，周天成觉得团长性格很开朗。他喜欢哼歌，时常吊在嘴上的是这么两句："阿里，阿里巴巴，阿里巴巴是个快乐的青年……"

团长何以那样喜欢这支歌？他不知道。

相处两星期，他发现了团长的另一个爱好：他经常给远在军区大院的家里打电话。一回生，两回熟，三次五次呢？周天成终于明白了，团长有个当军医的妻子，名字叫：杨莉。这就是那两句歌里的"阿里（莉）"。

不久，团里流传一个称呼：电话团长。还有人说，守备团"进

口"了一个"候鸟团长"。有人竟在周天成的当面讲，有意还
是无意？他狠狠批评了那个参谋："如果我第二次听到你讲这
种话，就处分你！"

可千斤重的官衔压不住四两嘴，传言愈传愈盛。

这几天，高凡的电话日益频繁。官位到手，该走人了。人
家到边防艰苦地区来"锻炼"，可真是千载难逢的好时机呀。
刚才听到团长打电话的声音，周天成就把手伸进裤袋里，抓住
那个小小的握力器，狠狠地用着劲。每当他觉得自己要发火的
时候，就采用这个办法转移注意力，挺灵。

可是，今天失效了。

他望着掉在地上的碎玻璃，突然，"叭"地一拳砸在桌子
上，喝水杯、墨水瓶、笔筒便一齐跳起来。他双眼变得通红，
转过身，呆呆地望着墙上挂的中堂，接着一步一步慢慢走过去，
一把扯下来，撕了几下，扔到墙角去。

"喂，喂，明天再——"隔壁的电话还在继续。但他终于
冷静下来，问自己：你这是怎么啦？你不是一千次警告过自己：
训人、发火，是弱者的表现吗？你不是无数次战胜过自己：妒忌，
小气，是低能者的财产吗？

过去，他一直相信自己的控制力。

上小学的时候，冬天教室冷，同学们轮流生炉子。过了一
段时间，当老师和同学们来到教室的时候，炉子已经红彤彤的。
老师疼爱地问他，他说："我是为了锻炼自己的恒心。"

贺兰山里栽树，犹如石板上栽葱，白费功。年年栽，年年死，
活不了几棵。那年春天，团直属队特务连奉命又在山坡上栽了
3000棵杨柳树。交给谁管呢？连长瞅来瞅去，摸到新兵周天成
头上："怎么样？你能给我保活多少？"

"尽量多活。"陕西土话，声音很小。

"我只要 300 棵，咋样？"

"嗯。"声音仍旧很小。

听着这样的回答，急性子连长几乎要泄气了。从第二天开始，周天成天天给树苗浇水。山上没水，就到沟里去挑。后勤处的首长看到了，说："小伙子，这些树要成活，浇水很重要，但关键是树坑里土太少……"听说在上海，一升沙子可以换一升大米，可在贺兰山里，沙子多得气人。砌个火炉，盖间房子，遍地是晶莹的沙粒找不到一锹土，只好用汽车到百里之外去拉。工夫不负有心人，周天成终于在一个山沟里找到含土量很高的沙土层，接着就一筐一筐地往回背，去掉树坑里的石沙换上土。背土，背上磨烂了；爬坡，膝盖磨破了。连长妻子来探亲，发现了这个奇人。她抹着眼泪骂连长心太狠，连长只说了一句话："你不懂。"她对四岁的女儿说："你去，把这个桃子送给那个背筐的叔叔。"那桃子他没吃，一直留着。

秋天一查，活了 2700 多棵树。一点儿争议也没有，团首长给他记三等功一次。可有人在背后说："他会做人，他还不是冲三等功来的。"他说："不，我是为了锻炼自己的毅力！"

后来他当了侦察班长，确定六个月后，要带全班到军区参加比武。练，除了共同科目外，全班还练就一个"绝活"：劈砖！人人能一掌劈碎八至十二块垒起来的新砖。看看吧，战士们手掌上的死茧有一公分厚，他呢，还高出半公分。第一名拿回来了。三等功又在等着他。要他介绍经验，他说："只要有决心，啥事都能办成！"

连长又惊又喜地对人说："这个兵呀，太可怕了。"

如今拼搏沙场的宏愿已化为乌有，将军志成为黄粱梦。千言万语，向谁诉说？他眼中涌出了泪水——倒霉、晦气的泪水。

"报告！"雷参谋来了。"好，马上出发。"他急忙转身抹了一把眼睛。走出没多远，工地上的女军医郭玉梅赶上来说："副团长，陈技术员的爱人明天就到，得叫他回来。"

"好，我知道了。"

郭军医一直目送他们走出很远很远。

五连的工地在查干朝龙沟。这里山高沟深，是打坑道的好地方。谁知就在即将完工的时候，却出现了令人头疼的"牛皮糖"：一阵儿石缝间渗水，与泥沙混在一起，风钻有力用不上；一阵儿又是风化碎石，活像豆腐渣，叫你急得干瞪眼，全连百十号人，个个肚里窝着一团火。

吃过晚饭，文书跑来找连长："今晚上放录像吗？"

"放！"

"大伙想看武打片……三十六罗汉……"

"还有……三凤求凰……"

"放！去吧去吧，想看啥就放啥，剩这么几天，毒不死人！"马占江连说了几个"放"字，头也不转。文书一脚跳出门外，猴子似地颠上走了。副连长和几个排长涌进连长屋内，他们一进门就喊："咱们完了！等我们的坑道打通，人家早就到新单位上班了。组织安排，自找出路，等待转业三条路，可咱们……"一个排长抢过话头："组织安排，轮不到我们头上；自找出路，咱没有关系；咱们只有等待转业一条路，等着吧！"

"可人家是躺在床上，打着麻将，甚至回到老婆身边等待，我们是在死神身边等待！"副连长怒气未消地说，"什么自找出路，那些老爷们可真想得出来，这不是为不正之风开绿

灯吗！"

这一团火越燃越旺。马占江本来也想发发心中的闷火，可话到嘴边又不说了。前几天爱人来信说，他们县武装部缺个训练参谋，让他赶紧回来摆上两桌子说说情，八成有门儿。如果能成功，就可以安安稳稳在家乡干一辈子，爱人和女儿就可以结束住集体宿舍的困境了。

唉，提起前些年的那些日子，可真是哑巴吃黄连，有苦难言呐，县城纺织厂，职工只能住大宿舍。第一个孩子临产前，妻子因住房问题思虑过度，加上劳累，终于小产了。第二个孩子保住了，可还得住在大宿舍。他回家无处安身，只得厚着脸皮，用纤维板在一个房角隔了一间小屋子。这就是他们的家。这个房角，还是托人说情，人家才让出来的。想起来真丢人啊，丢自己的人，也丢当兵的人。一个堂堂连长，在女人堆里出来进去，自己活受罪，人家也讨厌。由于长期劳累，妻子体重不到九十斤，看看那个模样，可怜死人！真是东方不亮西方亮，黑了北方有南方，部队没有前途了就去武装部。就冲家属住房这一条，也应该把这件事办成。可是，全连还有近100米坑道没打通呢，你连长能甩手走人吗？但是等完成任务再回去，那位子还能等着你？

"连长，你倒是说话呀？"烟雾中有人喊。

"叫我说我就说，咱们都是屎壳郎搬家快滚蛋的人了，用不着客气。"他脸黑人壮，声音洪亮，"现在只有两个办法，第一，承认我们倒霉；第二，军人以服从命令为天职，首先全力以赴完成任务，然后去办自己的事情。洞子打不通，谁也难脱身，拖下去吃亏的还是咱。从明天开始，咱们日夜四班倒，连轴转，任务分到各班，明天我再去团里找头头，多要些炸药雷管，多装药，快出碴，能提前一天是一天……"

山脚下传来一阵一阵嗷嗷的叫声，武打片比指导员的政治教育课更吸引人。但一班那个屋里正围着一疙瘩人，听班长曹根旺吹牛皮。曹根旺是老班长，人很随和，打坑道有经验。四年来，遇到过几十次塌方，其中三次相当玄乎，但没蹭着他一块皮。仅这一点，他的威信有时超过连长。这小子肚里陈谷子烂芝麻极多，有空就吹，得了个外号：曹大炮。吹得多了，别人也吹他："五连曹根旺，美名曹大炮，阎王三点名，就是不报到！"

"你们这是干什么？"

他们正闹着，看到副团长进来了，忙撒了手。团部离查干朝龙沟五六里地，半个多小时他们就赶到了。

"好啊，又是你曹大炮，瞎吹什么呢？"

"给大伙解解闷。"曹根旺笑了笑。他上前对周天成说："副团长，坐下，跟咱们当兵的耍一耍。"

他说着伸手在周天成肩上拍了一下。

周天成身上嗖地一下掠过一种触电般的感觉：太放肆了！再油条的兵也不能这样没有体统，给你二两红颜色，你就想开染坊！他本是个极讲究军容风纪的人。岳飞、巴顿、彭德怀，这些他心目中的楷模，哪个是邋遢人！慈不带兵，只有从严治理，才能带出铁军。他本想严厉批评这个不知天高地厚踩着鼻子上脸的稀拉兵，但转而又想，现在是什么年月，人人自带三分怨，庙拆了，神就不大灵了，他要是不买账僵起来呢？当班长好几年，早就入了党，提干没指望，作为一个战士，已经到顶了。马上撤编就要复员回家，还得冒着生命危险打洞子，这已经算好的了。现在他王朝马汉怎么都可以，只要能带领全班

完成任务就行。这一阵儿，官架子越大，反倒会越臭。想到这儿，他索性坐到地铺上，掏出烟，一边拆一边打哈哈："来，大伙一人一支，过个瘾，晚上做个好梦。"

他给每人扔过去一支烟。他本不怎么抽烟，也叼上一支。有两个战士又把烟递回来："不会吸。"

周天成说："来吧，不会就学，不想吸就点上冒烟！你们都给我记着，男人不抽烟，白在世上颠！"大伙一下子都笑了。曹根旺给副团长点上烟，自己也点上，猛吸一口，吐一股烟，然后瞅着烟上的商标牌说："哟，今天抽副团长的'凤凰'，过生日啦！"他见那个战士还不愿点烟，"叭"地打开打火机说："点上抽吧，副团长工资高钱多，这么好的烟，不抽白不抽！"

周天成用在战士们那里学来的经验说："要是看得起我，就点上，看不起就算了！"这一招果然管用。那个战士慌忙说："副团长，我点我点。"他点上烟吸了一口，呛得连声咳起来，惹得大伙笑成一团。

周天成笑着指着那个战士说："将来还要结婚干啥的，不掌握基本功怎么过这一关呢？"

曹根旺喊道："哎呀，还结啥婚呢，对象还不知在哪个丈母娘怀里抱着呢。副团长，我们当兵四年，媳妇没找上，连儿子也给耽搁了，说不定是候补光棍呢！"周天成说："我三十多了还没对象，你们小萝卜头慌啥神。"

"还不慌，人家的孩子早都叫爹啦。"

"没关系，回去找好的。"

曹根旺提高了嗓门："早没啦，谁家的姑娘等着咱们这些傻大兵呢，别说人家，我都讨厌自己了！"

一个战士插嘴说："现在不叫大兵了，升格了，叫'猫耳洞'！"

"管他叫啥呢，咱们不理那一套。"周天成转向曹根旺，"曹班长，现在到了关键时刻，就看你的了，把你打坑道的经验全拿出来，每次把大伙高高兴兴地带进去，再一个不少活蹦乱跳地带出来，怎么样，行么？"

"行，你副团长说了还不行嘛。上老山前线轮不上咱，就在贺兰山壮烈壮烈吧。"

"那好，班里的九个弟兄，以我个人的名义，就拜托给你了。"

曹根旺笑着说："有你副团长这句话，你就放心吧。'老汉叫门哩——没大事'。"

周天成一边往外走，一边笑着说："你先别说大话，到完工那一天再吹也不迟！"

部队在深山，相距又那么远，打一次电话得出一身汗。高凡放下听筒，舒了一口气，喝了大半杯水，叹道："看来，只能是平调了。"随后他倒在床上，双腿一伸，又哼起了那支歌："阿里，阿里巴巴……"是的，这一次只能是平调了。以往打一枪换一个地方，换一个地方尝一次甜头。那一年他初中毕业，没考上高中，想跟上同学们凑热闹去下乡插队。回家一说，母亲吼了："胡闹，上不成学了，给我当兵去！"不久，新军装穿在他身上了。

当了两个月新兵，师长亲自来问："小高，想干啥，给叔叔说。""我想开汽车。"他脱口而出。

"好吧，那就去汽车连吧。"三年提干后又调回军区机关车队，一部"伏尔加"便是他的战马。

过了一段时间，他对母亲说："妈，你不害怕吗，开车这玩意太玄了。"母亲慈祥地笑了："什么太玄了，还不是腻味了！

当初叫你回来，就没打算叫你开车，你偏要去。我有两个女儿，只有一个儿子。还开一辈子车呀，早就该学学军事啦。"

于是，高凡就先当参谋，再上军事院校，回来当上了副处长，两个月前来到贺兰山，提升到正团。

当时有人替周天成惋惜："半路上偏又杀出个程咬金！有什么办法，人家六九年兵，三十二岁高级步校毕业，有大专文凭；周天成副团长呢，七一年兵，三十四岁，也有文凭，不过是个函大，人家年轻资格老，神仙也扳不倒呀！"

欢迎会开过，高凡找周天成交心："老周，你是团里的老同志，政委和参谋长上学去了，团里的工作你就大胆抓，我支持，眼下我先熟悉熟悉情况吧。"

周天成真诚地说："施工我就负责抓到底，重大问题我随时报告你，团里的全盘工作还要你考虑。"

"都管起来，你都管起来嘛，我不会多心的。"

周天成的心里一阵发热。正副职之间如此信任，难得。多少班子都因为争权夺利而坏了事。他暗暗告诫自己：把心中的委屈、苦涩、妒忌全部吞下去，让它们在肚里沤烂！全心全意配合团长抓好全团工作。可是，没想到一个多月后，团长还没有完全"熟悉"情况，命令下达：守备团撤编。周天成被激怒了，这一切是出于偶然，还是别有缘由？但他又一次征服自己，施工任务还没有完成，两千多名干部战士还要作妥善安置，不想个人的事了。

周天成跨进连部。工地上电力不足造成的昏黄的灯光下，烟雾弥漫。"副团长来了，坐。"一个排长说了一声。其他人动了动身子，只给他让出站的地方。他心里知道，基层干部中存在一种对团领导的不满情绪。部队撤编，他们心中的怨气不能对上级首长发泄，无意中都把矛头指向团领导。

"干什么呀吞云吐雾的？"周天成满脸带笑地说。

"干什么，"连长搭了腔，"我们正在商议，准备集体上吊！"周天成故技重演，掏出烟，扔给每个人一支："来，先抽烟，干啥上吊，我还想多活几年呢。"

"你当然可以多活几年，还可以活得更好。上面对你们头头自有安排，可我们这些人呢，临走还得揪阎王爷的鼻子当饭吃，说不准明天看得见太阳出看不见太阳落呢。"好你个副连长，也学得这么尖酸了。要是正规年月，你敢这么说话吗？可现在对这些基层连队的神，虽说不能太放任，但更不能太认真太严厉。现在不是叫你带领士兵们去攻占敌人的据点，而是叫你把正在冲锋的勇士撤回来，然后解散打发掉。试看，将军们有几人遇上过这种窝囊事，现在偏偏叫我周天成赶上了。唉，目前带这些部队，真像是教小狗学算术，得又打又哄，自个还得带头蹦几下。

周天成忙把手伸进裤袋里，狠狠地用劲……他哈哈一笑，说："谁安排我，还不跟大家伙一样，完成任务后，脱军装回老家！"

一个排长说："副团长可以给上面说说，既然叫我们解散，就让我们走，打坑道可以让留下的部队干嘛。"

"就只怕副团长没有这个胆量啊！"

"挑衅！"周天成心里说，"你马占江翘什么尾巴，不就是在老山立了个三等功吗，有啥了不起。实话说，叫我去，三等功看不上，那还不是弯腰捡的事嘛！"使的劲太大了，手心在发疼，可他还在加大着力气。

"弟兄们，"——多别扭！那叫什么？叫"同志们"？更酸！

周天成感到，"弟兄们"这几个字在自己口中说出来，太涩口了。

"说实在话，这不是有没有胆量的问题，我想过了，现在给谁说作用都不大。我们一说，就可以甩手走了？要是那样真能奏效的话，降我级降我职也行。来，咱们还是从现实出发，摆摆情况，连队的，个人的，团里能办到的一定给大家解决。"

周天成从连部出来，迎面吹来凉凉的山风，使他燥热的面颊感到特别惬意。连长的调动、住房；副连长的农村父亲在县城医院住院；指导员的妻子女儿在农村，眼巴巴等着随军，可现在没戏了；一排长，也是奋斗型的，还想在军事上闯……使他奇怪的是，另一个在场的排长一直沉默不语，好像心神不安。周天成的脑子被这些问题搅扰着。

五连如此，其他连队呢？

周天成走了，连部的人没走，他们的气并没有消多少。这时指导员的女儿玲玲推门进来："爸爸，妈妈叫你回去。"指导员将女儿揽进怀里。玲玲的到来，给这伙人的火头又浇了一盆油："你看看，本来再有半年多就可以随军也变成个城里姑娘，可现在倒好，还得回到山沟里啃土豆去，招工参军没有份，世世代代当农民。"

"一年来探一次亲，还得跟上倒霉住地窝子。"大家越说越酸。

该死的撤编！该死的坑道！

马占江忽然大叫："哼，他姓周的我看也是泥菩萨过河自身难保咧，还能顾上给我们想办法，办法还得咱们自己想！"他压低了声音，却更有力："千方百计提前打通洞子，只有走麦城这一条路了！"指导员抱着女儿默默地走出去，马占江一看，发现他眼里溢出了泪花。大伙都走了，身体结实的一排长没走。连长觉得他有什么心事，就问："一排长，你有事？"

"我、我想、想给你说件事，又不好……"

"唉呀咱们当兵的扛竹竿进城门，直来直去的，有啥不好开口的？咱们相处也不是一天半天了，痛快点。"他说着点上烟，将身子仰靠在椅背上。

一排长终于难为情地说："我想把手续办了，我哥在陕西一个部队当科长，帮我联系好了，调过去当排长。"他说完低下头，心里突、突、突地跳。

沉默，难堪的沉默。

马占江的眼睛死死地盯在小方凳上的脸盆上，两条眉毛抖动着往一块挤，心中的火苗呼呼地往上蹿。是气？是恨？还是妒忌？他分不清。瞧瞧，正说着走哩，就要走一个了。任务咋办？那一个排的人交给谁！活见鬼，人家怎么就能联系上，就能走呢？这年头啊，没有好爸爸，有个好哥哥也行啊！

排长有点胆怯地瞅了一眼连长，他开始有点后悔了，这件事实在不该在这个时候提出来。可是人家那边报到的时间有规定，过期不候，想去的人多着呢。马占江一转头，再一次朝排长脸上看去。天啊，他那丧气的神情使他吃了一惊，刚才冒上来的火苗立刻往下落。自己走不脱，为什么还要拖住人家呢？你是连长，是人家的领导啊，堂堂男子汉，连这点胸怀都没有吗？咱可不是那种见不得别人烟囱里冒烟的小气鬼。他尽量用轻松的语调说："好事啊，咱们这一帮倒霉弟兄，能走一个算一个。你是排长，还年轻，跟我们这些老皮子不能比。去了好好干，当排长要首先和三个班长搞好关系，你是学生官，在军事上还赶不上他们……好了，不说这些了。"

一排长赶紧说："你说吧连长，我听着呢。"

"好了，我们一个锅里搅稀稠，好歹混了一阵子，以后怕是不容易见上了。我这个人，有时候二球劲上来，胡训斥人，伤着你的地方别放在心里。唉，这个熊脾气，咋也改不掉，没法子。"

一排长抹去眼里的泪水："连长，我总觉得对不起你，对不起大家……"

"别胡说了，有啥对不起的，公鸡叫天亮，不叫天也亮，大伙捎带一点，你那份任务也完成了。至于那些胡乱说的牢骚话，别到心里去，咱们这些人，你还不摸底吗？不会有二话的。再说上级也有这个精神，谁联系好了谁就走。别多想了，松松宽宽走你的。"马占江说着，把他往门口推："好了好了，回去好好休息吧。"他猛然又想起了一件事："哎，你看你走后，由谁代理排长好？"

"一班长曹根旺。"

"好，我等会去找他。"

马占江找遍全连，不见曹根旺的影子。他跑到哪儿去了呢？

下午通信员把报纸拿回来，曹根旺还没脱下施工服就围上去，急切地问："有我的信吗？"

"班长，没有你的。"

大个子小王趁机说："花姑娘的信还在路上走着呢！"等人走开了，机灵的通信员把一封电报悄悄给了他。倏地，他觉得一股凉气掠过全身。这是第三封电报了。从收到第一封"父病重"的电报后，他就叮咛通信员，再来电报悄悄给他，对谁也别说。

他麻麻木木地来到山沟里，想尽量迟一点甚至不想打开电报——不看也知道，老父亲一定病危了。他软软地一下子坐在山坡上。他不想哭，不想出声，但咋也控制不住，就用一只手捂在嘴上。

他原想请假回去，再见老父亲一面。他活了七十多岁，为了养活七个孩子，一辈子受了多少辛苦啊。他本来去年就想穿上军装，戴上帽徽领章，风风光光地回家看看父亲，甚至说不准还能找上个对象呢。可是去年探亲不够条件，也没有特殊理由，他就想了个点子，写了一封信，叫家里发一封"父病重速回"的电报，然后……可他盼来的不是电报，是父亲叫哥哥写的一封信："……原以为你这几年学出息了，想不到你还是这么不争气！你要是想歪点子跑回来，就别叫我爹……" 如今有正当理由，服役四年，制度也允许，可以回家见父亲最后一面了。回，请假回家去！

可是过了一会儿，他又想，眼前连里还有最后一段坑道没打通，一个多月后就要撤编，我这一走，全班就塌火了。排长没搞过施工，好多事情都要问我。再说，全连每年只有两三个入党指标，党支部前年就接收我入了党，同年兵里又最早提升为班长……连队没有亏待我，现在紧要关头，回家的话咋个开口呢？来回二三十天，等回到连队，大伙冒着生命危险，也许就把洞子打通了，可那样良心不好受啊。算啦，不回了。把攒下的三十块钱寄回去，再写上一封信，把情况给家里说明，亲人是会谅解的。

他往回走了几步，心里又敲开了小鼓：为啥不回去呢？回！借此机会先休息上几十天再说，那时候洞子打通了，咱就顺着收拾东西复员回家。真是倒血霉哩，遇上咱烧香，庙门就关了。

像现在干的样儿，搁前几年准提干了，可现在这条路堵得死死的。什么施工，我一个小小的班长，想那么多干啥？回！不回去万一最后见不上父亲一面，那样按老家的习俗，在父亲的出丧纸上，将会写上这么几个大字：不孝儿曹根旺。那会遭到村人永久的咒骂，而过不了多久，我还得回到村上生活一辈子，那该咋见人呀。回，回家看看老爹去，为啥不回呢！

他拿定主意，打开了电报。可是一看，他怔住了，继而大声哭起来："爹，你咋这样叮嘱儿子呀，爹呀……"电报被泪水打湿，在他手里抖动着，上面的字也抖动着：

"父已病故安葬接报勿回！"

吃晚饭时，他装得像平常一样。饭后，他被大伙堵在屋里吹笑话。副团长走了后，他默默地来到他们正在施工的那座山的山顶上，面向东南方，跪在那里，望着遥远遥远的家乡。清凉的山风，吹着他的头发，吹着他的衣角，吹不干他的泪。他打开军用壶——以水代酒，慢慢地洒在地上，心中的话哽咽着说不出来："爹，儿子见不上你了，我给你磕头……你辛劳一辈子，最后还要替儿子争一口气……都是我不好……爹，儿子在贺兰山上为你……送行……"

忽然，他好像听到了什么声音。再听，确实有："曹根旺，一班长，快回来，我是连长——"没错，是连长的声音。

"班长，快下来，你回来——"这是通信员的哭叫。他们急急地往山上爬来。

刚才连长找不到曹根旺，大发脾气："越来越不像话，跑到哪儿胡日鬼去了。通信员，你给我瞅着，曹根旺一回来就给我叫来！"通信员一看事情不对劲，才说了电报的事。这一下马占江慌了，派了好几个人一齐找。突然有人看见山上有个人影。他和通信员立即争分夺秒地往前跑，他要是想不开……这类事不是没有过呀。

山腰上，他们会面了。马占江大口喘着气问："你，你没事儿？"他一看他脸上没一点异常，觉得自己太鲁莽了，又说："电报给我！"曹根旺没有吭声，只是往下走。连长跟在后面，一边走一边说："明天，准备准备，回家看看去！"

"我不回。"他的声音很平静，不紧不慢。

连长有些意外，停住脚，盯着他："为啥？"

"连里太忙，不是时候。"

连长听了，这才把心放回肚里，追上他说："不行，父亲病危了，不回去看看咋行？再忙，也不在乎你一个人，回家照料照料老爹去！"

"有我大哥二哥照料就行了，再说，你看看——"他把电报递给连长。

马占江打开手电一看电报，眼睛立即热了，喃喃地说："可怜天下父母心呀……多好的老人呀……"

这封不同寻常的电报，使马占江这天晚上一直没睡好。曹根旺父亲的面影总是浮现在眼前；还有全连的同志，包括很快就要离开的一排长，越想越觉得个个可敬可爱。作为一连之长，我应该为大家着想，活人不能叫尿憋死呀。眼下只有尽快打通洞子，完成这项特殊任务，才能使人人各得其所，这才是真正的关心大家。打通洞子……洞子……打通洞子……他终于睡着了。梦中，他们经过苦战，终于只剩最后一点工程了。他下令放一个大炮，真来劲！洞里轰然一声被炸开，石块向前方喷射出去，大家欢呼着、欢呼着……

　　周天成又查看了几个连队的施工情况，回到团部的时候，已是深夜。他端了一盆冷水，洗了脸，擦了澡。这是他的习惯，无论春夏秋冬，不管工作多累，冷水澡一天不误。

　　他坐在桌前，准备以团党委的名义给五连连长马占江家乡武装部写一封信，介绍情况，商调工作。

　　"咚、咚。"有人敲门。

　　"请进。"

　　啊，进来的竟是她。他连忙起身。"来，请坐。"

　　她不坐，望了他一眼说："刚才我和通信员给陈技术员收拾了一间房子，明天得叫他回来，去车站接爱人和孩子。"

　　周天成心里一阵激动。女人，都是这么细心吗？她仅仅是个临时在工地上工作的军医呀，为什么要为团队操这些心。

　　"谢谢你的提醒。"他给她把椅子搬过来，"你也能看出来，最近部队比较乱，团里干部又少，忙得团团转。我最担心的是施工安全问题，怕有人盲目乱来，不尊重科学，不按技术规程操作，就叫陈技术员在几个重点连队来回巡查，把他抓得太紧了。你是女同志，她们母女来了后，还得请你多帮助照料一下。"

　　"那当然。"她的语调平和，庄重，态度不卑不亢，"明天我给你检查一下身体，最近，你的脸色不太好。"

　　"没事，这么结实呢。"

　　"身体结实与某个部位出现故障并不矛盾。"

　　周天成无奈："那好，听医生的。"

　　她站起来，准备走。现在是晚上，不宜久留。忽然，她看见前面墙角一团撕碎的纸，再一看，墙上的中堂没有了。她笑问："你这是干什么？"

　　"不喜欢了。"

"不，可能这就是你病状的反映。"他真怕她那双眼睛。她真的能洞察我的心理以及与这幅字的关系吗？这件事真是我心理病态的表现吗？

"这个我带走了。"

他不置可否，望着她走出去。但他觉得她的影子还留在屋里。这是一个多迷人的女人啊，她与他想象中的女人是那样的相似。家里一直催他赶快成家，弟弟还不到三十岁，儿子已经上学了。是的，等洞子打通完成任务后，也该找个对象了。不，还是等转业以后在当地找吧，找好了就结婚。可是找个什么样的妻子呢？女强人？不，那不适合自己的性格；还是贤惠温顺的好，以便刚柔相济……

一天上级电话通知，军区有个叫郭玉梅的女军医，要到他们工地上来为部队承担医疗服务，他极不高兴地放下电话：这些小姐在城里腻味了，跑到这里来寻开心！你来开心，倒叫我费心了。这一来，还不定惹出什么热闹呢。

两天后，女军医到了。她高身材，不胖不瘦，面容清秀，开言必带笑。他被她的风度折服了。但他同时也发现，她那双聪慧的大眼睛里，深藏着一丝忧愁。她会有什么忧愁呢？

她当即成为贺兰山里的维纳斯。周天成给通信员派了特殊任务：全力"照顾"她。果然不出所料，战士们看病的人次与日俱增。但也怪，再捣蛋的兵在她面前都乖顺得像只猫。

她每天都要去工地巡诊，无论对谁都和蔼热情。那天，周天成准备离开五连，一转身，发现她头戴草帽，坐在洞口。他好奇怪，走过去问："郭军医，坐这儿干什么呢？该回去吃饭啦。"

"我等曹根旺。"她说着站了起来，"他手指破了，昨晚

就该换药的。"他心里一怔：她是来等他换药的，为一个战士？

他随口说："他不来，就是好了。"

"不会，要好转还得五六天呢。"

正说着，曹班长跟在大家后面出来了。他们一个个光着上身，石尘和汗水和在一起，几乎认不出来。郭医生却一眼盯住他，上前拦住："你昨天晚上为什么不来换药？把手伸出来！"她捏住他的手指，打开药箱。周天成凑上去，看到曹根旺的右手食指上结了厚厚一层血痂，红肿怕人。"谁让你进洞的？我给你的假条呢？"

"嗐，没事。"

"我告诉你，再大意的话，你这个手指，甚至连右手都有可能截掉呢。"曹根旺有点触动地憨笑着，像个做错了事的小学生。周天成第一次对她产生了好感，除了她的美之外。

他们一起往回走。他说："我们这儿条件很差，伙食不行，文化生活单调，你有什么要求可以提出来，我们尽力解决。"

"不，这里好，太好了。我喜欢这儿。"

周天成听了，有点不以为然。

她忽然指着路旁的一种花问："这花叫什么名？"

周天成说："深山野地的，没名。咱们当兵的给它起了个名，叫五角梅。"他走过去摘下一朵说："你看，这种花，不管是红的、白的、黄的，每朵都是五瓣。虽然花不大，也不香，但不怕干旱，不怕风沙，花期长，能开整整三个月呢，很受战士们欢迎。"

郭军医惊奇地笑了："真有意思。"

郭军医刚出去，高凡进来了。他笑笑地问："还没睡？"

周天成应道："坐吧。"随即把手伸进衣袋，抓住握力器。高凡坐下，扔过一支烟，自己点上，说："最近我家里有点事，心里很乱，团里的工作你就全盘抓起来，不用跟我打招呼了。"

"你大概就要走了，是吧？"他心里气极，你拍屁股一走，这个烂摊子甩给我，工作、责任、挨骂受气、烧香磕头全是我的了。

"正在联系，"他一副无所谓的样子，"也许待不了多久了。"他转过脸，很热心地说："我回去以后，就跑你的事，咱们好歹相处了几十天，论你的能力、人品，我看无论放在司令部哪个处都是台柱子。转业太亏了……"

他相信高凡这番话是真心实意的，但他还是说："算了吧，我没那个运气，也没往那里想。至于下一步，听天由命了。"

高凡见话不投机，看了看表说："时间不早啦，休息吧。"

山沟里一片沉寂。喧腾了一天的贺兰山无声无息。劳累了的战士们早已沉入梦乡。周天成坐在桌前，待自己冷静下来，重又展开信纸……

他不知躺了多久，起床号响了。他觉得头有点发胀，洗过脸，似乎强了些。他抓起电话："给我接五连，找陈技术员！"

陈永福是从解放军工程兵学院毕业的技术员，是工地上的宝贝疙瘩，是周天成手里的"金刚钻"。在战士们眼里，他是工地上的救星。

"你是陈技术员吗？好，你吃过早饭马上赶回来，准备一下，下午去接家属和孩子，车已经……"

"不用接，她自己会来的。"电话里传来他满不在乎的声音。

"不行，一定得回来！"

周天成放下听筒，心中泛起一股歉意，对这个忠实于事业

的技术员关照太少了。患有慢性肾炎的爱人和孩子至今还挤在岳母家，怎么就没有帮助想些办法呢？这次她们来，无论如何要照顾好，让他们好好团聚团聚。同时要给她设法治治病，花多少钱，统统由团里报销。

使周天成一想起来就难免愧疚的是，当初他竟反对或者说拒绝过他的意见。他一到工地就提出，坑道掘进要采取光面爆破、喷射混凝土、锚杆固定三项新技术，并一再声称这是世界上目前最新的坑道施工技术。一实验，的确是保证了安全，但进度却一下子降下来了。团领导包括他打起了退堂鼓……一个月过去了，团党委尝到了甜头：全团杜绝了重大亡人和重大工伤事故，进度也超过了以前的水平。施工最叫人头疼的就是伤亡事故，只有平安了，团领导才能过上省心日子。有个连队的战士曾联名给团领导写信，要求给陈技术员记功。是的，哪条坑道没有他的足迹呢？哪项工程没有他的心血呢？他的功绩难道是一个三等功能酬报的吗？

想到这里，他叫上通信员："走，我看看你们给陈技术员家属准备的房子。"通信员开了门。房子虽不怎么漂亮，但打扫得干干净净，双人床也支好了，桌子椅子都摆在位置上。再看看，好像还缺点什么。

"小刘，你去把那边的椅子也搬过来。另外，你去找宣传股范股长，就说我说的，给他们借一台收录机、十盒磁带放到屋里。"

"我这就去。"

吃过早饭，附近连队的千余人，在烈士公墓前集合。今天脱掉了整天穿在身上的施工服，穿上好久没有穿过的军装，大家都有一种新鲜感，你看看我，我看看你。

会场横挂一道黑色挽幛，上面用白字写着："在国防建设中牺牲的烈士永垂不朽！"还摆着一个大花圈，写着："贺兰山守备团全体敬挽。"

部队集合完毕后，周天成对高凡说："你给部队讲讲话吧。"

高凡说："是你主持大会，你讲吧，我参加就行了。"

周天成不再谦让，走向简易讲台："同志们，现在开会！"

"啪——"千余名军人全部立正。

周天成心中既激动又悲伤：多么令人振奋的队列动作啊，再懦弱的人身在其中也会勇猛起来，可是这样的场面今后怕是难以见到了。

"我们团进驻贺兰山15年了，在施工中先后有58名战友长眠在这里。不久，我们将走向四面八方，我们是军人，不能把战友丢在山里不管。从今天起，我们要把他们移到青山市烈士陵园去，这是一项神圣、庄严、特殊的任务，担任这一任务的连队，一定要圆满完成。另外施工连队也要按时完成任务，我们团即使撤销也要撤出个好样儿来……"全场寂静，只有周天成激昂的声音在山谷间回荡。

"现在我宣布，迁坟仪式开始，奏军号！"

15把军号（代表守卫贺兰山15年）一齐吹奏，雄壮昂扬，气势撼人心魄。

"唱团歌！"群山中响起全团军人的歌声，那样粗犷，那样齐整，那样振奋。那是周天成写的歌词："巍巍贺兰山，威名天下传。我们是骄傲的一代战士，我们守卫边疆忠心赤胆……"

"鸣枪！向烈士告别！"15名战士手持15支冲锋枪，向空中齐射，清脆激越的枪声震撼着贺兰山。

"全体脱帽！"齐崭崭一个动作，一片黑压压的头颅低下去。为烈士三鞠躬，人人心中掀起久久不息的波澜。

大会结束了，坑道施工连队返回工地，迁坟连队正式动工。

陈永福走进为他们准备的住房里，他没想到收拾处这么好。他转身对通信员说："小刘，太麻烦你啦！"

"这有啥，都是副团长布置我做的。你家属下午要来，副团长给司机交代，谁也不能用车，专门留给你去火车站接人，刚才副团长去烈士陵园都是坐卡车去的。"

"叮铃——"隔壁副团长屋里的电话响了。小刘跑过去告诉对方，副团长去烈士陵园了，不在。紧接着，团长屋里的电话响了。

"哎，我是团长。"高凡接了电话，"嗯，你是马占江，噢……这事你们请示副团长……"

马占江在电话里说："可是副团长不在，咱们总得干活呀，你是团长，可以答复我们嘛。"团长有点为难，最后无可奈何地说："那好吧，你们干吧，怎么好就怎么干！好，就这样。"

陈永福疑惑地走进团长办公室："团长，你跟哪里打电话呀？"高凡有点诧异："五连呀，怎么啦？"

"他们要干什么？"

"要求加大药量，放大炮，赶进度，争取提前完工。"

"你同意了？"陈永福急了。

"这有什么不同意的？他们有这个积极性……"

"哎呀不行！"陈永福打断团长的话，抓起电话听筒："快，给我接五连，叫连长听电话！"

总机回答："五连没人接！"

陈永福奔出门外，对小刘说："下午我要是回不来，你替我去接一下人！"说完，急忙朝五连工地查干朝龙沟跑去。

马占江站在洞口，浑身沾满泥土石尘，衣袖挽在胳膊上，大声喊道："其他人撤走，准备点炮！"

"连长，不能点！"曹根旺又冲到跟前对连长说，"那么大的炮要出事的！"

清早，连长对准备进洞的一班长曹根旺说："从你们班开始，打眼再深点，药量加大。"

"连长，那样不行啊，"曹根旺不等连长说完，抢着说，"咱们这条洞的石质——"

"你管那么多干啥？叫你咋干就咋干！"

"连长，施工方案是副团长审定的，不能随便改动啊……"

"一班带走，三班上！"马占江怒不可遏，关键时刻竟有人违抗命令，"你个曹根旺简直吃了豹子胆了，你还懂不懂服从命令听指挥？你就敢断定我没请示团首长……"

三班进了洞，接替一班的工作。

马占江没想到马上就要点炮的当口，曹根旺又站出来阻挡，他实在气懵了！他气呼呼地走到曹根旺跟前："团长都已经同意了，你算哪个庙里的鬼，滚一边去，完了再跟你算账！"他说着，一把推开曹根旺。他没有防备，身子一个趔趄，踩在身后的石碴上，不由自主地滑下去，脸上蹭破了皮。

"点炮！"马占江又一次下令。

"轰！轰轰……"洞口连续传出沉闷的巨大的炮声。

跑在半路上的陈永福突然站住了。他听到了查干朝龙沟传来的炮声。根据音响判断，这几炮至少多装了二至四倍的炸药。

他来到洞口，部队正在出碴。他现在能做到的，只有在洞内严密监视险情，避免可能发生的塌方造成伤亡事故。他走进洞内，查看着每一条石缝，心想，也许不至于发生塌方吧。

曹根旺也进来了，擦破皮的脸上已经结了血痂。洞内的风钻声隆隆作响，石尘飞舞，呛得人很难受。战士们头上包着女同志用的红红绿绿的纱巾，既当口罩，又用来保护眼睛。

突然，曹根旺肩上落下一粒杏核大的石子。他弯腰拣起来，又抬头看看洞顶，然后把石块递给陈技术员："你看，有情况，这是前边洞顶上掉下来的。"

"这么圆的石头！"他的眉头骤然聚到一起："说明这一带属于沉积岩，也许有断层，走，再到前边看看。"两人刚走两步，上面又落下一堆石沙。陈永福二话没说，起身往里跑，大声急叫："快，往外撤！快点！里边的人往外撤！"

曹根旺跟在后面叫："陈技术员，你快出去，我去叫他们！"

战士们迅速往外跑去，里边还有两个战士只顾打风钻，没听到叫声。陈永福过去猛拉一把，拽上就走。

曹根旺把两个战士让到前边："快，前面跑！"

他俩在最后，刚跑了十几步，忽然一声怪响，洞顶哗地落了下来！就在石沙落下的一瞬间，曹根旺被陈永福猛推一把，他不由自主地奔出去三四步，扑倒在地……陈永福被埋住了全身，曹根旺被埋住了双腿。

全连干部战士垂首围在洞口。陈永福平静地躺在那里，停止了呼吸。曹根旺的左腿受了伤。好多战士眼里溢满了泪水，默不作声。三十六次大小塌方，他们战胜了死神。这一次，死神战胜了他们。

周天成给在烈士陵园负责迁坟安葬的刘营长打电话："五连发生的事你们也知道了吧？"

"知道了。"

"那就在最前边给陈永福同志留下一个位置吧。"他慢慢放下电话听筒，软软地坐在椅子上，心情十分沉重。是的，应该在最前边给他留个位置。在所有烈士中，他牺牲得最晚，也最不是时候。他很怕看到他的妻子范秋云母女俩，心里太难受。是我的疏忽大意，使她们失去了丈夫和父亲，成为孤儿寡母。是我在部队已经宣布撤销的情况下，让死神带走了他呀。

清理烈士遗物的同志汇报，陈永福留下的东西，除常用的衣物外，就是两箱书。这时，他忽然想起一件事。他拉开抽屉，一本书出现在眼前：《地下施工概论》。这是陈永福同志调来不久送给他的。他拿出来在上面抚摸着，决定把这本书留下来，作为永久的纪念，也给自己当警钟。那次，他到各连去检查进度，发现在五连的洞口旁边，挂块小黑板。走近一看，上面用粉笔写着：

> 洞顶掉石块，赶快撤出来；
> 听见绳断声，塌方半分钟。

他问："谁写的？"说是陈技术员。

他来到九连，坑道口也挂了一小块木板，上面写着：

> 新技术，打光爆，
> 钻小眼，放小炮，
> 密布孔，少装药，
> 保证安全最可靠。

这次不用问，他也知道是陈技术员写的，以后各连都有了这种小黑板。当时，周天成仅仅是赞赏他为推动自己鼓吹的三项新技术的工作热情，直到自己后来真正接受了新技术，才理解了他的一片苦心……

突然，电话响了。他的沉思被打断，拿起话筒："是，是的，我是周天成，噢，是副军长……"

这位副军长是主管施工的，他在电话中怒吼了："你这个副团长是怎么当的？你给我负责施工，操的什么心？大半年平平安安，为什么现在死了人？你给我把检查写出来，亲自送来！我要处分你，听见没有，我要处分你……"

"我听见了，检查我写……"

他的脸发烧，头发胀。他想解释几句，说一下团领导班子和部队宣布撤编后的思想现状，话到嘴边又收了回去，作什么解释？愧对烈士！至于处分，我早就做好了准备。怎么处理都行，处分重点，我心里才会好受点。无论什么处分，与陈永福同志的生命比起来，都是微不足道的。

夜幕笼罩着贺兰山，群山显得更加巍峨。远处山沟里不时传来几声叮当、叮当的驼铃声，移动的驼队像神话故事一样迷人。

范秋云在迷乱中清醒了。她看到郭军医抱着孩子还坐在床头，疲惫至极，孩子在她的怀里睡着了。她心中涌起一股感激之情：

"郭军医，你快回去睡吧，我不要紧。"

"你觉得好点了么？"

"好多了，你回去睡会儿吧。"

她把孩子放到母亲的身边，又帮她服了药，轻轻出了门。

　　周天成坐在桌前，洁白的纸上写下四个字：我的检查。他写不下去了……高凡团长下午对他说："副团长，这次事故的发生，我有很大的责任，我不该那样轻率地表态，为马占江急于求成开了绿灯，谁能想到一句话竟……唉……"周天成心里说，真正的原因怕不是一句话的问题吧。不过，他能说出这样的话来总算还有点责任心。够了，这就足够了，剩下的蜡我来坐。他诚心诚意地说："你准备好了就走吧，免得夜长梦多位子叫人家占了。这里的事我顶着，走的时候招呼一声，咱们共事一场，喝两杯，送送你。"

　　高凡听了周天成的话，盯着他的脸，像刚刚认识他似的。

　　周天成继续写自己的检讨，刚写出一页又停住了。马占江呢？马占江怎么办呢？作为一个军人，一个丈夫，他受的折腾还少吗？部队不撤编的话，他参战有功，施工有苦，也许会提升营长的。再退一步，如果是其他撤编部队，也许他已经转业回到家乡上班了。这个时候宣布对一个连长的处分，全团几百名干部会怎么想？对下一步施工会造成什么影响？部队撤编，人人怨恨，那是爱的恨呀，是军人深厚感情的表露呀！为什么要让他心灰意冷身败名裂地走呢？

　　那么自己的命运呢？他想到了山里人的一句话："走着瞧，泼了奶子还有乳牛在哩！"他又挥笔写下去："为了早日完工，早日完成部队撤编善后工作，我命令五连加大药量……"

　　检查总算写完了，看了一遍，心中又隐隐有些愤愤不平！一年多来，团长缺职，政委、参谋长去上学拿文凭，把这个摊子甩给我。来了个团长，可倒好，甩手掌柜，成事不足，败事有余。还有那个马占江，妈的，前天晚上交代他的话，纯属秋风过了驴耳朵，一点用也没有！使用了近两年的三项

新技术，他竟还是隔年的胡豆，盐酱不进，硬是给你来了个放大炮……什么"踏破贺兰山阙"，什么"壮岁旌旗拥万夫"，已统统化为泡影。猛地，他感到自己短暂的军旅生涯这样结束得太窝囊了！

他突然起身，从写字台下抓出一瓶酒，仰起头咕嘟咕嘟地灌，猛灌……

他迷迷糊糊一直坐在椅子上，醒来时天已经亮了。嘹亮的军号声又一次划破贺兰山的宁静。

他从椅子上起来，打来一盆冷水……

马占江嗵的一下推门进来了，脸色很难看。

周天成看着他的脸："坐吧，有什么事？"

他不坐，气呼呼的。

周天成尽量温和地说："坐下，有啥事慢慢说嘛。"

"听说你在写检查？"他终于开口了，声音激昂，像训斥一个班长，"你为什么要写？这次事故关你什么事？谁叫你写的？"

"你怎么知道我在写检查？"

"听人说的。"他两步跨到桌子跟前，掏出一叠纸，放到桌子上，"检查，我已经写好了。这次事故，是我直接造成的，我一人做事一人当，怎么处理我都行，我绝不连累别人。"

"你怎么能这样想问题？"

"副团长，真的，我说的全是真话，不是赌气。陈技术员牺牲了，我的心里跟刀子割一样，什么处分我都能接受……我的话都写在上面了。"他说完，转身嗵嗵嗵地出去了。

早饭后，郭军医进来了。她放下手中的东西，说："完璧归赵，还你的东西。"

周天成打开中堂一看，眼睛忽然亮了："啊呀，你贴得这么好，不注意根本看不出来，谢谢啦！"

"有啥好谢的。"她微笑着说。

"你喜欢这幅中堂啊？"周天成问。

"喜欢。"

"那就送给你，作为你来贺兰山的纪念吧。"

"不，应该给你留下，永远挂在你的屋里。岳飞这些话，是写给军营男子汉的，尤其是贺兰山里的军营男子汉！"

周天成真想大声赞颂她一番，感谢她对他挂这幅中堂的原意的理解。但他最后还是用低沉的语气说："不过，我们就要走了，要永远离开贺兰山了。"

沉默了一会儿，郭玉梅说："我给你说件事。"

"好啊，说吧。"

"我准备回去了……"

"还来么？"

"不知道，也许还来吧。我有一封信，给你留下。"她望了他一眼，又说："等我离开贺兰山后，你再看。"

他说："好吧，按你说的办。"

她走了。他在屋里沉思了好久。

他向工地走去。路边，一丛丛盛开的五角梅向他点头微笑。他轻轻地自语："五角梅，五角梅……"

忽然，他从衣袋里掏出她留下的那封信，急切地看起来……

（原载《西北军事文学》，获宁夏第五届文学艺术作品评选三等奖）

三号房间

一

军区机关大门和招待所大门相对而开，样式也相似，只隔一条马路，显得很亲近，像弟兄两个似的。无论是由军区进招待所还是由招待所进军区，都叫人感到很舒服。

这会儿，正有几个人提了大大小小的箱包，进了招待所大门。所长金之荣打老远快步走过来，在 10 米以外的地方就伸出手，脸上堆着早就准备好了的笑容，高声叫道："哎哟吴处长、叶处长，上午接到你们的电话，我们就把房间收拾好。其实你们不来电话，我也给你们留着呢。一到 12 月中旬，你们几位秀才准来！"

吴处长一笑："这才叫真正的服务到家啦，看来还是老朋友好办事啊！"

金所长接过吴处长手里的提包，一行人说说笑笑地朝南楼走去。他们一上二楼，服务员马上迎过来。金所长说："开三号房！"

服务员一边走一边低头在一个木盘上寻找着钥匙，来到房门口，她打开门，然后恭恭敬敬地站在门边，待人们进去后她才跟进来。拉开红色灯芯绒窗帘，屋里立刻亮堂了，金所长指着服务员对吴处长他们说:"这是我们小潘,这一段时间专门招呼你们几位笔杆子!"

服务员大概听到所长在介绍她,就转过身来,微微一笑。吴处长抬头一看,大吃一惊:这么漂亮的姑娘!黑亮黑亮的头发,红润红润的脸蛋,花大花大的眼睛,身材也相当娇娜,短短几秒钟内,他直愣神。他很快觉察到自己的失态,灵机一动说:"怎么没见过呀?"

金所长说:"最近刚从西安唐都宾馆挖来的,给咱们这儿做榜样!"

"你这个点子好!"吴处长说。

金所长说:"吴处长好像是子洲人吧?"

"你的记性看来还不错!"

金所长的眼睛飞快地闪了闪:"看看,小潘是绥德的,你们是正儿八经的陕北老乡呢!"

吴处长再次盯住小潘:"是吗?小潘是绥德的?"

小潘不卑不亢地微笑着点了下头:"嗯。"声音特别小,像蚊子叫,但非常好听。

这时候,叶处长在后面用胳膊肘捣了一下马参谋,朝吴处长挤了一下眼,小声说:"瞧吴处长,眼神不对劲啦!"

马参谋"哧"地一笑。

吴处长的目光还在小潘脸上转,欢快地说:"那咱们就是亲亲的老乡啦,有什么事就找我,不过,我们在这里也少不了麻烦你的。"

小潘轻声细语地说:"那是应该的。"

马参谋插嘴说:"啊,老乡见老乡,两眼泪汪汪,咋不见你们俩掉眼泪呀!"

吴处长说："滚一边去，插什么嘴！"

说笑中，金所长和小潘退了出去。吴处长按老习惯把房间巡视一遍，到处收拾得干净光洁，暖瓶有热水，小桌上有茶叶，卫生间有毛巾、小型香皂、牙刷、牙膏等等，叫人感到比家里还滋润。

三号房间是南楼的甲等房，带个大套间。里间有一张大床，外面是工作间。由于吴处长他们来，才在外面临时加了两张单人床。军区的人都知道，"东楼脏，西楼偏，南楼豪华住将官"。但将官（主要是大军区来的首长或三总部的工作组）不常来，楼房就经常空着。临近年终，各级机关都忙着搞总结，平时轮番轰炸下面的工作组都回了窝，这样南楼就显得更清静了。也是每年这个时候，吴处长这一帮人就趁机在南楼安营扎寨了。

吴处长叫吴文斗，军区政治部秘书处处长，上校，71年兵，今年正好40岁，是军区数一数二的笔杆子。这家伙当了两年战士提成干部，除中间象征性地下了两次部队外，基本上都在政治部机关工作，前后18年，在那座办公大楼上已经蹲成精了，各种渠渠道道烂熟于心，搞材料那一套早就轻车熟路，不费什么劲一挥而就，从来不返工。这样对他来说难免精力过剩，晚上在家无事，就一把剪子、一瓶浆糊剪剪贴贴，勾勾画画，半年工夫，竟弄出一本书：《基层思想工作纵横谈》。有了经验，得了窍门，不久又弄出一本《军人成才纵横谈》。近两年，从中央到地方，廉政建设喊得紧，他灵机一动，又出了一本《古今廉政纵横谈》。"三谈"一出来，这家伙的身价就"蹭蹭"地往上蹿。从司令、政委到机关的参谋、干事，无不刮目相看，成为军区的一颗"明星"。

叶处长叫叶飞，司令部作战训练处处长，73年兵，中校，

38 岁，初级步校、高级步校、短期集训，几经锤炼陶冶，军事上一套呱呱叫。有常识的人都知道，军事上的作战训练，就玩司令部，司令部就玩作训处，作训处当然就玩处长了。如果，这个处长硬邦，部队的军事训练工作就有声有色；如果这个处长撬不起摊子，司令部的参谋长准得犯头疼。因此，向来坐这把交椅的人无不是横挑鼻子竖挑眼选上来的。可以说，作训处长是司令部的台柱子。

马参谋叫马健，是军区后勤部战勤处的副团职参谋，75 年兵，也是中校。了解内情的人都知道，他是储备的战勤处未来的处长。人虽然长得胖点，但脑子灵光。

还有一个叫刘亚林，是军区党委办公室秘书，中尉，刚从团机关调到军区不到半年，一米七二的个头，精干利索，聪明灵秀，见头一面就叫人喜欢。

这几个人来自军区司政后三大机关，都掌握本部门的全面情况，加上党办的人，就是军区党委年终总结的写作班子了。除小刘外，都是过去的老班底，每年一到 12 月，他们一个电话，人马就开过来了。每次都住南楼，每次都要三号房，吃住都由招待所包干。第一次来南楼时，所长问几号房，吴处长随口说："咱们是三个人，就住三号。三人小组，三号房间，顺溜！"第二年来南楼，所长又问住几号房，还是吴处长说："去年三号，今年还三号，一回生二回熟，熟人好办事，熟房好写稿！"第三年，所长接了电话再不问，就收拾好三号房。平时军区搞什么大材料，只要是吴处长牵头，必然还是要三号房。久而久之，三号房就成了军区出思想、出典型、出经验、出成果的特殊"车间"。

吴处长习惯地转了一圈后，仰身躺到大席梦思床上，身体

上下晃了晃，脑袋枕着双手说："你们说怪不怪，一进这屋子，脑子里的灵感就咕嘟咕嘟地往外冒！"

叶处长接上说："那就谢天谢地啦，你的灵感多冒一点，材料的成功指数就高一点，我们也就会轻松一点，大大的好事嘛！"

马参谋说："冒出来的灵感你可得收拾好，别流失了。你多贡献几个灵感，我给你多效劳几张舞票。文化站的卡拉 OK 舞厅装饰一新，今非昔比，真正鸟枪换炮啦！"

吴处长立即坐直了身子，叫道："我不小心开了个口，你们就卖乖，新兵倒想占老兵的便宜！我的灵感多值钱，你马高参搞张舞票交换不免太轻松了吧。老吴一个电话，舞票就送来了，还用得着花费我的灵感与你作交易！"

"那就灵感、舞票都由你包了，我甘愿给你跑腿当个警卫员！"马健说。

吴处长一笑："那可担当不起，好像只有军委首长才配团职警卫吧。"

正在看电视的叶处长回头说："老吴再烧包，温度也没有那么高！"说完，自己先笑了。叶飞有个习惯，平时一进家门就开电视。无论做饭、吃饭、会客还是看书、写材料。电视照开不误。他要随时捕捉各种有用的信息，灌输各种新鲜知识。吴处长回道："老吴要是发烧，早就烧成灰了。好，咱们言归正传。小刘，你别不吱声，你要明白，党委秘书可是咱们的小组长啊。"

"不不不。"小刘像被烫着似的叫道："我哪能当组长，我们处长说你是组长嘛。"党办的人归政治部组织处管，大概小刘来时杨处长作了交代。吴处长说："按情理说，你应该是组长，党委的年终总结，属你们组织部门的范围嘛。那这么着，你给咱们牵个头总可以吧！"

"这个头我也牵不了，我给大伙当个联络员吧。"

"好，叫联络员也行！"

就在吴处长和小刘说话的时候，叶飞的目光抽空从电视机上移过来，对着马参谋朝一边摆了一下头，使了个眼色，意思是：别吭声，让他们两个闹吧，反正咱们落个逍遥自在。马参谋会意地一笑，装作很认真地看起电视来。

不料叶飞的动作正好被吴处长看到了，他知道他们在借机"踩"他，就顺茬说："那就这样定了，你当联络员，不过，头儿总还得有一个，咱们不妨民主选举一个怎么样？"然后他转向马参谋说："我代表小刘先各投叶处长一票，马参谋你也肯定同意是不是？"马健见吴处长是簸箕虫吃虱子——硬扣住干呐，忍不住笑道："看来你是特别需要我这一票了？真正是不择手段啦！"

叶处长不反击就形势严峻啦，急忙沉住气说："我说上校阁下，咱们这几个人只有你当兵早，也就是说只有你浪费国家的粮食多，只有你穿国家的衣服多，凭良心你也该自告奋勇当个头儿吧，何必为难人家小刘呢，堂堂上校素质差了一点吧！"几个人笑声迭起。

刘秘书是这个班子里的新成分，第一次进入这个圈子，对身边的氛围感到十分新鲜。

谈笑了一阵子，吴处长说："咱们今天下午占领阵地的任务已经完成，接下来就是酝酿情绪，进入角色，集中素材，诸位把各部门今年的丰硕成果原汤原汁地拿出来。只要原材料丰富，这份总结就一定有成色，肯定叫司令、政委投赞成票！"

马参谋说："素材多的是，就看你这设计师的水平了，今年无论如何得弄出个新花样！"叶飞盯着电视机，身子不挪动，说："你放心，老吴的水平是一年一个新台阶，材料一报，保证叫大军区那帮人刮目相看！"

二

忽然门咚咚响了两下，刘秘书应道："请进！"门一开，进来的是小潘："开饭时间到了，请你们几位去吃饭。"

小潘进来的时候，吴处长只觉眼前一片光亮，他知道那是小潘面容的效果。他记得下午刚来他注意小潘的时候叶飞曾挤眉弄眼揉搓过他，所以这会儿目光只在小潘脸上一闪而过，不能再给他们一个把柄。在漂亮姑娘面前沉不住气的应该是他们小字辈。他回头观察他们几位，果然目光都集中在小潘身上。他心里不免滋生一丝得意，毕竟没有让他们第二次占到便宜，不然那才真是个大蠢货呢。

几个人相随出了门。路上，吴处长说："叶处长，当心哈拉子掉到脚面上喽。"

"还真有点那个意思呢，实话告诉你老兄吧，中午在家里就没怎么吃，专门等下午换肚子呢。不提吃饭还好，一提这个事，我的肚子立刻就咕咕叫，每次进招待所都这样，特灵！"

吴处长说："也就是说，只要没人提说吃饭这档子事，阁下可以继续饿下去，这说明你整个一贱皮子嘛。"几个人忍不住都笑了，连跟在后面的小潘也发出了动听的笑声。

马健接上说："为蹭公家一顿饭，上午就苦心策划，宁愿饿一顿肚子，好歹是个大处座，也太没出息了，还好意思给人介绍呢。”

吴处长说：“到餐厅看看，金所长这一顿饭要是不够意思，那就太对不起阁下的肠胃啦！”这三个人在一起，一旦矛头指向了谁，后面那个人必定协同动作，立即形成二比一的局势，使前者无法招架焦头烂额。刘秘书跟在后面，听他们唇枪舌战地对话，不明底里，踩不着深浅，便轻轻碰一下马参谋问：“叶处长真的中午没吃饭？”

马健一听就笑了，他明知道叶处长是故意装聋卖傻给大伙提供笑料，但还是说：“完全是事实，这是处长自己说的，又不是别人给他捏的。”刘秘书听了，仍然半信半疑，心里不由得嘀咕：不可能吧？

他们用餐的地方是一间雅座室，装饰高雅。军区位置不在市中心，客人从不拥挤，餐厅也清闲，晚餐的花样虽不是很多，但很实在，大盘小盘的摆了一桌子，外带两瓶啤酒。马参谋眼睛眯成一条线说：“看来金所长还是够意思，不负处座空肚肠啊！”

叶处长大度地一笑，说：“后勤部这几天开生产经营会，我们就跟上沾光了。只要会议标准高，咱弟兄们的伙食就不会差到哪里去。”

“这叫搭顺车！”吴处长说，“要是没有后勤部这趟车，金所长就会心疼的，那家伙算盘精着呢。好，闲话少说，干！”几个人不约而同地用卫生纸擦筷子碗盘，然后把筷子一齐指向猪蹄子——这是军区招待所的看家菜。一样的东西，人家弄出来的色香味就是与众不同，盛在盘子里红光闪亮的很惹人眼馋，一律剁成半个鸡蛋大的块儿，肥而不腻，香而不厌。吴处长人瘦，平时很讨厌肥肉，但只要在招待所用餐，对这道菜向来毫不客

气。这里的猪蹄子不仅味道好，而且骨肉分离，吃起来相当便利。在别的地方就不行，你嚼着那东西挺香，就是咬不断，啃不净，不过瘾。

吴处长见刘秘书吃菜过于礼貌，便边吃边说："小刘，用不着客气，谁也不招呼谁，看中了哪个尽管动手！"他又挟了一块猪蹄，填到嘴里说："咱们吃饭的口号是，李闯王过潼关，猛打猛冲！"

叶处长见缝插针，刺吴处长一下："这么来劲的猪蹄子还塞不住你的嘴，又吹你们陕北老乡呢。"

马参谋人胖，食欲从来没问题，他抽空说："不管怎么讲，李闯王总算他们陕北个人物嘛！"

叶处长说："可怜死了，皇位坐了40天，屁股还没坐热，就完蛋了，咱是不坐，咱要坐还不坐它四五十年！"

吴处长说："你？你给李闯王抠鞋都赶不上趟呢！"

今天的菜还有红烧鲤鱼和清蒸鸡等，这在当今宴席上已是一般水平，不足为奇。这个清蒸鸡在军区范围内有个雅名，也不知谁起的，叫"半夜鸡叫"。当年吴处长就诌了几句顺口溜："半夜鸡叫，猪蹄来到；回到南楼，赶写材料；司令看了，开口说好；政委看了，眉开眼笑。"

这几个人中，叶处长体形比较标准，个子高，身材好。刘秘书也不胖不瘦。具备特点的是另两位：马健胖得浑身像个圆筒。吴处长则清瘦，个头又不足170厘米，自称"残疾人"。不过这对搞文字工作的人来说，似乎文弱一点便给人一种可信感。这时候，叶飞发挥军事干部的特长，动作利索，已经吃饱喝足，便不慌不忙地说："我说老吴啊，你看看人家马参谋，好歹没辜负部队的培养，长得多壮实，一见就叫人长食欲。哪

86

像你，猪蹄子和'半夜鸡叫'没少吃，到头来还是这么苗条，好像生活标准太低似的，你说叫我们怎么向群众交代嘛！"吴处长笑而不答。

小刘没想到在军区写材料还能享受这么好的伙食，就问吴处长："军区写材料都在招待所吃住吗？"吴处长擦了擦嘴，笑道："那得看档次。像我们搞的这个材料就可以，这也是工作需要嘛。"他几句风趣话把大家都逗乐了。

晚餐结束了，桌上的菜肴一扫而光。

几个人从餐厅悠悠然踱出来。

马参谋的思维正信马由缰溜达着，忽听吴处长问："马参，吃饱喝足了，还想什么呢？"

"你怎么知道我想什么呢？"

"眼神不对劲呀！"

"我的眼神完全正常！"

叶处长趁机推下坡碌磲："入了锅的鸭子，就剩下嘴硬！"马健正要回击，话在半路上，却被叶处长腰里发出的"嘀嘀——嘀嘀——"的叫声挡回去了。几个人不约而同地瞅着叶处长的腰里。叶处长扶起衣服一看："时间到，老婆叫！"

吴处长说："叶老兄现在是年轻老婆、现代科技装备齐全了，太叫人眼红啦！"

叶飞的前妻得白血病前年去世了，后来一个经营服装的个体户尹丹兰找上门来，非要同叶飞成家不可。嫁妆是一个服装商店外带 20 多万元存款。叶飞开始还有顾虑，一是女方小了整整 10 岁，不能贪图一时高兴，坏了后半辈子的大事；二是堂堂军区的处长找个个体户总觉得有些掉份儿。可是，尹丹兰拿出经营生意的勇气和智慧，对叶飞来了个跟踪追击，她先与

叶飞见了两次面，长谈了两次话，第三次来的时候，她给桌面上放了一件东西：BB机，干脆利索地说："带上，我会随时找你的。你同意不同意，是你的权利；我找不找你，是我的权利。只要你没有彻底拒绝我，我就跟你没完！"

叶飞感动得五脏翻腾，又挣扎地最后劝道："你本来可以找一个更年轻、更般配的好人呀！"

尹丹兰说："真正的爱情不是用年龄衡量的，我看准了谁谁就般配，其实认识一个人，只要见一次面谈一次话就行了，正因为年龄上的关系，我才见了你两次面，谈了两次话，这已经足够了，我相信我的判断。"

"你究竟……"

尹丹兰立即接口说："我知道你是说我究竟图你什么，其实很简单，我图你是个正派人，图你是个军人！我小时候做梦都想当个女兵，可是我父母都是工人，没有什么办法，看着人家一个一个都走了，我恨不得给征兵办公室扔个炸弹……现在这地步了，我永远不可能再当兵了，但我找个当兵的男人总可以吧？你，你为什么问我……"她说着，竟泪水盈眶，泣不成声。

叶飞猛然把尹丹兰揽在怀里，动情地说："只要你永远别后悔……"她紧紧地用双手箍住他的腰，声音颤抖地说："除非死！除非你首先背叛我！"

事后，吴处长见到叶飞说："搞军事的人净干绝活，你是军营里在恋爱领域实行开放搞活的旗手啊，世上的好事都让你赶上了！"当时，叶飞听了吴处长的话，很有一番感激，他是第一个对他的行动大胆支持的人，他在心里说："谢谢老吴啦，这家伙的脑袋就是质量高一点！"

BB机还在悦耳地叫着。

吴处长说："军人嘛，服从命令听从指挥，快回去吧，当心受罚！"

叶处长摇着手，滑稽地说："拜拜，明日见！"说完精神抖擞地回去了。

三

早上开饭的时候，三个元老都没来。招待所的早餐品种多，营养好，但还是抵不过早觉的诱惑。平时要上早操，很烦人，一旦进招待所干了这个，早操自然就免了，可以为所欲为地睡懒觉。机关干部十有九个都是夜猫子，或赶材料，或写别的，最后再躺在床上看看书，不折腾到午夜，是不会闭眼睛的。晚上损失早上补，所以大多数人都爱早上压床板。

刘亚林知道自己是三号房间的小媳妇，按时到了。等了一会儿不见人来，便自己先吃了，又把几份菜合并，再拿了几个饼子带回来，还提了一壶冲好的牛奶放好。果然上班号响后，三个老字辈才先后摇摇晃晃地来了，风卷残云般用了早餐，开始向工作氛围过渡。

吴处长掏出一盒"苗家"烟，扔给叶处长一支。他接上说："对不起，戒了！"然后转交马参谋。吴处长立即抓住机会损他："哟嘿，新气象啊，时代不同了，人们真是一天一个模样啦！"

马参谋接着道："搞啥名堂嘛，男人不抽烟，枉在世上颠！"

吴处长吸了一口烟，问："是不是夫人有规定？"

叶处长笑嘻嘻地说："本人愿意老实交代，是！"

马健说："总不至于是为了省钱吧？"

"哪能呢！夫人是为咱的健康长寿考虑的。"叶飞说到这

儿灵机一动，开始反攻："咱这人，要么不抽，要抽就是红塔山，最次也是阿诗玛，哪像个别同志那样，拿个什么苗家小姑娘糊弄人！"机关干部现在大多数都抽"苗家"，那烟盒远看跟"阿诗玛"一个样，都是白盒，都印个姑娘头，只两个小字不同，价格是"阿诗玛"的三分之一，味道也能对付，大伙都叫"二级阿诗玛"。

马健说："现在是一万不算富，十万刚起步，一百万立账户，你叶处座是有账户的人了，我们哪能跟你比呀！"

吴处长不容叶飞开口，就吟诗般地说："世界就是这样一个矛盾的组合体，有的人是百万富翁，却舍不得抽一支烟，有的人吃了上顿愁下顿，偏要胡骚情瞎抽烟，这到底是咋回事呀！弟兄们等着吧，咱也不说百万富翁，有朝一日咱只要能'起步'，对付个十来八万的话，非得把人参买来点上抽不可！"

刘秘书在这个特殊的圈子里只有欣赏的份儿，他脸上很轻松地微笑着。

几个人东葫芦扯到西架上，娱乐了一阵子，调整好情绪，该进入正题了。这时候，房门咚咚响了两下，吴处长的脑海立即闪过一个信号，同时激发一种莫名其妙的兴奋：肯定是那个女孩子来了！门推开，果然是笑吟吟的小潘。于是房间立即出现一种逼人的气韵。小潘动听地说："给各位首长沏茶。"她的声音比内容更招人喜欢。几个人忙端好各自的水杯，放上茶叶，小潘挨个倒上开水，就几个碎步出去了。小潘的身影像一团彩云飘到了门外，也把几个人的目光牵到了门口。

这个意外的细节使刚才酝酿好的工作情绪受到冲击，过了一会儿，大家的思维才回到正题上。

吴处长以组长的口气说："今天的伙食不能白吃，咱们开始吧。小刘，我们几个老皮子给咱们侃，你年轻力壮，给咱们记，最后再一块儿审，怎么样？"

小刘赶紧说："好，好，没问题！"

吴处长面向叶飞和马健："你们说，咱们是顺利过关呢还是标新立异呢？"

叶处长马上说："既要标新立异，又要顺利过关！"

马健说："赞成！"

吴处长问刘秘书："小刘你说呢？"

"你们说咋办就咋办！"

吴处长一笑："你这话民主多了点。"

叶处长说："民主太多了，就像自由市场上多余的小白菜，要不得！"

吴处长说："咱们还是先搭架子，今年无论如何得换个套路，否则和去年一个面孔，司令、政委肯定会说我们偷懒走捷径，大军区那帮人也会小瞧咱们。我算是摸透上面那些人的脾气了，你的材料好歹来个新花样，他们就舒服！"

叶飞顺着茬儿说："所以说要标新立异嘛。"

马健说："不新不怪就没有生命力，干啥都得奔这俩字：新，怪！"

"是的，"吴处长靠在沙发上，摇晃着二郎腿："世界就是标新立异推动着进步的。"

叶飞说："对，咱们就是要弄个飞毛腿导弹之类的新玩意轰炸大军区政治部！"

吴处长坐直了身子："好，先议议整体架子怎么搭，开头的帽子怎么戴？"

"帽子当然要漂亮，要吸引人！"吴处长平端茶杯，靠在

沙发上，眼望着天花板，一副认真思索的做派："是不是可以这样开头：今年来，军区党委认真贯彻党中央和中央军委的一系列方针政策以及上级党委的指导思想——怎么样？这样还可以吧？有意见去厕所提。我接着说——以保证党对军队的绝对领导为根本，以党的建设为主线，以军事训练为重点——哎，马参，你们后勤部怎么讲？对——以实现快速有力的保障为目标，坚持一个学（学习文件），狠抓一个训（军事训练），加强一个管（严格管理），落实一个防（防案件、防事故）……怎么样？"

叶处长说："对，这个双防无论如何得摆进去，现在各级最怕的莫过于死人翻车出事故，死上一个人，翻上一台车，一年的成绩全抵消了，今年军区的运气还算不错，实现了年初的目标，不死一人，不翻一车，不发一案，不超一胎……"

吴处长打断叶飞的话："不要高兴得太早了，现在是中旬，离年底还有十多天，你敢保证这十多天中几万人就不会出事儿？记得吧，前年五团就是在 12 月 30 日下午汽车把人撞死的。世上的事儿有时候就是那么怪，天上掉个芝麻，也能正好掉在针鼻里，有些事你编都编不来那么巧！"

四

下午，开始讨论整体结构，各人先说自己的构思，然后筛选一种最佳方案。忽然，电话铃响了，吴处长正好在电话跟前，就随手抓起听筒，一听，是女人声，他估计十有八九是叶处长的小媳妇尹丹兰，就做好了准备。

电话里问："请问哪一位？"

吴处长装成叶飞："我叶飞。"

"吃过饭早点回来啊。"

"今晚我要陪个女老板，回不去！"

这时候叶飞早明白是怎么回事，跑过来夺电话。那头也觉察到这边不对劲，就大声说："你是吴处长，我早就听出来了！"

吴处长笑道："听出来了就好，你别脸红，没关系，看你的面子，本组长同意放叶飞回去，大经理，对不起，侵犯人权啦，下次提防点！"

叶飞终于夺过电话，笑容满面地："什么事？"电话里传出一阵说话声。叶飞把电话捂紧，故意把声音压低："我说，你声音小一点好不好，绝对不能让老吴那家伙听到一个字，对，这样就行。现在？现在他根本听不到……"叶飞放下电话，一副胜利者的神态，露给吴处长他们看。

吃过晚饭，叶处长径直回家去。吴处长说："马高参，还有没有比归心似箭更漂亮的词儿？有没有，快点说？"

马健摇了摇硕大的脑袋："鄙人文化浅，对不起上校，你要的词找不到。"

吴处长又问："刘秘书，你说呢。"

刘亚林只是笑。

叶飞不理睬大家的玩笑，朝大门走去。吴处长喊道："你等等！回去见个面就带上美女早点来，今天晚上不工作，玩麻将！"

叶处长说："这还像个领导的样子！"

五

　　7点半钟，吴处长领着夫人和女儿吴丹先来到三号房间。没多久，叶处长和妻子尹丹兰，马健和妻子王苹、儿子马飞也来了。他们吃了些瓜子、糖块什么的就坐下玩麻将，其余人都看电视凑热闹。马飞抱来他的电子游戏机非要玩不行，为了不影响大家，叶处长找服务员从空房间又抱来一台电视机，专供小朋友们尽情玩乐。房子大，10个人在里面活动绰绰有余，一点不显得拥挤。小刘成了公务员，倒水沏茶拿糖果，格外勤快。

　　吴处长妻子张凤琴去了趟卫生间回来后，一边打牌一边说："别的省军区处长家卫生间都有洗澡设备，就我们这儿没有，不知道你们那些头儿咋当的？"

　　站在旁边瞧热闹的叶处长指着电话机，笑着说："喏，60001，司令家的电话，请吴夫人亲自讲！"

　　"讲就讲，司令还能把我吃了不成？他们家的浴盆安得好好的，他们是人，别的干部就不是人！"张凤琴快嘴利舌，声音洪亮。

　　叶飞接上茬又说："别背后嘴硬，说，电话上说呀！"

　　张凤琴不示弱："叶处长，劳驾一下，给我接通，你就说有个姓张的找他，叫他到这儿来一下！"

　　叶处长没词了，只是个笑。张凤琴见状又加一把火："叶处长怎么啦，接呀，快接呀！"大伙都笑起来。

　　大家玩得正热闹，尹丹兰身上的手机"嘀嘀嘀——"地叫开了。她随口说："等一下。"一看号码，又说："公司的电话找我。"就跑到一边接。只听她说："嗯，知道啦，叫他明天上午 8 点半在公司见面，拜拜！"

尹丹兰打电话的时候，大伙都注视着她。张凤琴和王莘的眼睛瞪得最大，手中的麻将牌都停下不动了。尹丹兰走过来刚坐下，邻座的张凤琴就说："丹兰，嫂了看看你这高级玩意儿！"尹丹兰把手机递过去："也没啥，很简单，就是打电话方便点。"然后简要介绍了手机的功能和用法。

张凤琴是小学教师，性格开朗，她高兴地伸过手抱住尹丹兰的肩膀，又用手拍打着说："这就是人家说的那个什么'大哥大'？哎呀亲妹子，你算是给咱妇女争气啦，军区的头儿怕是还没有这个装备呢，可你已经用上了，叫参谋长、司令员瞧瞧，啥成色！丹兰，你真真是咱们军区家属的楷模呀！"

尹丹兰被张凤琴的热情感动了，一时不知该说啥好。

"一个这玩意儿多少钱？"张凤琴问。

"三万多。"尹丹兰说，"叫吴处长给你也买一个。"

"唉呀呀，别说买不起，就是能买起，我那个羞死人的教师行当配用吗？过去有话说，家有一升粮，不当猴儿王。我命苦，只能当个猴儿王，没法子。"

叶飞说："吴大嫂你也别太谦虚了，教师是人类灵魂的工程师……"

"得得得，狗屁！这年头谁把灵魂工程师当盘菜！"

正在这时候，小潘进来了，声音甜甜地说："哟，你们这屋里真热闹！"吴处长给家属们介绍说："这是小潘，楼上的服务员。"

叶处长对张凤琴说："还是你们老吴的陕北老乡呢！"张凤琴盯住小潘看，最后，她又飞快地朝吴处长瞥了一眼。

吴处长一看 9 点半了，就说："孩子们明天要上学，散摊，

你们先回，我们还有事。"

尹丹兰情不自禁地问："你们晚上还加班？"

吴处长故弄玄虚说："是啊，这是下午定好的。"停了一下，他又说，"不过，就看你了。只要你求情，我这当组长的可以照顾照顾，放叶飞回去。"

叶飞要戳穿吴处长的西洋景，对尹丹兰说："亏你还当什么经理呢，连老吴这点把戏都看不出来。他是既想回家又要拿你当药引子，你让他不回家试试，看张老师不拧掉他的耳朵！"

张凤琴立即说："快得了吧，别给我身上泼脏水，我们老夫老妻的还讲究啥，哪能和你们比！"

叶处长神神秘秘地小声对张凤琴说："我说老嫂子，你好歹得替老吴想想，要照顾老吴的舆论嘛，三大机关谁不知道我们吴上校怕老婆！"

张凤琴把手一挥："怕老婆也罢，不怕老婆也罢，今天晚上我做主，统统回家，你们的材料爱咋写咋写去，走！"大伙笑作一团，朝门处涌去。尹丹兰跟在张凤琴后面说："嫂子这人真热闹，以后常到家里来玩。"

"早都想去看看啦，你们两口子不邀请，我也不敢去。"

尹丹兰说："看你说的。"

张凤琴说："老吴回家老嘀咕，说是叶处长有艳福，娶了个好媳妇。我知道他眼馋，一馋人年轻，二馋大老板。我建议他把我掐死，也换个阔太太，可他不敢下手！"

尹丹兰笑得捂上嘴："哎哟，你越说越玄乎啦。"

"我就说，你既然有那个心没那个胆，那就一心一意跟我好好过！"

"他答应啦？"尹丹兰笑问。

"答应啦！"

吴处长在后面吸着烟，笑而不语。

叶处长和马健挤眉弄眼，他也装作没看见。

回到家，张凤琴按惯例给一家人挤好牙膏，倒好刷牙水，督促父女俩洗漱完毕，就上了床。张凤琴有心事，转身抱住丈夫的身子，说："我发现你看那个什么小潘的时候眼神不对劲，你老实说，是不是？"

"瞎叨叨！"

"那个小潘真的是陕北老乡？"

"绥德的。"

"是招待所的正式职工？"

"临时工，一年一定合同。我说你别疑神疑鬼的好不好？你老提小潘，等于帮助我想念她，你懂不懂？"

张凤琴笑了，在丈夫脸上香喷喷地亲了一口。

六

第二天，几个人灵感迸发，干劲十足，扎扎实实干了一天。他们商定晚上再加班干半夜，机关干部都有个怪毛病，晚上写材料特别出活儿，另外，只要晚上加班，金所长就会准备一份像样的夜餐，那也是很诱人的。

晚饭后，吴处长先到三号房间。他正和小刘闲聊，小潘进门来送开水。吴处长一直想和小潘说话，就留她说："小潘，坐会儿歇歇。"

小潘就在沙发上坐了。吴处长看到她的脸红扑扑的，鲜嫩得一指头就能弹出水来。小潘的眼睛朝他一望，就把他的目光

碰回去。他问："小潘，家里有些什么人？"

"父母，一个弟弟一个妹妹。"

"在这里工作还愉快吧？"

"挺好的，就是……"她有些吞吞吐吐。

"就是什么？说出来没关系。有什么困难也可以说，老乡嘛，能帮忙的就给你帮。"吴处长很热情，也很真诚。

"就是、就是我们是临时工，要考虑以后的事。我们是一年定一次合同，我今年都25岁了，家里老叫我回去……"

吴处长明白了，女大当嫁，家里人操心她的婚事。他回头一看小潘，她脸上早阴了一层。她又开口说："吴处长，你是老乡，给我想想办法，救救我……"

吴处长赶紧说："哎，哪有那么严重，有什么事商量着办嘛。这儿能干就干，不能干了就回去结婚。"

"回去一结婚就出不来了。再说，回去也找不到能看上的人，城里人又嫌我们没户口。我们那一茬人出来都五六年了，回去吃穿住用都不习惯，都愿意在外面干。有的结了婚的要出来，男的就天天打。还有一个结了婚的回到西安，硬叫男的给绑回去了。后来女的自个跑到深圳去了，到现在一直下落不明。"她说着话，早就泪水盈眶了。

吴处长立即产生了一种同情心。这些女孩子在外面生活好多年，谁还愿意回到那穷山沟去呢？婚姻上高不成，低不就，家里父母当然着急啦。他心里想，平时只看见小潘长得很漂亮，没想到她还有这么沉重的忧虑。这时候，马参谋进门了，他听了介绍，立即唤起参与意识，想着办法。

吴处长一时拿不出良策，只好对小潘说："你先回去，你这事我和马参谋在心里记着呢，有了办法就告诉你。你呢，也别顾虑太多，该怎么样，还怎么样，好不好？"

"嗯。"小潘起身说："那你们忙，我先走了。"

小潘走了后，吴处长说："马参、小刘，你们说这事咋办？"

马参谋作深思状说："这些女孩子可真是个事，家乡的对象看不上，城里的小伙子又攀不上，搞不好一个好端端的姑娘就毁了。"

吴处长抽着烟，忽然一拍大腿："马参，小刘，你们看给小潘在军区范围内找个志愿兵怎么样？军内规定志愿兵不能在驻地找对象，小潘虽然在这儿工作，但不算驻地人，既不违反规定，又能在一起成家生活。这样小潘就不必回老家送了前程，又有比较好的下场，岂不两全其美？"

马参谋说："最好还是找个干部。"

吴处长说："眼下很难。"

马参谋说："如果找志愿兵的话，一定得挑质量高的，要不可真对不起这姑娘啦！"

吴处长说："马参，这事就交给你，后勤系统志愿兵多，物色一个。"

"放心，我全包了。"

叶处长来了。他对这个办法也满口赞成，说："小潘遇上你这个老乡跟遇上了活佛一样。"他转了个身问："吴上校，你领上大伙在这里是写材料呢，还是办婚姻介绍所呢？啊？"

吴处长面露得意之色："今天晚上就算是婚姻介绍所吧！"吴处长叫小刘叫来小潘，说了打算，最后说："就这些，你回去好好想一想，同意还是不同意，两天后见话。说实话，这样做也许亏了你一点，但是从你的实际情况看，这么办也许是最佳选择了。你再想一想吧。"

小潘的大眼睛扑闪两下，说："我同意这么办。"

吴处长想，这孩子纯朴到不知道自己美到了什么程度，这种品性真是太可爱了。他说："不忙不忙，我们几个人不会拿你的婚姻大事当儿戏，你一定得好好想一想。或者再给父母写封信，征求一下他们的意见，好吧？"

小潘点点头："那我就按你说的办。"

七

10点半钟，大家吃了夜宵，精神顿长。加上为小潘的事操了心，各人的情绪都很好。材料不仅在数量上有大踏步地前进，对质量也颇感自豪。几个人正在高兴，电话铃响了，特别清脆。吴处长抓起听筒，他听出来是尹丹兰的声音，就故意把电话递给马参谋："给，你的！"马参谋满脸高兴地听了两句，才明白是找叶处长。

叶飞讲完话，对着吴处长说；"好啊，你一下子就戏弄了我们两个，该当何罪？马参，得治治他！"

吴处长忙举起双手："别别别，不迟不早下1点，本组长将功抵过，放你们回去，电话有令，就得服从。走，回家！"

叶处长回到家，妻子尹丹兰早就在门口迎候，她故意绷着脸问："那儿有好吃的，有好喝的，又有好玩的，你还回来干啥？"

叶飞嬉皮笑脸地说："电话有令呀，军人嘛，一切服从命令听指挥！"

"说得倒好听！"

叶飞还是笑嘻嘻地说："说就要拣好听的说嘛！"他听着妻子的嗔怪，心里格外舒服。似乎有了这份不满，爱情才更完整。

他走过去，将妻子拥进怀里。她很顺从，任他所为。他说："刚才打了个电话，像捉迷藏，烦吗？"

"谁烦啦？我就喜欢这种诙谐和热闹。整天给那些生意人打交道，像打仗似的。只有回到家，见了你，我才感到世界是属于自己的，才觉得轻松舒坦。"尹丹兰喃喃地说着。叶飞胸中泛起一股热潮。他深情地说："是的，家是人生的驿站，爱是生活的润滑剂。回到家你就好好休息，好好调整自己吧。"尹丹兰仰头吻了一下丈夫，说："选择你之前，有个人要娶我，他有好多钱，可我不敢嫁他。嫁了他，我的心就永远得不到休息，整天担心生意，还害怕他会吞掉我的公司。只有嫁了你，我才有一种安全感，可靠感。"叶飞紧紧地搂住她兴奋得颤抖的身子，说："放心吧，我永远是世界上最安全、最可靠的丈夫……"

前后半个月时间，这几个笔杆子经过搜集素材，酝酿主题，制定提纲，写作修改，终于脱稿了。叶处长在前面领着同伴，提大包拎小包向楼下走去，撤离招待所。小潘也帮忙提了几件东西跟在后面。吴处长回过头，看着她的脸说："小潘，你的那个事尽管放心，我和马高参给你承包了，一定给你找个精干利索，人样标致，心底厚道，叫你满意，叫你父母满意的小伙子！"

小潘低下头，脸红得更迷人，眼睛看着自己的脚尖，小声说："吴处长，你别再说了……"

（原载《西北军事文学》）

天边有座独立房

收发员在师机关和直属分队中是令人瞩目的人物。这是因为：一来是师部的收发员有个不成文的传统，向来由女军人担任；二来是收发员的工作几乎与人人有关，来来往往的信件必须经过她的手，机关好多人没事了就往收发室跑，等家信，盼情书。所以，人人都得和收发员打交道。

来到收发员位置上的女军人，十个就有九个是干不长的。收发员的业务是个烦死人的差事，每天成百上千份报纸，无数的信件，连绵不断的公文，都要一一经手分发，干不了多久，指头蛋上就会磨出一层硬茧来，烦得人会莫名其妙地发脾气。由于工作实在太累，好多人干不了多久就"蹭"地一下，不明去向了。

前不久又一个收发员上任了。

不用说，女的。从名字就可以听出来或看出来。她叫孟芸，一米六五的个头，身材苗条，头上的烫发像朵云；眼睛，你千万得注意那双眼睛，那是一对二十岁女孩子的富有神采而美妙无穷的眼睛。她是军区副参谋长的女儿。知道点底细的人都摇头，扭转收发室局面的希望必将又一次告吹。

孟芸像所有对新鲜工作具有新鲜兴趣的人一样，畅快地度过了第一天以至第六天，到第七天的时候就不大对劲了，终于发了一次脾气。女孩子的脾气，那成色……哪怕只领教一次，也会成为你永久的纪念。

司令部新来的那个参谋跑到收发室第七次问："有没有西安来的写给王大光的信？"

可怜劲！未婚妻的信？肯定是！

确实，孟芸觉得他可怜，可是决定不同情他。

"我说，你还有个完没有？你还让不让我工作？可笑！"说完后想，最后的"可笑"分量是不是重了点。又想，管他呢，反正又不认识。

新来的参谋倏一下子脸红了。后来的几天他果然很安静。年轻啊，需要锻炼，会长进的。

孟芸发过第一次脾气后，又发第二次、第三次。人们对这位新来的收发员失去希望，开始摆手，开始叹气，开始有意见。一切不应该开始的都开始了。其实，她本来也是一个文静的姑娘，问题是收发室的工作确实烦人，时间长了，你就不能不、也不会不发点小小的脾气。这间独立的小屋是培养脾气和情绪的摇篮。

不知不觉，孟芸已熬过三十一天，这个月正好是大月。下午，她开始分拣来自四面八方的个人信件。突然，她的目光停留在一个中型信封上，足足用了半分钟。宣传科吴三石收，《延河》编辑部。另有个红戳子：稿件。

稿件？退稿！

她笑了：有人可怜巴巴地给编辑部投稿了，这就是结局。他业余没别的事可干吗？听听音乐，看看录像什么的。他，他是谁呢？吴三石，宣传科的干事。怎么叫这名字呢？吴三石，三块石头，没意思。不如垒起来，叫吴磊，多洋气，多精干，

签名什么的也省地方。

她想起来了，给吴三石这样的信已不是第一次了，是第三次。刚上任时有一次，那时候，她沉浸在对本职工作的热情中，没怎么注意。第二次，她刚刚发完一个小小的脾气，冲掉了。可是有印象。印象这玩意很奇怪，很有意思。眼睛就像相机的快门，一开一闭，眼前的情景就印进去，藏了起来，以后，它常常会自觉地钻出来跟你说话。

那次她去送信，到了三楼三〇九号房门口。不看牌子也知道是宣传科。敲门后她进去把报纸和信放在桌子上，转身就走。

"谢谢！"主人说。很客气，比那个新来的参谋强。突然，就在说完谢谢的瞬间，也是在她转身的同时，她发现他的脸刷地红了。

男同志，会吗？可这是真的。为什么呢？难道自己脸上流露出了嘲笑的意味？想想，没有。再想想，再想想还是没有。那么这就对了，肯定是由于退稿引起的，没错，与我无关。孟芸这样想着，回到了收发室。

送第二封退稿信的时候，他的脸仍然红了。不过，没有第一回那么厉害。有了第一次的经验，她这次做到不显山不露水，很自然。可他怎么还是……

"嘿嘿！"孟芸忍不住偷偷笑了。

今天第三次，看他会怎么样。

今天，他来了。没料到。他站在收发室窗口外边，手里拿几个发公文的信封。

"你进来吧！"她头也不抬地说。

他点了一下头，绕到旁边，从门里进来了。

"请坐！"他坐下了，又点了一下头。

　　她一边继续分报一边想，自己为什么这么客气呢？同情吗？同情一个接二连三碰壁的人吗？可是，一个人怎么能随便就去同情另一个人呢。

　　今天她得到一个比较完整的印象：他属于中国人中的中等个，眉毛黑，眼睛黑，方正的脸膛也不白，微笑的时候，脸上像写着两个字：厚诚。

　　他坐在写字台左边椅子上，顺手拿过一张报纸看起来，准备等她分完报再处理公事。

　　"打开抽屉，看看。"她还是没有回头，而且决定再不说多余的话。

　　"又退回来了。"他拉开抽屉，自言自语地说。声音极低，但她还是听见了，女孩子的耳朵就是尖。

　　"没关系，再投！没准那个编辑是刚来的二百五，不识货。"她分完报纸，坐在椅子上一边歇气一边说，眼睛望着他。

　　点头。又是一次点头！真要命，连个"嗯"也不说。

　　他手里拿着报，眼睛并没有看在报上。她有点打算生气了，写起稿子来千言万语，说起话来却这么节省。可是又有点喜欢这一点。她顶烦那些在姑娘面前滔滔不绝的其实充分暴露自己无知的年轻人，那种人，多半是轻浮货。

　　她看了一眼他的脸，没红。一次比一次进步。

　　他有点局促地说："以后我要经常麻烦你。"

　　她很快点了一下头。受了传染。

　　"你也知道了，我业余喜欢钻钻文学，订了三份刊物，不够看，想到你这儿来借。有的同志订了刊物，暂时人不在，就在你这儿闲着。"

　　"好吧，你什么时候想看，就来吧。"

这天，他来了，自觉地坐在左边位置上。他来还一本文学月刊。

"都看完了吗？"声音很柔和，很好听。她自己也觉着了。

"没有，看喜欢的。没有更多的时间，也没有那个必要。"

是这样的，她相信。不然自己订了三种刊物，还用得着再借吗，每一篇文章不可能都是自己喜欢的，谁都有自己特别喜欢的东西。

"你经常写稿吗？"说完了，她觉得是句可以不说的话，可是，又找不到别的合适的话题。

"有了感想就写。"他有点不好意思。

"经常碰到这种事吗？我是说……"

"你是说退稿，是经常的。搞这一行，我还差得远呢。"

"差得远？"她不明白他指的是什么。

"有个名作家一生收到七百多张退稿信，可他一直坚持写作。我现在才有十几张，也许我会收到一千张，我的底子太差了，脑子也笨。前几年，连什么是小说，什么是散文都分不清。"

女高中生能分清吗？孟芸脸上有点红了。

今天是二十四日。不知从什么时候起，也不知是什么缘故，每逢双日，她心里就觉得格外愉快，而且这一天的天气往往也比较好。今天一起床，她就保持了这种感觉。这个习惯已跟随她好多年了。

"嘀嘀——"摩托车的声音，邮递员准时送来了报纸。干！早点干完，早点休息，早点胡思乱想。胡思乱想，这是最近才光顾她的一种嗜好。这几天，她也在焦急地等待着一封信，妈妈的信。前不久她写信给妈妈，赶快活动，把她调离这个大戈壁的邻居。这儿经常刮风，满眼黄沙，千里荒滩，鬼住在这里也会发愁得患上精神病呢。她相信,那封信一定会感动妈妈的。

分报,拣信。忽然,她眼睛一亮,明信片,通知吴三石,他的小说《泉水清清》决定在该刊第八期发表。她的心跳加快了,为了控制心跳,她不由自主地狠狠踩了一下右脚。

她迅速作了决定,立即发送各类报刊信件。她过去总是由一楼到三楼送,今天要打破惯例,从三楼往一楼送。她很快抱着一摞子书报往上爬,谁也管不着。

"咚咚!"纤细的手指敲击门板,像音乐。进门的同时,在她心灵的缝隙里飞出一个念头:开他个玩笑。

"吴干事,又是一封。"她装作像平时一样平静,慢吞吞地寻找着。当然她也发现,他尽管很像"没什么"的样子,但眼中迅即掠过一丝悲哀。

"给我吧。"这次他没有抬头,说完继续保持那付"没什么"的姿态。

"给,给你!"通知单端端正正放在他面前。

"这……"他站起来,"谢谢你!"

"谢我什么?"她微笑着说,按不往内心的喜悦。回来的路上,她问自己,你高兴什么?关你什么事?

那天,她对他说:"星期天你到收发室来。"

"有事吗?"

"嗯,叫你来你就来嘛。"

他去了,来到门口,他咳嗽一下,下通知。

"吃过饭了吗?"她先问。

"吃过了,你呢?"

"我也吃过了。"中国式的对话。

他决定勇敢一点,男人嘛。于是问:"你业余喜欢什么呢?"

她一时回答不上来，确实，以前那么多的时间，怎么就没想过这个问题呢。喜欢什么呢？好像什么都喜欢，什么都不喜欢。准确一点说，是碰上什么就喜欢什么，看电视，听录音机，看画报，聊天，打听女朋友的男朋友的消息，去军人服务社观察是否来了新商标的巧克力……等等。

"你呢？你总是看书、写稿，不寂寞吗？"

他笑了："不会的。学习有时候是苦些，但也是一种乐趣，一种享受。"

"你写稿也是因为有乐趣，不是为了稿费，对不？"

他一回头，觉得她的眼光像一只手正抚在他的脸上，他的眼睛赶快躲开。"前几年没有稿费，也写。写稿也是学习，是锻炼，是检验。比如你很喜欢游泳，爱看别人游泳，而自己却总不下水，那你永远也不会游泳的。咱心里总想当一名文学游泳运动员，可是基础不行，那时候家里穷，只上过一年初中，所以，我现在学游泳，就从狗刨开始。你说行吗？"

"行，你准行。"她甜蜜而有力地说："哪怕是狗刨，你也感到有乐趣，是一种享受……"

"不不，也有苦恼。"他打断她的话，"有时候写不出来或是写出来又很不满意的时候就非常苦恼，吃饭没味，睡觉不香，像得了重感冒。"

"你是'也有苦恼'，可我是经常苦恼。"

"这有办法。有个大作家说过，和书籍生活在一起，你就永远不会叹息。"

名人格言。人依靠格言生活行吗？想了想，她才说："我讨厌我的工作，所以，我想调动。"

"所以，你不能调动。"

　　"不能？"

　　"对，我很羡慕你的工作。你的收发室像个小图书馆，每天都有那么多报刊杂志，能够了解全军全国甚至全世界的大事，就像在知识的海洋里畅游。你这样坚持二年三年，别人、包括我就会有很多很多问题向你请教，你就像拥有很多财富的富人一样，你也就不会讨厌你的工作了。"

　　他像在赠予，她很感激他的慷慨。他和她都希望继续谈下去。谈，就是占有；谈，就是幸福。

　　谈，一定要谈。

　　"你有什么需要我帮忙的吗？随便什么事。"

　　他说："没有。"

　　她不希望他说没有。他发现了她的失望。

　　可是她不甘心，说："让我帮你抄稿子好吗？反正我晚上没事。"

　　他点了一下头，又觉得不全面，补充说："嗯。"

　　晚上，月光很亮。他往回走，忽然觉得有个人跟在后面，回头一看，没有。是幻觉。可是又觉得有……再回头一看，原来是自己的影子，影子很忠实，像热恋的少女。

　　她帮他抄完一份稿子后，看着自己的字直摇头，越看越怪，一个个字好像在打少林拳似的，心里狠狠地骂着自己。她的心情越来越愉快，不论双日单日都是一样的。每天她都莫名其妙地盼望早点听到邮递员摩托车的声音，一摞一摞的报纸刚捧上桌子，那种扑鼻的油墨的清香就带给她一种慰藉。报纸，报纸怎么来的，写稿，排字，印刷，邮送……一张报纸就是一块"千人糕。"

　　她那双分报纸的玲珑的小手开始了飞快的舞动，有频率、有节奏，像艺术表演。那些机灵的连队通信员们悄悄地提前来

到收发室等候报纸，同时欣赏这个"阴转晴"的收发员的动作。那回，连吴干事也在窗口外边看呆了。"哗、哗、哗……"，那一张张报纸舞动的声音，像山溪的叫鸣，像动听的乐曲。

那天晚上，她眉里眼里都是笑，对吴干事说："我最近很喜欢草原。"

他有点吃惊："你去过草原？"

"见过，在银幕上，在画报上。"吴干事踩不着深浅。

她又说："我最近学会了一支关于草原的歌子，《我是一个放牧员》，没事了就哼。"他大步追赶她的思绪，可还是很迷糊。她看出来了，说："我觉得我也是一个放牧员。我在生活的草原上放牧报纸，放牧知识，也放牧我的理想。"

他突然站起来，抓住她的手："这是诗，你是在朗诵诗，你以后学诗吧……"还没说完，他急忙把手抽回来，像烫着了一样。他脸红了。

怎么啦，又犯毛病了？她想着，脸也红了。

他准备认认真真地看看她，这才发现她早就看着他。两个人都在心里问着："刚才那双眼睛说了些什么？究竟说了些什么呢？"

明亮的月光下，梦神的翅膀覆盖了孟芸的小屋。早上起来，她偷偷地笑了。她猜测，早饭以前的全部时间都用来猜测：昨晚，他肯定也作了一个梦，一个值得早上微笑的梦。

她估计今天可以见到他，可是快响熄灯号了，还是没有见他。她第七次张望那条路，那条三百八十一步的路。那次他从这里回去，她在窗口望着他的身影移动了三百八十一步。

三百八十一步，没错。

今天没有见到他。直到第五个"今天"还是没有见到他。

这就有点糟糕了，她像无意中丢失了一双心爱的皮手套一样不得安宁。她有充分的时间胡思乱想了，其实又一点也不乱：总是想到他。二十来岁的姑娘了，还不该在工作之余来点胡思乱想吗？该！她的生命正处在这个年岁上，年岁不饶人，可灵呢。那就想吧，正儿八经的胡思乱想吧。胡思乱想是一颗金色的钉子，姑娘们总是把那么多的未来的幸福挂上去，挂个没完。

她从窗子望出去，一弯新月当空，像个问号。问她吗？她还想问你呢。

上午，她翻开《普希金诗选》，看了几页，不够味。"诗歌的太阳"照到她身上并不温暖。还不如看《诗刊》呢，又看了两页。接下来就该想点什么了。他，他到底怎么了，好久不到这儿来？有没有必要问问？正好，来了个人。

"杨干事，你们科的吴干事在不在？"

"怎么，有事吗？"

啰嗦！你只说在不在，最好说干什么去了不就完了吗！所答非所问。不成，还得问。不过，得注意语气。

"没什么，他前几天借了一本杂志，该还回来了。"

"噢，他下连去了。我看……这一两天该回来了。回来后我告诉他。"

杨干事临走时，她又观察了一下他的眼神。可以肯定，他什么也不知道。

第二天上午，他果然来了。"没有我的信吗？"

"你干什么去了？"不对啊，这声音。她自己也觉着了。

"下连去了。"他迅速回答，像学生回答老师的提问。

"为什么不告诉我一声？"

"时间，时间实在是……太紧了，是、是这样……"这是

干什么？他忽然一个激灵，跟女同志说话，得用长句子，得利索，干嘛这么狼狈。"事情是这样的，军区政治部来了几位同志，科长叫我陪上去各团了解开办连队俱乐部的情况。这不，一回来就给你说明么。"

像刮了一场风一样，一切都过去了。

"给你看个重要的东西。"她柔声地说。

"重要的东西？"她怎么说话越来越像谜了。女孩子本身就是个谜。

"给你看，不准笑话。"

他接过去，哟，原来是一首诗：

> 说什么小小独立房，
> 荡不开青春的双桨；
> 我说它是奔向幸福之海的港口，
> 一只船儿在这里扬帆启航。
> 说什么区区收发室，
> 展不开志愿的翅膀；
> 我说它是通往理想高峰的站台，
> 一只雏鹰从这里振翅翱翔……

"太好了！"他兴奋地望着她，"当然还不是十全十美。不过，这确实应该是一首挺好的诗。"

有表扬，有批评，很实在。她高兴地望着他说话，端详着他的风采。他额上有细细的皱纹，像一条条小路。下乡时，有一回进山，迷了路，只好沿着山里人踩的小路走，终于找到了一户人家。那小路她总忘不了。

他站起来，不无留恋地说："我得走了。"

她也赶快站起来，望着他："还早呢。"

"不，你看。"他看了一下表，"就要开饭了。"

"还有两分钟呢！"她明亮的眼睛一闪一闪的。

她送走他，刚回到屋里，就甜甜地笑了。

年轻姑娘的小屋，是爱情的作坊。

从此她就格外希望见到他，希望他来发信，随便什么信，公信，私信；随便发往什么地方，随便发给什么人，都行。这些她不管。

收发室、饭堂、办公楼，她每天走几次这个三角形。她曾经非常讨厌它，恨不得立即远离它，还叫妈妈支援她。可现在她一天比一天喜欢这个三角形了。多有意思，人就是这样，对原来十分讨厌的东西，后来又可以变得十分喜爱。怪，确实怪。

他送给她一支英雄牌钢笔，她送他一个保温杯，那是他们自己得到的奖品。他和她经常各自同它们攀谈，把许多话告诉它们。它们很宽容，总是恭恭敬敬地听着，全都听着。

几千里风尘仆仆，孟芸的妈妈带着办好的手续来部队接女儿了。却不料女儿冷声冷语地说："我不走了。"

"说得好好的，怎么又不走了？"

"就不走嘛，不用你管。"

"不用我管？不是你给我写的信吗？"

"那我再给你写一封不走的信嘛！反正我不走。"母亲拗不过女儿，又把手续揣回去，对谁也没讲。见了师长，她只说是来看看女儿。女儿到底为什么变卦呢？她一直想着，也没想出个子丑寅卯来。

（原载《西北军事文学》）

拉过一次手

吃过早饭，军区给水工程团指挥部的帐篷外人来人往，分外忙碌。这里是腾格里大沙漠的边缘地带，时值9月，干旱酷热。指挥部在这里安营扎寨已经半年了，为了给省上的老少边穷地区脱贫助一把力，他们要在三年内为当地群众打100眼机井，被上级定名为"百井扶贫工程"。

团长从帐篷里走出来，对团技术室的打井工程师陈洪涛说："陈工，你不是要到三连工地上去看看吗，那就今天去吧。"陈工30来岁，一米七六的个头，方正的脸盘，明亮的眼睛，显得年轻精干。他回道："是。三连工地上机器有点毛病，我得去看看，有点不放心。"团长说："那好，今天车忙不过来，几十里地，你就骑骆驼去吧。""行。"陈工答道。

"团长，我也一块去！"团长正准备走开，听见旁边有人叫，回头一看，是团卫生队的女军医李若苹，就有点疑惑地问："有事吗？"

李医生今年26岁，身材颀长，英姿飒爽，立刻回道："团长，三连带话说，那里有几个病号拉肚子，发烧，叫我们派人去，正好我和陈工一起去吧？"

团长迟疑了一下："另外派个人吧！"

"为什么？"李若苹知道团长的意思，大眼睛立刻瞪得圆圆的，"小看人，封建主义！"

团长立刻笑了："你别给我扣大帽子好不好，我是说……"

李医生抢口说："你是说那里条件非常艰苦，你是个女同志……"

团长说："三连那边的确风沙很大，路又不好走，天气这么热，还是换个人去吧。"

"那怕什么？别人能去我也能去，反正我得去！"

团长不由得笑道："真拿你们没办法，好吧好吧，要去就去吧，不过咱们得把话说清楚，回来哭鼻子最好找个没人的地方啊！"

"那不可能！"她说完就跑开了。

过了一会儿，陈工和李医生背着水壶、药箱和其他一些用具，骑上骆驼就出发了。温顺柔和的骆驼迈着大步，一晃一晃地走着，脖子上的小铃铛有节奏地发出"叮当、叮当"的声音，在空旷的大漠上传出去很远很远，分外悠扬动听。

陈工凭着一往的经验问李医生："水壶里水装满了吧？"

李医生说："那还用说！"

陈工又问："牙膏、牙刷、洗漱用具没忘吧？"

"忘不了！我说，你别婆婆妈妈的好不好，我是大学毕业的军医，不是幼儿园的小不点！"

眼前尽是一望无垠的沙海，李若苹非常兴奋，不停地东张西望。她不知多少次在电影上、画报上、报纸上看到过这些令人向往的大漠深处的景象，今天能身临其境，怎能不高兴呢。她情不自禁地大叫起来："呀，大沙漠真棒！唉，陈工，你说，这大沙漠像什么呀？"

走在旁边的陈工回头说："是金色的浪涛，是凝固的大海！对不对？"

李医生兴致很高地说："对呀，对呀，没错，真是金色的浪涛、凝固的大海！"

"我说，你这样形容大沙漠，只能是小学生水平啦！"

李若苹回过头来："小学生水平？"

陈工看着前方，边走边说："不是吗，一百个见到腾格里大沙漠的人，都一百次重复这句话。很不幸，你是第一百零一个！"

李若苹在驼背上前俯后仰道："啊，我的素质这么差啊！"

陈工也笑了："你以为你比别人高明多少吗！"

"叮当、叮当……"大漠上，驼铃声单调而寂寞。李若苹双手扶在高高的驼峰上，腰肢随着骆驼的步子一扭一晃，好像很悠闲似的。她不再说话，刚进大漠时的那点新鲜兴致也慢慢地消退了。她问："哎陈工，三连那地方干吗叫大水坑呀？是不是那里有个大坑，坑里是不是有很多水？"

"坑倒是个大坑，只是坑里没有水。也许是人们希望那里是个大水坑才这么叫的吧。我几乎走遍了大西北的干旱地区，好多地名都与水有关系，什么一碗泉、苦井村、喜集水、狼刨水……仅包兰线上，叫长流水的地名就有七八个。其实这些地方大部分没有水，要不，咱们团怎么会搞这个'百井扶贫工程'呢！"

李医生不知感从何来，叹道："西北的穷根就在这个水字上，啥时候把水的问题解决了，大西北也就脱贫了。"

陈工又笑了："你这话跟刚才一个毛病，说了等于没说。"

"又怎么啦？什么毛病？"

"那是明摆着的事嘛，还用得着你这么费心思考。你看看，还是小学生水平嘛！"

"哟，看来水平是低了点啊。"李若苹笑了，"哎，不是说要搞什么'南水北调'工程吗，那么一来，就把根本问题解决了。用洪灾治理旱灾，用我们的行话说，就叫'以毒攻毒'，多来劲！"

陈工无意中回头看了一眼李医生，猛地发现她脸上洋溢着一种鲜活而成熟的青春气息，她竟是那样漂亮，简直漂亮得有点迷人。过去，他只知道她是一位退休老将军的女儿，是一个军医，仅此而已。这一段时间虽同在指挥部里，却很少打交道，只是朦胧中感到她是一位气质很高雅的女人。一路上，两个人东扯葫芦西扯瓢的什么都谈，倒也不觉得寂寞。他心里暗暗滋生一种莫名其妙的感觉：似乎与这种气质高雅的女人谈话，自己也不知不觉中高雅起来了。他又望了一眼李医生，心中忽然本能地涌起一阵对女人的渴望。那句话是怎么说的，哦，男人的一半是女人。是的，没错，没有那一半，男人还算个真正的、完整的男人吗？三十多岁的人了，有时候对体味女人的愿望是那样强烈，又是那样模糊，同时又是那样固执。他多次在大西北干旱而贫苦的地方夜宿，那种漫漫长夜曾使他多次感到：没有男女情爱，没有自己的女人，好像自己的生命正在被什么东西一点一点地腐蚀，甚至一点一点地变质。

"哞——"骆驼猛然间一声大叫，李若苹喊道："呀，吓死我了！"陈工也打了一个激灵，思维又回到眼前的大漠上来。话说得多了，也就随便了。他问："李医生，你来大水坑，你那位王子知道吗？"他知道，李若苹和省军区军务处副处长恋爱好几年了，好像最近听谁说过，他们快要结婚了。

李若苹眼中闪过一种幸福的光彩，爽朗地一笑，装作无所谓地说："干吗要让他知道呀，他算什么呀！"陈工很喜欢听她的笑声，那美妙的笑声似乎是从她身上刷刷刷的自然抖落的，然后飘散过来，撞击着他的全身。李若苹看了陈工一眼，说："那你呢，你向你那位请示了吗？"

陈洪涛笑着说："我那位，我哪位呀？这些年成年累月在大西北到处跑，搞水文调查，搞勘探打井，哪有工夫找'那位'呀！按跑的路算，可以绕地球四五圈了，女朋友却没逮着一个！"

李若苹回头望了一眼陈工，玩笑地说："真的？该不是你挑花了眼吧？年龄不小了，该出手时就出手啊！"

陈工脸上一下子暗淡下来："人家也介绍过几个，都嫌我老在外面跑，说是特没劲，特没情调，用人家的话说，是一点儿也不酷，一点儿不来电，都拜拜了！"

李若苹听了说："这么严重啊？看来真该我们妇联组织重点扶持啦！"

已是正午时分，陈洪涛朝远处望了一眼，沙海茫茫，还不见大水坑的影子。头顶上的太阳红红的，大漠特有的燥热包裹着他们的全身，使人感到特别难受。职业的习惯使他总爱无意识地寻找那高高的井架，一旦看到那高耸的井架，目的地自然也就快到了。他拧开水壶，喝了两口水，对李医生说："鬼天气，咋这么又热又闷又呛人呢。喝点水吧，按时间也该快到了。"李若苹也打开水壶，仰头喝了两口水，说："好像温度越来越高了。"

两个人正说着话，忽然，"哞——哞——"李若苹骑的骆驼又大叫两声。陈工的骆驼也跟着叫了起来，头来回摆动着，显得很狂躁。李若苹对陈洪涛说："骆驼怎么老叫呀，是不是它们也渴了？"

"不会。一般情况下，骆驼是不会因渴而乱叫的。"陈工说着，望一眼西北方向，脸上唰地变了颜色，心跳也骤然加快了，不禁低低地自语道："不好，像是要起沙暴了！"

李若苹没听清，大声问："你说什么呀？"

陈洪涛一直盯着西北方的地平线，明确地说："沙暴要来了！"

李若苹一看陈工的神色不正常，大声问："沙暴要来了？什么沙暴？"

陈洪涛依然没有回头，用肯定的语气说："是的，沙暴要来了！我们遇上沙暴了！"

李若苹也顺着陈工的目光望着遥远的地平线，看到远方沙海与蓝天相接的地方，有一道浅浅的灰色的线条似乎在抖动。眼看着那条线越来越粗，越来越黑。再看看陈工的脸色，她害怕起来了。八百里腾格里大沙漠，不见一个人，不见一只鸟，不见一棵草，就这么孤零零的两个人、两峰骆驼，前不着村后不着店，她心里不由得慌乱起来，有些胆怯地问："陈工，你过去遇到过沙暴吗？我们该咋办呀？"

陈洪涛说："我也没有遇到过，只是听说过。"他怕吓着她，又故作轻松地说："不要紧，我们快跑！朝三连大水坑方向跑！"他说完，使劲拍打着骆驼屁股，骆驼立刻大步奔跑起来。李若苹的骆驼也跟在后面跑着。

陈洪涛一边狠劲抽打着骆驼奔跑，一边目不转睛地盯着远方的沙海。那条可怕的黑线已经变成一道长长的黑色的巨带，

似乎要将整个沙海捆起来似的。陈洪涛狠命地抽打着喘着粗气的骆驼，也不看李若苹，只管大叫："快点！快跑！没有别的办法！快跑！"李若苹早已吓得惊慌失措，也不要命地抽打着骆驼，答应着："我知道！我知道！"

眨眼的工夫，那条黑色的巨带就变成了巨大的黑色幕布，铺天盖地一般朝着他们包了过来。陈洪涛望着可怕的沙暴前锋，心中掠过一个不愿承认的思绪：难道真的叫我们赶上了？五年前，他们团在东边的巴丹吉林沙漠遇到过一次大沙暴，庞大的井架被沙暴打倒在地，扭作一团；工地上的汽油桶、木料等被强大的沙暴高高地卷起，然后毫不客气地扔在几百米以外的沙海里；人员伤亡 10 多名。三年前，又一场大沙暴在腾格里沙漠肆虐，大漠边缘的 7 个县数千间房屋、数万头牲畜、数十万亩庄稼损失惨重……他不敢想下去了。酷热的天气，他竟然浑身冷汗，心脏狂跳不已，无法控制。他回头看了一眼李若苹，她也被吓得脸色苍白，没有一点血气。他心里猛然间引起一种难以言状的痛楚，立即将自己的危险置之度外，为她担心起来。这么好的一个女军人、女干部，不能因为跟着他而遭受什么不测。一定要照顾她，让她安全地返回部队。这一切他根本没有多想，完全是出于一种兄长对小妹、男人对女人本能的保护意识。

凭着在大沙漠、大戈壁生活的经验，陈洪涛突然意识到，不能这么瞎跑了，时间来不及！返回指挥部或是赶到三连都不可能了，即便是赶到三连，那里也是沙暴腹地，危险依然存在。这阵子乱跑，实际上是瞎折腾，应该赶快想想防御办法。他跳下骆驼，把李医生也叫下来，说："来，咱们做些预防，每人先喝点水。"两个人打开水壶，喝了水，心里好像踏实了点。

然后陈工翻着自己的挎包，正好背包绳还在里面，赶忙拿出来拴在自己腰上，把另一头拴在李医生的腰上。他做着这一切的时候，李若苹显得十分害怕。她不由得小声问道："陈工，一定得这样做吗？"

陈洪涛说："感谢上帝，我们还有机会这样做，要不然……"他不再说下去了，没有时间，顾不上了。他以最快的速度把两峰骆驼的辔绳连在一起，又用自己腰里留出来的绳头和骆驼辔绳连在一起。他走过去紧紧抓住李若苹的胳膊，大声喊道："千万不要分开！"

他刚说到这里，那个巨大的黑幕就压了下来，眼前立刻一片乌黑，头顶上刚才鲜红鲜红的太阳瞬间消失，一股呛人的味道几乎令人窒息。随之而来的狂烈的沙暴将他和李若苹重重地摔倒在地，栽倒的骆驼也发出了凄惨的吼叫。眼前什么也看不见了，事实上根本无法睁开眼睛，密集的沙粒凶狠地打在人脸上，刀扎一样发痛。狂奔的沙浪紧接着朝他们身上压来，似乎要活活埋掉他们。沙暴发出的巨大的吼声像天崩地裂一样，叫人心惊胆战。他们来不及思索，沙暴就将他们一下子埋进沙堆；紧接着又掀动他们向前滚去。虽然来不及思考什么，但陈洪涛的意识还是清楚的，他只觉得自己被狂风一下子抛向空中，再狠狠地摔在地面上。不知这样反复折腾了多少次，到后来他就什么也不知道了。

李若苹在沙暴突然袭击的一瞬间，就吓得脑子一片空白。开始只觉得自己一会儿飞上天空，一会儿跌到地上；一会儿猛跑，一会儿滚动……到后来，她也失去了知觉，彻底落入了沙暴的魔掌。

当天晚上，中国中央电视台播发了当天下午发生的这场横扫内蒙古、陕西、宁夏和甘肃省的特大沙暴。这场大沙暴接连在中国北部四个最大的乌兰布和、毛乌素、腾格里和巴丹吉林大沙漠发作，造成的人畜伤亡、房屋倒塌、庄稼损毁不计其数。这场本世纪罕见的大沙暴仅次于1926年在同样地域发生的同样性质的大灾难。

大沙暴发作之后，位于腾格里东缘的给水团指挥部就陷入了巨大的紧张状态之中，在外围打井的7个连队和临时外出执行任务的23个干部战士完全失去了任何联系。这一重大灾情、军情很快通过省军区、兰州军区上报北京总参谋部……

陈洪涛迷迷糊糊中感到身上有点发凉，脑子也慢慢地恢复着记忆，回忆着先前发生的事情。他伸手一抓，抓了一把沙子。这才想起了自己是在大沙漠里。他身子想动一下，可是浑身发疼动不了，没有一丝力气。睁开眼睛一看，满天繁星，他弄不清自己现在是什么时候，在什么地方。慢慢地，他想起了白天发生的事情。他想着想着，又昏了过去。

他再次醒过来的时候，太阳已经老高了。他看了看腕上的日历手表，拼命回忆着过去发生的事情，终于想起了离开指挥部的情景，想起了可怕的大沙暴……猛然间，他想起了同行的李医生："啊，李医生，李医生呢？"

他忍着浑身的疼痛挣扎着坐起来，四处望了一遍。啊，眼前除了沙海还是沙海，哪里还有李医生和骆驼的影子啊。他回头再看看身上，军用衬衣被沙暴撕扯得破破烂烂，腰里的背包绳不知什么时候早就扯断了。还好，身上的挎包和水壶还在。水壶上那层绿色的漆皮几乎完全脱落，挎包像从垃圾堆里捡来的一样。这时候，他才感到嘴里和喉咙干得快冒烟了，急忙拧开水壶。还好，里面还有水。他迫不及待地喝了两口，迟疑了一下，没有喝完，又拧上盖子。

他站起来，向前走去，一圈一圈地走，脚印像地图上的等高线，一圈套着一圈。他要凭这种办法找到李医生，哪怕她已经……

他终于找到了她。她身上的衬衣同样破破烂烂，那条背包绳还系在腰上，药箱、水壶、挎包，什么也没有了。他把仅有的水全部灌在她的口里，她终于缓缓地睁开了眼睛。

天上的太阳火红火红，烤得大地热腾腾的像蒸笼一样。他脱下自己的衬衣，为她遮阴。慢慢地，她也醒了，坐了起来，眼睛流出了泪水，把满是沙尘的脸上冲出了明显的痕迹。

"陈工，我们还活着？"

"活着，我们活得好好的。"他说着也流下了泪水。

"我们现在在哪里？"

"只能说我们在腾格里大沙海里。"

"没有人来救我们吗？"

"还没有发现。"停了一下他又说，"不过，上级首长一定会派人来找我们的。"

"我们该怎么办呀，陈工？"

"坚持住，等待救援，或者走出去！"他说这话的时候连自己也不相信。走是肯定走不出腾格里的，等待救援？可两个人在茫茫大沙漠犹如大海里的两根针，而且自身和大沙漠早就融为一种颜色了，救援的直升机能发现吗？

李若苹的目光阴沉下来，她意识到，虽然沙暴没有要了他们的命，但死神仍然随时在召唤他们。

陈洪涛站起来，拉起李若苹："走，不管怎么样，我们必须走，不能就这样等死。沙暴是从西北方向来的，我们必须向南走，向南走还有希望，朝别的方向走，永远也走不出去。"

"可哪边是南方呀？"

沙海无垠，没有任何识别物，哪面是南方呢？陈洪涛尽管是学地质勘探的，也感到茫然难辨。他只好根据自己的判断，拉着李医生，向前走去。

不知走了多远，李若苹首先不行了。她嘴唇上的血痂发黑发紫，大口喘着粗气，实在走不动。陈洪涛取下水壶，摇了摇，递给李若苹。她无力地推过去，又被陈工推过来。陈洪涛干脆拿起水壶给她灌，等了好久，才流出一点水。

他们继续艰难地向前挪动着，走了一会儿，不得不停下来歇口气。忽然，陈洪涛从挎包里找出了一支牙膏来。他十分高兴，忙递给李若苹："来，天无绝人之路，快吃点这个！"他说着，伸手往她嘴里挤了一阵。她把牙膏含在嘴里，舍不得吞咽，嘴唇动了动，用力说："真好，真好！你也快吃点！"

陈洪涛把牙膏伸进嘴里，只是舔了舔，就拧上盖子，放进挎包。

夜深以后，大漠才渐渐凉了。陈洪涛和李若苹的体力也感觉好了些。他们昏昏沉沉地睡着了。

太阳从东方冉冉升起，充满了精气神。看来，今天又是个大晴天。这已经是第三天了。他们继续坚持着往前走。李若苹吃了几次牙膏，陈洪涛每次只是做做样子，不管她怎么生气，他也不肯多吃一点。陈洪涛脚上的胶鞋被滚烫的沙子烫得变了形，嗓子干得要命，他不由得用自己的手指使劲地掐着脖子。他想，要是能有点尿也行啊，可是，一点儿尿意也没有。

好不容易熬到了下午。忽然，一架直升飞机飞临他们上空。陈洪涛高兴地用沙哑的嗓子对李若苹说："快看，首长派人救我们来了！"李若苹抬头一看，眼睛里突然溢满了热泪。

可是，飞机转了几个大圈子，又朝西北方向飞走了。

陈洪涛和李若苹一下子跌坐在地上，再也不吭声了。谁心里都明白，生还的唯一一丝希望破灭了。

李若苹的眼泪再次流了下来，与刚才的泪水不同，这回是彻底绝望了。她大口大口地干嚎着，发不出声音，浑身剧烈地抖动着。陈洪涛再次确切地感到了大沙漠恶狠狠的敌意，他也几乎绝望了。他心里明白，这两天之所以还能挺住往前走，就是等待这架直升飞机呀！这点希望实际上就是两人心中唯一的精神支柱。

当然，对他来说，还因为身边有这个李若苹，他必须担负起救护她的责任，这一切都因为他是个大男人啊。要是没有她在身边，也许他早就垮掉了。如果说，李若苹内心在依靠着他，其实她也在某种意义上支撑着他。

男人的责任促使他站起来，伸手拉起她："走，朝前走，我们一定能走出去！"

天慢慢黑下来了，气温也在逐渐下降。陈洪涛感到自己逃不出大沙漠的魔掌了，他想了很多很多。朦胧中，他觉得李若苹肯定能活下去，好像在什么书上看到过，女人的生命力比男人强……想着想着，就躺在沙包上睡着了。

早上，陈洪涛醒来的时候，看到太阳正从东方升起来。他突然有个怪异的想法，那轮美丽的太阳真像盛开在地球上的一朵花。

清晨的凉爽使他的神志清醒了很多，他从挎包里找出那

半截牙膏，握在手里。一会儿，李若苹也醒过来了。太阳温柔地照在他们身上。陈洪涛望着李若苹，默默地把手中的牙膏递过去。李若苹心里明白，他要把剩余不多的牙膏，也就是说要把生存的希望全部留给她。她接过去，眼睛盯着它。她想起来了，这两天其实是她一个人享用这命根子一样的东西。她没有犹豫，把牙膏拧开，送到他的嘴边。但是他坚决地扭过头去，后来又夺过牙膏瓶，盖上盖子。然后，他的眼睛定定地望着她。李若苹心里一惊，她看到了他眼中放射出的那种神奇的光彩。她感到那种她从未见过的目光中，蕴含着千言万语。也许是大半夜清凉气温的缘故，使他们的体力得到了很大恢复，体内生命的精灵逐渐活跃了。李若苹看着陈洪涛说："你好像比昨天好多了。"

"是的，我也感觉好多了。你呢？"

李若苹点了点头。

陈洪涛说："李医生，说实话，这两天你想到过死吗？"

李若苹再次点了下头，轻轻地说："想到过，昨天晚上就想了半夜。"

"不，你不能这样想，女人生命的韧性比男人强。"

"唉，生命不管对谁，总是有限度的。"

"不，你不能那样想。人一想到死，精神上先就垮了一大半。我相信我的直觉，你一定能出去的，你一定要挺住！"

李若苹忽然像明白了什么，急切地说："我说陈工，这正是我想对你说的话。我是医生，你听我说，我们都能出去的，一定能出去！"她没等说完急忙扭过头去，抹掉眼中的泪水。

陈洪涛静静地注视着她。

李若苹抬头望着初升的太阳，好像他们生还的希望都在远方的太阳那里。她回过头来，看着身边的陈工。只见他的目光晶亮地一闪，然后突然抓住了她的手——尽管这双手沾满了沙土又脏又丑，早已失去了女人手的秀美。

李若苹心中一颤，继续盯着他。

陈洪涛喃喃地说："李、李医生，我、我有很多话想对你说。"

"嗯。"她答应着。她感到他的话是那么温柔，那么感人，她不能不答应。

"我、我这是、这辈子第一次拉一个女人的手，你、你不讨厌吧？"

听了他的话，李若苹心中立刻激起一种奇异的情感。她很快低下了头，轻轻地说："你想拉就拉着吧。"

这就是他想对她说的话吗？昨天以来，他脑海里多次隐隐闪现过自己不可能走出大沙漠的暗示，尽管那种暗示是那样朦胧，那样虚幻。为了打井，为了职责，遇上了大沙暴，走上了绝路，他丝毫没有怨心悔意。直到经过一整夜的恢复，他心中才涌出了某种奇异的冲动，才突然拉住了她的手，产生想对她倾诉的愿望。

陈洪涛紧紧握着她的手，目光明亮。他浑身的血管在膨胀，心脏在乱跳。李若苹感觉到了他温热的大手，也感觉到了他的激动。他是第一次拉一个女人的手，她可不是第一次拉男人的手。她和张建国会过多少回面，拉过多少次手，拥抱过多少回，她记不清了，没打算记清，也不需要记清。

忽然间，她对陈工产生了一种深深的感激和爱意。这几天，他把仅有的一点水让她喝了，仅有的一点赖以活命的牙膏，他舍不得吃，总是以一个男人的身份逼着她吃。他把生存的哪怕是一点点希望，全部留给了她。人世上还有什么能比这样的心

灵更纯洁、更宝贵呢！她情不自禁地伸出另一只手，轻轻地抚摸着他的脸颊和额头，心中充满温情。

陈洪涛动了动身子，离她更近了，动情地望着她。

李若苹有点难为情了，轻轻地说："你不是有话要对我说吗，想说啥你就说吧。"

"你真美。"他说这几个字的时候，呼吸很不均匀。

"现在这样子还能算美吗？"

"美，真的很美！"

"你说美就算美吧。"

陈洪涛鼓足勇气对她说："我想对你说句话，你能不能接受都别生气，好吗？因为现在生气，就是对我们脆弱生命的沉重打击，你说行吗？"

"行，我听你的，你想说什么就说吧。"

"咱们遭遇这场灾难，我一点也不后悔，也没有什么可埋怨的，你相信吗？"

"嗯。"李若苹点点头。

"我没什么可遗憾的，就有一件事，我想、我想……请你不要放开我的手，好吗？"

李若苹一下子沉默了。

突然，她心中一惊，似乎明白了什么，立即面对陈洪涛说："陈工，你可千万别以为已经走到生命尽头才……"

陈洪涛眼中涌出了泪花，扭过头去说："没、没有，我、我不是那个意思……"

李若苹心中一阵发酸。此时此刻，还有谁能比他们更明白生命的珍贵呢，问他这句话还有多少实际意义呢。面对眼前的处境，她心中再次闪过一丝悲哀，忍不住问："陈工，听你说这话，莫非我们真的逃不出去了？"

陈洪涛机械地摇了摇头："不，我不是那个意思，我是真的感谢你，在这最后的时刻，你陪伴着我……"

作为一个医生，李若苹对两个人现在的生命力其实心里是明白的，只是不愿意明确地承认罢了。她心中不由得激动起来，她要对一个陷入大漠绝境的男人的生命，以一个女人特有的方式给予最大的爱护。

李若苹面对着陈洪涛，轻轻地、深情地说："我也要感谢你！"他们对视了一会儿，李若苹抓住他的手，轻轻地抚摸着。

陈洪涛的眼前一阵晕眩，语无伦次地说："李医生，你、你真的、真的愿意……让我拉你的手吗？你千万别勉强，别怜悯我……你真的愿意吗……"

李若苹睁开眼睛看了他一眼又闭上，轻轻地说："我愿意，我真的愿意，你想拉多久就拉多久吧……"

陈洪涛的手拉得更紧了……

过了一会儿，陈洪涛几乎要晕过去，说话都很费劲了。最后，他挣扎着说：

"今天是个好日子！我总算拉过一个女孩子的手，我这一辈子满足了，我感到很幸福、很幸福……"

李若苹玩笑地说："说不定我们会成为大沙漠里的木乃伊，像巴黎圣母院中的那两具尸骨。只要将来考古学家发现我们是一男一女就行，至于是谁与谁就无所谓了。"

陈洪涛说："你别那么悲观，女人的生命力是很强的，你一定会创造奇迹的。"他说完，顺手摸出那半截牙膏，放到她的手里："留下它，都给你留下……"

李若苹赶忙说："你别这样，别这样，我害怕！"

陈洪涛又找了出那串钥匙，放到她的手上："这个你也拿着吧，我屋里的东西由你来处理，因为、因为你是我拉过手的人……"

李若苹哭了："你，你别这样……"

陈洪涛拉着她的手挣扎着站起来，用尽力气说："走，我们向前走。呆在这里，只能等死；只要向前走，就有希望！"可是，他刚走了两步，就觉得头重脚轻，眼前发晕，一下子栽倒在地。

他再也没有站起来。

第二天下午，上级首长第五次派出的直升飞机终于救走了已经昏迷的李若苹。直到躺在了医院里，她的手里还紧紧地抓着那个已经空了的牙膏皮，医务人员怎么也取不下来。

医院立即采取了一系列抢救措施。

两天后，她醒过来了。

她睁开眼睛，看到了父亲、母亲、哥哥、妹妹。看到她终于醒过来了，一直守在床边的母亲摇着她的手，突然失声大哭："苹儿，你终于活过来了呀……妈以为再跟你说不成话了啊……"她的哭声惹得旁边的人眼里都涌出了泪花。

母亲含泪扶着她的手，想取下那个牙膏皮，还是取不下来。她只好把女儿的手抬到她的眼前，充满怜爱地说："苹儿，你松松手，让妈给你把这取下来？"

她望着自己的手，缓缓地松开了，母亲要取走牙膏皮，可是她又握紧了。

她的嘴张了张。母亲理解她的意思，眼含热泪说："不扔、不扔，妈给你保存着，永远、永远保存着，妈是想让你的手指头歇一歇。"

她的下巴又动了动，再次抓紧牙膏皮。

也许是太累了，她又闭上了眼睛，眼中悄悄涌出了泪珠。

母亲缓缓地揉着她的手指，轻轻地说："好、好，你拿着，你拿着……"

心灵的回声

在野战部队里通常是清一色的男兵，唯独医院里有几个长头发的女战士，有人就用边防地区的习惯，说这块特殊的天地是个"沙漠绿洲"。相对而言，爱情的幼芽儿在这里总比基层单位长得早一点，但对这个坐落在贺兰山深山里的师医院的郭医生来说则不然，他多次忘记在青年时代这个人生的节气里该办的事情，把心中那隐隐萌发的小芽一次又一次压下去。可那小东西竟像奉了什么命似的不肯屈服，时常搅得他心神不宁。不过，这都是一小时以前的事儿，现在他的心情么，平静得很，安稳得很，正准备睡它一个美觉哩。

一

她"关心"起他来，连皮算还不到十天工夫呢。前几天，《中医研究》杂志上登了郭医生一篇根据临床实践总结的文章，这件事一下子成了压倒全院的议论中心。对陈晓丹护士长来说，这篇文章成了她发现郭医生的烛光，从前，她好像从来没有感觉到他的存在似的。

吃过早饭，她哼着"哎哟妈妈，你可不要为我生气"的歌子，兴致勃勃地向病房走去。不过，她确实造化好，永远也不知道忧愁是酸的还是咸的。她一抬头，正好瞧见郭三水医生走过来："郭医生，祝贺你！"

"有啥可祝贺的，你要是钻研钻研，也可以写文章的。其实你的脑子比一般男的聪明多哩。"他微笑着，不好意思而又真诚地说。

"得得！我哪是那号料，根本坐不到桌子前边去！我就爱看电视，看电影……生活嘛，就要有点色彩。"她说着娇媚地望了郭医生一眼，满含着一种神秘的深情，"郭医生，你以后有什么需要我做的，尽管说，我很乐意帮忙，啊。"

以后，她又几次向郭医生透露过愿意和他把同志关系进一步发展的意思，可是，郭医生总是那样轻描淡写，他的心像颗隔年的胡豆，就是不进一点盐酱。

这天晚上，她独自捧着《中医研究》上那篇文章，仔细琢磨这个山里娃的心性。他说话称斤约两，从不造次，憨厚老实，他所以对那个意思不感兴趣，并不见得是反对，而是思想上没有引起重视。

妈妈早就来信说过，她在山沟里先待几年，这只是过渡，终归总要调回设在大城市的大军区总医院去。她妈还明确表态，鉴于女儿的任性，她可以把女儿找对象的权力下放，但保留一个条件，必须在后勤系统找，最好在医务同行找，以便在军区医院的爸爸将来安置他们。对于她的对象问题，她们家原来的方针是"宽打地基窄做墙"，择优录取。姨妈她们早就给她物色了几个，由于种种原因最终搁浅，全家的这项头等大事一直未能落到实处。二十七、八岁的姑娘啦，再拖下去，危险指数就有必然上升的趋势。正好郭医生发表了文章，这才提醒了她。她就这样转换角度，盯住了郭三水。

总的衡量嘛，他完全过得去：长得五官端正，朴素诚恳，证明他将来很听话；聪明好学，又肯钻研吃苦，证明他前途无量；孤儿单身，无牵无挂，嗨，这又免去了多少是非麻烦！只要你郭三水能干出点名堂来，能在国外什么刊物上发表几篇文章就好了。我陈晓丹是绝不会白沾你光的。调动进城，工作安排，住房问题等等，不用你操一丝心。至于家里的那"四十八条腿"嘛，也不用你管，只要你的两条腿服从调遣就行了。

陈晓丹坐在屋里，一个人想着想着，偷偷乐起来了。青春、理想、未来，这一连串闪光的字眼呀，年轻人最容易让它们迷惑。她很满意自己的这个重大决策。她一把把那个绿塑料边的大圆镜拿过来，放到自己面前的桌子上，端详起自己的面容来。眨眨一对晶亮的大眼，露露两排洁白的玉牙，把无檐帽卸下又戴上，把额上烫出来的三个头发圈儿分配给左侧两个，右侧一个。她记得有个电影明星对发圈就是这么布置的，显得格外有风度。然后，她又对着镜子，一会儿急速退后两步，一会儿又赶忙前进两步，审视着自己的姿容。她觉得其他什么都好，唯独眉毛稍细了那么一点儿，像条老鼠尾巴似的。不过，人，谁没有缺点？不能算十分美，总有九分多吧。

现在该考虑计划如何实现了。她决定来个曲线运动，正面攻不上侧面攻，去找救护车志愿兵司机，郭三水的老乡侯见明摸摸底，搭搭桥，他们一个乡入伍来的30个人就留下他们两个了。郭医生在书本知识上可以当小侯的老师，而小侯却可以在生活知识上当郭三水的军师，这是全院男女老少公认的。

陈晓丹轻轻推开小侯宿舍的门，见他和衣躺在床上："猴子，起来，起来！"猴子——全院人都这么叫他。他机灵而热心，厚道而活泼，当初讨论他改留为志愿兵时，没有一个人反对。

猴子连忙起身："哟，原来是护士长驾到，有失远迎，有罪有罪。"

"嗬，啥时候学得这么乖啊。"她被惹笑了，伸手去拧猴子的耳朵。

猴子急忙闪开："哎慢点慢点，那玩意儿够长的了，再扯难看了，将来找不上对象你负责呀！"

"我负责！没听人说，开车的是离地三尺的活神仙，还愁找不上对象。"其实猴子早有了。

闲扯了一会，陈晓丹开始转入正题："哎，猴子，你知道你老乡什么时候结婚呀？"她采用的是迂回占领的策略。

"结婚？早着呢，对象在东西南北哪面还不晓得呢。"

"对象还没有呀？"

猴子眨了眨眼睛，心里明白了几分，故意说："是没有啊，不过，人家有没有对象关你什么事，是不是你……"说到这儿，这精灵鬼就笑了。

猴子在陈护士长面前说话，一向是没高没低的。他早就根据他的观点断定，她是个脸厚心宽不计交轻重的人，经常和她开玩笑。那天晚上看电视的时候，不知怎么引起几个女护士挖苦起男同志的胡须来。小侯开了口："其实，女人原来也是长胡子的，只是一部分人脸皮太厚，胡子怎么也长不出来；另一部分人脸皮又太薄，胡子芽刺得受不了，上帝全面考虑了一下，才把你们女同志的胡子好歹一齐免了。"

有人立刻嚷："净胡说八道！"

猴子笑了："不说不笑，不成世道嘛。"

陈护士长和大伙都明白，猴子的话是开玩笑，这样笑闹一场，她也不在乎。

可是今天一听猴子这句话，她脸上竟一下子热了，但很快又恢复了平静。她在猴子胳膊上拧了一把："去你的，少胡扯，我说的是正经事。"

猴子的眼睛故意瞪大了："谁胡扯啦？我也说的是正经事。哎，只要你有……有那个意思，郭医生那儿，作为老乡嘛，责无旁贷，我包啦！"他狡黠地瞅了她一眼又说，"嗨，要是前几天，我还真不敢打这个保票呢。"

"前几天怎么啦？"陈晓丹立即警惕起来。

"原先我问过他好几回，他说对象早有啦。原来他的父母去世了，留下他独个混日子。他的邻居家是个老中医，人家见他很老实，很可怜，就常常关照他。他也帮老汉挑水、背粮，干些力气活。后来，老汉就让他跟上学中医。那年村上见他孤苦伶仃就让他参了军，临走时节，老汉的独生女儿抹着泪送他送了好远呢。"猴子说着，瞅了一眼小陈，"老两口也有心收个上门女婿，既当女婿又当儿，两家合一家。可这家伙当兵后跟人家很少提那回事，只顾埋头学习工作，提了干部后，那层纸还是没有捅破。老中医这时候就劝女儿，庄户人家要脚踏实地，好高骛远是要吃亏的，再说老爹老娘也需要有人照顾，加上附近村子两个提了干部的都把原来的对象蹬掉了，这样人家就商定在当地招个上门女婿，前几天，人家给他来信把前前后后的事儿都挑明了，悔得他几个晚上都没睡好觉，直骂自己是作孽哩。"

"这有啥可悔的，正常现象嘛。"陈晓丹不加思索地说。

"可是，他总是感到对不起人家。"

临走时，陈护士长一再强调："暂时保密，将来谢你！"

"嗨，谢不谢先撂一边去，放你的二十四条半心吧，哪回对不起你啦！"

　　不管怎么样，郭三水是不会忘记过去那些岁月的。

　　参军走的那会，他不像人家都有亲人送；送人的饺子迎客的面，只有邻居老中医桂兰家按风俗请他吃了顿饺子。平时惯了觉不来，临别时节，才觉得心里像猫爪子抓似的，怪难受的。头天晚上，桂兰给他送来一双鞋，千层底，密线帮，结结实实的，都能踢死牛。她擦了擦眼睛，侧过身去问："三水，你走了还回来么？"

　　"咋不回来呢，我是咱这儿长的，忘不了咱这儿，忘不了你一家人。"

　　桂兰又颤着声说："到了外边，要啥东西就捎信，我给你做。"

　　后来，他竟一直不好意思叫人家做东西，从来没提过。

　　郭三水每当想起这些往事，心里不由得就激动起来。他给他们写信，回回都有表示感谢的话，但关键的一句话就是没有。前几天接了大叔的信，思前想后，心里怎么也静不下来……

二

　　这个猴子呀，简直是狗肚子存不住二两油，一点不搁事，受了陈护士长的重托，一连到郭医生那儿跑了三趟，真卖力气。这不，第四趟又来了。

　　他一进郭三水的门，就觉得有点呛。一细看，原来他刚进行了一场突击，地上干净了，桌子上也整齐了，周围的物件也归置顺眼了，桌是桌凳是凳的。猴子眉开眼笑地说："就该这样嘛，当医生的，别弄得像我们司机的房子，乱糟糟的像猪窝。"他既表扬又批评，逗得郭医生笑了。

"三水，我说那事你倒是考虑好了没？你咋老是不捏鼻子不张嘴呢？"

"这事，怎么说呢？"

"好说。"他开始开导他，"你说咱们有什么本钱，不就是山沟里个普通医生么？现在实行干部年轻化，过不了几年就得'向后转'，回到哪里去呀，总得有点眼光呀。再说人家小陈什么没有？人样，家庭，繁华的城市，舒适的环境，称心的工作，有地位的父母……独炉香叫你烧了，还磨磨蹭蹭的。怎么样？你倒是吱声呀？"

三水还是"嘿嘿"一笑："急啥，再让我好好想想嘛。"

"还不急呀，都奔三十的人了，还小呀？等你数清星星，天就亮了。要不是你这死犟脾气，老家那位……"猴子发现说漏了嘴，急忙收住，免得又勾起他的心思。

猴子起身要走："到时候别拉稀，我给人答应去了啊。"

三水连忙拽住："别慌嘛，再商量商量，我觉得两个人的性格……"

"啥性格不性格，主要看感情。有了感情就有爱情，感情只要多接触就会有。人心换人心，五两换半斤，这有啥难破的芝麻秆，以后注意点，多接触接触嘛。"

三水又笑嘻嘻地说："见明，说心里话，我总感到两个人的理想、追求不相同，再说，咱这水浅，养不了大鱼虾。"

"说到哪去啦，不怕秀才衣衫破，就怕肚里没有货，人家是看上你肚里有几滴子墨水，有出息。找对象也不是买白菜，不差斤不少两的，十个指头还不一般齐，何况一个男的一个女的呢。"

三水终于被猴子说动了。

晚上，医院的人都去师部看电影，晓丹提前给三水打了招呼：回来时走后边。他照办了。

这是一个明月铺地的夜晚，贺兰山里十分寂静，月光给大地披上了一层神秘的色彩。月光下，陈晓丹脸上更加富有光彩，眼睛真像嵌在白玉上的两颗黑宝石，保持得完好的发型显出优美的轮廓。

她问："你喜欢音乐吗？"

"我一听好的乐曲，心都会醉了呢。"

"那怎么总不见你听歌看电视呢？"

"太忙。"他老实回答。

"你喜欢拉琴不？"

奇怪，她怎么一个劲地像审问呢，说不说呢，想了想，对她说："会都不会，还谈得上喜欢？"

"听说你能画画？"陈护士长听人说过，他什么都能来两下，可平时很少见他练习。这会，她恨不得把一切都弄明白。

"那都是过去的事了，小时候，啥都想学，见啥爱啥。"他停住不说了，似乎感到这有点吹牛，不好意思起来，另外，也有点不习惯被人追问。

"说呀，往下说嘛。"陈晓丹这会儿希望他讲得越多越好。

他只得继续说："先学着拉二胡，提高太慢，接着又学画画，但是没人指点，老不进步。烦了，又练写字，没有字帖，不知该怎么练，到底也没写出个样子来。后来才跟上人家学中医。唉，样样都通，件件不精。"

偏见的力量实在大，带有爱情水分的偏见就更厉害。陈晓丹过去从来没有对郭三水这么感兴趣过，这会儿她发现他的优点真不少呢，她侧头望望他："还谦虚呢。"不等人家问，她

就说明自己的情况："我和你一样，也学过不少呢。"

她确实学过好多花样。她说她先学芭蕾舞，可是太累人，不干了。又学小提琴，妈见女儿有这个高雅的志向，二话不说，买来一把。虽然说成果不大理想，现在总能拉几支歌子，总不能说完全荒废吧，比学跳舞进步多了。入伍几年后，医院刮起一阵外语热。见别人学英语，她又来了劲，连买带要加上家里邮，弄来好几十本书。功夫不负有心人，终于记下了包括"您好！""请问您幸福吗""请上我家来吃晚餐"等在内的好些单词和长句子。

她表示悔过了："唉，过去吃亏都吃在三天打鱼两天晒网上，现在要吸取教训，安心干好护士这一行。报纸上最近介绍了北京一个老护士的事迹，我将来要像她那样，当全国护理协会会员。"

三水知道，好多人都不愿意长期干护士，他有点怀疑她。月亮抿着嘴儿，星星眨着眼，连它们也好像有点不大相信似的。

经过一夜考虑，陈晓丹决定找郭医生借书。叫开门后她快活地说："我想找几本书看看，行吗？"

"你拿吧，自己挑。"

她翻了翻桌子上的一摞杂志，又弯腰把书架上的书名扫了一遍，最后只拿了今年新出的《中医研究》，说："这四本我拿走啦，啊。"

第三天，她就把书送来了。郭医生问："都看了？"

"有关的看了一部分。"她很满意自己的回答，"有关的""一部分"，这多得体，他大概不会因此怀疑自己不勤学、不刻苦吧。全看了？那不行，他一定会猜到这是撒谎，别看老实人心眼不多，说谎话的神情还是会觉察到的。

她把书放到桌子上，又去瞅立在书架上的那一排书。不过，她还是有点怕，怕他问读了哪些文章。天知道，地知道，加上她知道，这几本杂志连目录也没看完呢。也难怪呀，她实在太忙了。谁让这两晚上的电视节目那么吸引人呢？谁让前边的李医生探家回来带的光碟尽是进口的呢？陈护士长再聪明，也不能把一分钟劈成两半用呀！

不管怎么样，书还得继续借，她又拿走了四本。

爱神轻轻推开三水的心扉，成了登堂入室的皇后。每当她站到面前的时候，他就觉得她身上好像有一种什么射线似的，不禁浑身拘束起来。陈晓丹可不管这些，也不曾发现他的这些细微变化。她星期天从军人服务社一回来就直达郭医生宿舍，取出一件青灰色夹克上衣："来，试试怎么样？"

三水急了，不知怎么是好："你怎么就买东西呢？"

"这有什么呀，随便拿了一件，也不知道你喜欢啥色的。"她说话的时候，十分轻松。可三水呢，他在家时没买过什么像样的衣服，参军后一直是部队发，他还从来没有买衣服的习惯呢。他捧着这件衣服，一股暖流通过全身。爱护，关怀，温暖，是多金贵呀，过去他得到的太少了。孤儿的凄楚使他的心灵变得非常敏感。谁给他一分好处，他就会报以十分的感激。

当然，郭医生并不死心眼。当猴子在床头发现这个塑料袋，问他东西哪来的时，他毫不迟疑地回答："买的！"

"多少钱？"

"七十八元三毛三！"三水后悔当时没有顺便问问价钱。

"去你的吧，骗得了别人还能骗过我！告诉你吧，这件，九十六元五角整，记下了吧，小和尚还想哄大和尚。以后少来这一套，问你什么，就老实交代！"三水这会只有招架的份儿了。

陈护士长这块打开爱情之门的敲门砖，把郭医生打得有点

晕晕乎乎了。除了工作更加勤谨之外，也格外注意修饰自己了。原先，在猴子督促之下，他曾买来一把梳子，可这是一把基本上失业的梳子，只有在碰到手边的时候才启用一下。如今呢，也得到主人的欢心了。

在人生的长河里，人们大都可以找到一个幸福的所在，而在爱情这个角落里逗留的人最多，时间也最久，郭三水呢，也慢慢摸住了它的门环子。

三

正在陈晓丹闪动梦想幸福的羽翼尽情驰骋的时候，又一件遂心合意的特大喜讯敛翅栖在她的心头。

原来，对医务干部评定技术等级、结合调级的工作在医院开始了。医院按比例可以调两名。人们在各个场合议论着这件事。郭医生和陈护士长都有希望。

陈晓丹坐在三水对面，俨然以"自己人"的口气说："这回只有两个名额，你那几篇文章也真的登在关键的时候了。你想过没有，这回呀，两个指标是落不了空了。"

三水有点像猫吃粽子——不解，半天没说啥。

"你想，凭你的为人，凭领导对你的印象，还有你那几篇文章……"

"哎呀，你又是那几篇文章，那几篇文章有啥嘛。"三水打断她的话。

"你听我说呀，就凭这，别说两个名额，有一个也是你的。至于另一个，你没听到什么讯吗？"她想把另一个名额是她的事儿说出来，又不好意思张口。

"没有啊？"三水并不十分关心这次调级的事，依他想，评上评不上，大伙儿都长着眼哩。

这时候，外面有人叫陈护士长，她起身甜甜地一笑，飘然而去。她的背影留在他的脑海里。不用比，陈护士长要人样有人样，要身材有身材，从穿戴的优越到举止的大方，算得上全院女孩子们的样板了。他不由自主地时常偷偷观察她，想象她。渐渐地，她不在眼前时，他就有点想她了。

终于，命令宣布了，他们两个同时晋了一级。

郭医生到化验室去送化验单，刚走到门外，忽听得有几个姑娘的声音：

"怎么评的，陈护士长的责任心哪里比得上王护士长呢！"

"咱们没提陈护士长呀……"

他的心有些沉了。说实在话，在许多方面陈护士长是得向王护士长学习着点。这以后得提醒提醒她。

不料，下午去药房，甚至在饭堂都有人议论这件事。这一次一次的议论，给他心里压上了一块又一块的石头。

郭医生正在病房给小刘作最后的检查。这个可爱的小家伙入院那天一查，年纪轻轻的竟是让肾炎给拿了，化验了一下，真吓人，四个"+"号，眼泡儿胀得鼓鼓的，腰疼得直不起来。门诊所把他介绍给郭医生，接受中医治疗。现在病情刚好转，他就缠着要出院："还是让我回去吧，今年连里坑道施工任务特别重。我们班一个老战士回家探亲，一个考上军校走了，班长借调到教导队当教员，人手太缺呀，任务咋完成呀！"他急得快要哭了呢。

郭医生望着他那双诚挚的眼睛、不算强壮的身材，心软了，想了想说："那好，我给你开上几付中药，你回去一定按时熬

着吃。特别要注意休息，不能劳累过度，有什么难受，就赶紧来，不能由着性子，啊！完了我还要给你们连长打电话。"他走到小刘跟前，拍了下他的肩膀，"挂包先放下，今天怎么也是回不去的，没有车，明天早上走吧。"小刘被这位大哥哥似的医生感动得打了几转的泪水差点掉下来，急忙用手抹了一下，说："郭医生，你放心，一切我都照你说的办。"

病房的门"嗯啦"一下被推开了。陈护士长一进门就喊："哎呀，叫我找了好几圈子，原来你在这儿呀。你来，我给你说个事。"他们一边往外走，她一边说："别老是整天呆在病房里，和那些小战士磨闲牙，有空好好看书，钻钻理论，写点文章。那些病号，该走的坚决让走，医院也不是养老院。"

"他是要求走的。"他发觉她误会了。

"要走就让走得了，别看这些战士怪可怜的，大不了这儿碰了下，那儿肿了点，还不是在连队呆烦了，干累了，借故出来逛逛，逃避一下，对这些人别太慈悲了。"

他简直有点懵了。

他上次巡回医疗时，来到一个阵地支撑点上的五连，那儿正在掘坑道，修工事，战士们个个一身土，一身灰，头发里也钻满了石灰粉。为了防止石头粉末侵害身体，他们一人买一条城里姑娘们戴的大纱巾，把头整个包住束在脖子上。忽然一阵"哗啦哗啦"的响声，原来一块石头受了震动从山上滚了下来，眼看要砸着一个战士，突然间，已躲在旁边的另一个战士猛地扑过来，推倒那个战士，可是石块却擦他的身子飞了下去。他坐在那儿用手护着腰，他受伤了。他和大家简直惊呆了，心提到嗓子眼上了，等回过劲来，他赶快跑过去，给他检查，上药，看着他休息。可第二天他又去了，外伤加上劳累，他不得不第二次躺下，得了肾炎。在他的动员下，他才跟着他来到了师医院。他就是这个新兵小刘。

陈护士长刚才那些话，郭医生虽然没有反驳，但却在他心里留下了不愉快的影子。

他们相跟着来到室外，在月光沐浴下，陈晓丹压抑不住心头的兴奋说："手续全办好了，东西也收拾好了！就是找不到你这个山沟里的'活雷锋'。"

"手续？啥手续？"他糊涂了。

"调动手续呀，上午通知了我以后，我就去把各种介绍信都办好了，下午收拾了东西，明天就动身。"

三水记起了，她曾经说过，这边疆，这山沟，不是金銮殿，终非久留之地，什么西北大门呀，战略要地呀，少我一个有什么关系。他也知道她迟早得飞，没想到这么快。调了级才一个星期呀！

他接着说："明天就动身，定了？"

"哎呀，为这一天等了好几年啦。你想想，好几年才调了这么一次级，好容易等上了，不为这的话，早走了。"

月亮悄悄地倾泻着光辉，分外明亮，分外光洁，像轻纱一般，淡淡地笼罩着群山，一座座山峦显得非常神秘，一棵棵沙枣树投下自己的姿影，一个个有灯光的窗户像年轻人的眼睛召唤着生活，这古老的边陲不断地在变，这儿留下了多少人的回忆啊。边疆的月光是很美的，可是再美的月光，也只能照到物体的外形，包括人的外表，它照不到人的心里去。

三水皱起了眉头，沉默不语。陈晓丹以为是他对离别伤感，就劝导说："别急，我去了以后，待安定下来就立即联系你的调动问题，有我妈呢，尽管放心，啊。"

　　尽管护士长一再安慰他，他还是一言不发，勾着头，也不看她。这使护士长感到大为扫兴，她原想，今晚上，在这明朗的月光下，在这平静的山沟里，在这软绵的沙滩上，在这即将远别之际，他一定控制不了他平时那种拘于言谈的、一本正经的脾性，冲动地笨拙地和她像电影上的镜头那样拥抱一番呢。那多好呀，那对她离开贺兰山，将留下生平里最甜蜜的一个记忆！

　　由于医院是一个特别惹人注目的地方，久而久之，全院人都变得非常敏感，平时一有个什么风吹草动，哪个男的和哪个女的说了几次话，谁又跑到谁的屋里去了，立即就有人捕风捉影，加盐加醋，弄得满城风雨。但城里来的尤其是干部家庭来的那些女孩子，多数是我行我素。不过，老院长绝不会放弃自己的特殊职责，利用开会、点名等一切机会，三天两头进行敲打，因而男女界线在这里是很分明的。时髦逗人的电影归电影，青春心灵的激动归激动，就在他们有了那个意思那层关系之后，她也不曾有过什么过多的想法。可是今天晚上，这最后一个晚上，他为什么还是那样无动于衷呢。怪事！她心里恨恨地骂道："木乃伊！真正的彻头彻尾的山里的榆木疙瘩……"

　　三水刚回到屋里，猴子就跳了进来："哎，陈护士长找你，见了吧？"

　　"见了。"

　　"说话了？"

　　"说了。"

　　"说了就好！明天早上送人家时送远点。别人回来了，你再送一程。她飞走了，你也就快了。你看这次评职，调级，调动，人家她妈只是个电话，嘿，全都顺利解决啦！"

"她妈打了电话？"

"瞧你眼睛瞪得像蛇蛋，打电话咋啦，有啥稀奇的，现在什么事都这个样。要不是人家她妈疏通呀，你们小陈的职称能评上去？职称评不上去级能调上？她能飞走？你能离开？知道吧，本来这两个指标是你和王护士长的。清楚吧，书呆子，好我的老乡哩。"

"那么，打电话的事她也知道？"

"笑话，不互通情报咋能成呢！"

三水陷入了深深的沉思，连猴子什么时候走的也不知道。开始，他感到脸上一阵阵发胀，甚至连胸脯也憋得有些发慌发紧。过了一会儿，他的思维才变得有条理起来，头脑也冷静了。他以一个医生的职业习惯，对他和她之间短暂的交往，进行过滤：我原来差点落个"万金油"，那是山区的贫困造成的；她也几乎是个"万金油"，可那全是因为怕吃苦和家庭的娇惯所致。老天爷真是胡乱安排，家庭温暖，我得到的太少，她得到的又太多了。最可怕的是，她能干出那么低下的事来，通过走后门评职调级！两个人之间有真正的爱情吗？这不过是一场交易！在她眼里，我的诚实，我的专心致志，加上我的孤儿出身，都成了优等的猎获对象。如果说，原来心中那种隐隐地对她不感兴趣是因为性格、志趣、理想不大合拍的话，那么现在对她反感，则是因为心灵上的距离太大了。他这样想着，放下了心中那副不轻不重的担子。

他深深地吁了一口气，把胸中的不愉快全部打发了。一切都让它成为过去吧，郭三水应当走自己的路。瞧瞧，窗外的月亮不还是照样亮堂吧，贺兰山不还是那样壮观吗，世界上一切照常。

四

吃过早饭，医院门口挺热闹的，陈晓丹满面春风，掩饰不住心头的喜悦。她就要去 30 里外的火车站了，送行的人有说有笑。

她的目光迅速地在人群后面又搜索了一次，见鬼，还是没有郭医生的面。

这时候，猴子可急坏了，鞋底下像抹了半斤大油，跑前跑后，跑左跑右，可连三水的影子也没见着。最后他又到病房挨门去找，有人才说，他一吃过早饭就送出院的小刘去了。猴子十分悔恨自己疏忽了这件大事，他只得转回来，把这不幸的消息告诉陈晓丹。

（获宁夏第二届文学艺术作品评选优秀小说奖）

遥远的阿拉乌拉

那天，指导员把我叫到办公室，非常客气地说："小刘，快坐，快坐下！"我是个入伍不到半年的新兵蛋子，双脚并拢立正，两眼平视前方。可爱的指导员满面笑容走到我跟前，双手搭到我双肩上，硬是把我按到椅子上："坐下坐下，随便点嘛。"接着他又沏了一杯茶，放到我面前。好香啊，一股芬芳的茉莉花味儿在房间里窜来窜去。指导员怎么对我这么好呢？我感动得像蚂蚁上了花椒树，手脚直发麻。

"连里决定派你去执行一项特殊任务，能担负这项任务的，都是连里挑了又挑、选了又选的好同志，不知道你愿不愿去，现在只是征求你的意见。"

"我愿意！"指导员刚说完，我就大声表态。凡是班长以上的领导分配给你的工作，即使你十分不愿意，但你嘴上也得十二分的愉快答应。军令如山，到头来你去也得去，不去也得去。你应当看起来好像早就巴不得想干那件事似的，这样不仅会给领导留下好印象，而且说不准什么时候哪一块云彩下雨，还能捞个嘉奖什么的。如果你不愿去而最终又不得不去，那就犟人吃犟亏，犟驴挨棍棍——磨子也拉了，鞭杆也挨了。

"是这样，咱们连负责看守山里的几条战备坑道，那里原来住着咱们一个老战士，现在该换换他了。那里是一个人执勤，

远离领导，自己管理自己，纪律性差的同志，我们还不放心呢！"

我大声说："感谢连首长对我的信任！"

指导员又说："那里虽然苦点，但也有好处，时间充足，全由个人支配，你去了可以多看看书。噢，对了，你平时不是还喜欢写毛笔字么，在那里你还可以多写写字，说不定还能练成个书法家呢。怎么样？你再好好考虑一下？"

"我考虑好啦，指导员你就说什么时候出发吧！"我态度坚定地说。

指导员笑了："好！那就明天让连里的毛驴车送送你。去的时候，在文书那里领上两支毛笔，三瓶墨汁，四捆报纸，到了那里好好练！"

"驴吉普"运行60里地，把我从贺兰山的查干朝龙沟口送到深山里，把老看守员接回来了。老看守员给我介绍说，阿拉乌拉——坑道所在的这座大山的蒙语意思是"奶头山"。他给我指了指相邻的两个突兀的山头，真像女人的两个乳房。

我的伙伴叫"巴特尔"，蒙语意思是"英雄"。这是个黄色的雄性狗，瓜子型脸，双目有神。别看它有个蒙语名字，其实是宁夏籍狗。

早上醒来，我跑出洞一看，旭日东升，天气晴朗。我伸展了几下胳膊。巴特尔也出来在洞口的小操场上跑步锻炼，看来它很自觉。这里的空气异常新鲜，吸之不尽，用之不竭。如果我也像刚调回去的老战士也在这里干两年，肯定有益健康；如果我长期待在这里，那就完全有可能打破我们村的长寿纪录——刘四爷高寿活了96岁。不过，刘四爷一辈子不刷牙，而我现在刷牙；刘四爷一辈子没吃过一片西药，而我吃过。不刷牙是不是他高寿的原因，很难说。城里那些从两岁就开始刷牙的人，刷来刷去反倒刷出那么多五颜六色的癌症来。美国有个老教授说，许多病都是由牙刷传染的。他还说预防的办法是每天换一个牙刷。这样的话，国防部发给我们的津贴费显然就太少了。

贺兰山是光秃秃的石山，没有树木，只有一种稀少的尺把高的小草。它夏天开花，五瓣，老兵叫它五角梅，我正在山坡上寻找这种小花，忽然，耳畔飘来缕缕歌声：

蓝天上那个白云飘——

牧羊哥哥哟回来了——

哟！这是谁在唱歌？唱得这么好！对了，一定是伊利盖图那户牧民家的姑娘唱的。老兵说，伊利盖图是蒙语"一棵树"的意思，那里住着一户牧民，是我们的邻居，隔两座山，有七八里地。方圆几十里地面就他们一户人家。这几天我一直没见他们。我迅速爬上山顶观望，找来找去不仅找不到人影，连歌声也没有了。我只好泄气地下来。可是一下来又听见她的歌声。

这是我几天来第一次听到的人的声音而且是姑娘的声音。后来 知道她是在故意躲着我。

我太需要见到一个人了，不管什么人，男女老少都行。白天，满眼是灰色的石头；晚上呢，尽做花花绿绿的梦。早上，我坐在洞口看天上的白云咬仗，看累了又自个用石块玩"狼吃娃"。巴特尔坐在旁边当观众，尽管它目光炯炯，神采兴奋，表面上很聪明，实际上它对这个游戏屁也不懂。

忽然，我听到几声细碎的"咯咯咯"的笑声，一回头，远

处站着一个蒙古族姑娘。我一脚把"狼"和"娃"们踩得四分五裂，朝她走过去，问："刚才是你笑的？"

她侧着脸，头包红纱巾，手执牧羊鞭，脚穿短皮靴，不回答我的问话，却笑着说："真有意思，你刚才干什么呢？"

我不好意思地说："我刚才，嗨，瞎玩！"我注意到，她的身边跳跃着一只小黑狗。可以看出来，它是个雌性狗，很温顺善良，不过整个比巴特尔小了一个型号，也长了一对很漂亮的双眼皮。趁我和牧羊女说话之机，巴特尔和小黑用它们的小脸互相蹭来蹭去，非常亲热。一会儿，它们竟跑到山后去了。没准在我到来之前，巴特尔和小黑就恋爱了吧。

她在我的床上坐下，我坐在对面的弹药箱子上。我拿出我的压缩干粮、酸辣菜罐头，还有我烙的饼子，任她选用。她不吃，只是喝。她的个头不算矮，不胖不瘦，青春旺盛，两个红扑扑的脸蛋又细又嫩，一指头就能弹出水来，一对大眼睛秋水荡漾，几缕黑头发随风飘动。平心而论，她是个蛮漂亮的姑娘哩。

我问："这几天是你在唱歌吧？"

"嗯。"她害羞地点了点头。

我说："唱得真好！"

她说："不好。"

我说："实事求是，好就是好嘛。这些天我能听见你唱歌。为啥总见不到人呢？"

"你刚来，我害怕。"

我说："有啥怕的，我头上又没长羊角！"

她忍不住"噗"的一声笑了，嘴里刚喝的水喷了我一脸。我说："没事没事，全当下了几滴雨。"我在脸上抹了两把，又问："你们家就住在伊利盖图吧？"

她点了一下头，又告诉我，那里原来有指头粗的一股小泉水，水边上活着一棵老榆树。一百多年前，他们就在泉水边上安了家，垒了羊圈，相传至今。

我想，我是九十年代的解放军战士，在牧羊姑娘面前应该大大方方，就说："我们现在是邻居啦，你以后要常到我这儿来，我也常到你们那儿去，远亲不如近邻嘛。我来介绍一下，我叫刘天成，今年19岁，其实是18岁零6个月。你呢？你叫什么名？多大？"

她轻声说："叫斯琴，17岁了。"

我有些惊异："四琴？你老四？"

"咯咯咯，"她笑了，"是这个斯——"她用手指在我床上写了一下。

"噢，是斯大林的斯。斯琴，什么意思？"

"是玉石的意思。"

我点点头，心里说："嗯，是一块漂亮美丽的玉石啊。"我再次提议："你以后见了我就叫小刘，我见了你就叫小斯——小斯，好像不怎么好听，小斯，小琴，对对，就叫小琴，怎么样？"

她又点了下头："行。"

这天上午洞外又飘来脆酥酥的歌声：

> "蓝天上那个白云飘，
>
> 牧羊哥哥哟回来了……"

我到外面一看，小琴正站在山坡上，几百只羊满天星似的撒在野外。我向她摇手，她笑了。巴特尔早就迎接小黑去了，看来狗情世理它们还是懂的，用不着人教。

小琴经常到我的坑道里来，一来就说古道今，没完没了。巴特尔和小黑守护着羊群，万无一失。小琴高兴地吃着我的葵花子、饼子、水果糖。她吃得越多，我就越高兴。该说的话差不多已经都说过两三遍了，不能再重复了。我母亲从小教导我，说话不要啰嗦；我父亲教导我，说话不要拖泥带水；老师教导我，语言要简洁；我的祖母水平最高，说："话说三遍比屎臭！"

我对小琴说："我给你讲个新故事吧。"

小琴的大眼一忽闪："好好，你讲吧，你讲多少我听多少！"

我说："我们连长，不，是营长，不对，营长没参加，是我们团长，他前几年在中越边境上打仗，那时候他当侦察参谋。有一次，他单独外出，一不小心被越南特工一个班九个人给抓住了。他们收了他的枪，把他推在最前边往回走，他们一溜儿跟随在后边。我们团长自然一直想脱身，可总是找不到空当。走着走着，他突然从裤腰里拨出另一支藏得很秘密的小手枪，转身对住第一个敌人的脖子狠狠地开了一枪，子弹通过他脖子正中间，又穿过第二个敌人脖子的正中间，又穿过第三个敌人脖子正中间……一直穿过第八个敌人脖子正中间。没想到子弹穿过第九个敌人脖子的时候，那家伙咳嗽了一声，所以稍微偏了点——就他一个保住了命，但是他吓得趴在地上一动也不动，我们团长很快就逃回来了。"

小琴笑得直不起腰，喘着气说："净、净、净瞎吹！"

我说："咋能是瞎吹呢，这可是真真的真事啊。那好，另外讲一个你信的，你听着！"

小琴说："我听着呢！"

"你好好听着——"

我们连长经常和他老婆打架骂仗，有一段已经有三天风平浪静不吵不闹了，连长老婆觉得形势很好，应该继续保持，就满面笑容和和气气地对连长说："亲爱的丈夫，你看咱们经常打打闹闹影响多不好，我建议以后咱们都要互相关心、互相爱护、互相学习，特别是要互相尊重，在即将动武的时候还要互相忍耐，你不要动不动就打人，我也不随便开口就骂人，好吗？"

连长毕竟是男子汉，非常通情达理地说："好啊，你提的建议我完全同意。可是，你要是再敢骂我，我还揍你！"

连长老婆说："我骂你你不疼，可你打我我疼啊，去你妈的混蛋，这太不公平啦！"

她刚说完，连长就"啪"地给了她一巴掌。

连长老婆是演员，不是省油的灯，再说，她从小就格外聪明，机智灵活，就在刚才挨打的同时，她迅速变换角度，咬住了连长的一个手指头……怎么样，这个故事质量不错吧？

小琴眼里蹦着泪花子说："我要向连长告你。还有吗？"

"咦，你这个小姑娘怎么斗大的线团，缠起来就没个完啦！今天不讲啦，以后你来一次讲一个。"停了一会儿，我想，没有平地显不出高山，为了难一难诚实可爱的小琴妹妹，我说："小琴，你总是听我讲故事，这不行，你也给咱们讲一个吧。我最喜欢听别人讲故事啦，要不，我肚子里哪能有那么多故事呢。"

小琴果然脸红了。她没有，她肯定没有故事的，山里的孩子多可怜哪。可是，过一会儿，小琴忽然说："我只有一个故事，讲给你算了。"

啊，她还真有啊。我只好说："好的，太好了，你讲吧！"

她红着脸说："很早很早以前，鹿本来没有角，那一副漂亮的角是骆驼的。它们两家的关系本来非常非常好，是好朋友。有一天，鹿要去亲戚家参加一个婚礼，就对骆驼说，把你的角

借给我用一用吧，骆驼说，行，你用吧。它就把角从头上卸下来给鹿戴上。在婚礼上，大伙都夸鹿戴上角真漂亮，夸得鹿心里美滋滋的。鹿回来后，不愿意给骆驼还角，一拖再拖。后来，骆驼去要了好多次，连鹿的面也见不上。骆驼一来，鹿就拼命地跑开了。后来骆驼头上就没有角，鹿头上才有角了。鹿就是从那时候起，才跑得越来越快了。完了。"

我及时表扬小琴："哎呀，真好，真好啊！比我的故事来劲多了，我还从来没听过这么好的故事呢。以后，我讲一个你讲一个轮流讲！"

小琴急忙说："不行不行，我再没有了。"

我说："哎，不要谦虚嘛。"

从这个故事里我至少得到两点启示：一、凡是值钱的、心爱的东西，不要轻易借给人，哪怕是好朋友；二、有些天才是逼出来的，鹿如果当初把角还给骆驼，那它现在就不会成为短跑名将了。

老说话太费唾沫，我说："小琴，咱俩玩狼吃娃吧？"

"狼吃娃？啥狼吃娃？"小琴瞪着眼问。

我给她作了解释，又讲了要领，便开始实践。但是，不管她当狼还是当娃，都是输。力量悬殊太大，就没啥玩头了。女孩子毕竟是女孩子，头发长了点，智慧少了点。

我说："小琴，你累不累？累了就在我床上休息吧？"

她瓷在那里了："啥休息？"

"噢，休息就是睡觉的意思。"我解释说。

"不不，我咋能在你的床上睡觉呢！"

小琴羞羞答答地对我发出邀请："到我们家玩去吧，你不是说咱们是邻居吗！"我想，来而不往非礼也，现在就去。

我和小琴出了洞，打了声口哨，叫上巴特尔和小黑，赶上羊群，朝伊利盖图走去。这时候，蓝蓝的天上白云飘，白云下面羊儿跑，我和小琴肩并肩，巴特尔和小黑把尾巴摇。

小琴说，如果走直线，能近点，但需要翻两座山；如果沿河走，要远点，但轻松。我决定选择后者。

路上，轻柔的山风徐徐而来，吹到脸上怪舒服的。山鸡在石崖上"呱呱"地乱叫着跳来跳去，青羊子在山坡上像箭一般地飞驰。

离她们家还一百多米的时候，我看到了那棵老态龙钟的老榆树。尽管它老不堪言，却使伊利盖图这地方名副其实。而我的阿拉乌拉触目惊心，连这样的老树也没有呢。榆树下面有两间石块垒起来的小屋，旁边是石头垒成的羊圈，呈不规则形，如果要计算它的面积，看来非大动一番脑筋不可。

到了小琴家，她给我倒了一碗奶油茶。我双手接住喝了一口，对那种奇异的味道很不习惯。屋子又矮又黑，我有一种进入原始人生活的山洞那样的感觉。小琴的额吉（母亲）说，小琴的阿布（父亲）从小琴早上出去后一直拉肚子，现在正睡觉呢。我这才看到唯一的大土炕上躺着个老大爷。

我问："拉几次了？"

额吉说："就这大半天，拉七八次了。"

我说："我以前也拉过，一天拉了十多次呢。现在阿布才拉了七八次，不要紧，别害怕，暂时不要吃你们这种奶油之类的东西，然后吃点肠胃消炎药就会好的！"

小琴瞪大眼睛说："我们这儿哪有药呀？"

是的，这儿山高皇帝远，没有卫生院，哪能有药呢？不过，我们坑道里有。临上任前，卫生员送给我半瓶黄连素，他说单独在外，这种药最重要。我对小琴说："我那儿有治这种病的药，

可是……"

小琴立即接上说："我去拿！"

我说："你去还不如我去！"说完又一想，我去还不如巴特尔去呢，今天正好在关键时刻考验它。

我朝正在门外和小黑谈情说爱的巴特尔打了个口哨，又叫道："巴特尔，进来！"巴特尔很快进来了，立正站在我跟前。我说："巴特尔，今天有件急事要你去办一下，咱们洞里我的床头上有个黄色的这么高的小药瓶——长句子这家伙未必听得懂——你是、见过的、跑步、给咱们、弄来！"

巴特尔听了先点了点头，然后又似懂非懂地看着我，不肯走。我明白了。它同意去完成任务，态度是好的，但它显然对具体任务还不完全明白。

我问小琴："你们家有没有个小瓶子，叫巴特尔看一看？"

小琴遗憾地说："没有。"

我想了想，掏出圆珠笔，在手心里画了个药瓶子，把手伸到巴特尔眼前："你可看清楚了，就是这玩意儿！"巴特尔恍然大悟，点了下头，跨出门外，箭一般地朝阿拉乌拉奔去。

我走到炕前对阿布说："你放心，等会儿吃了我的药就会好的。"

阿布有气无力地说："今天多亏遇上你这好人呀！"

我说："没啥没啥，咱们是邻居嘛。"

巴特尔回来了。我急忙从它嘴边取下药瓶倒出三片药给阿布吃了，然后叮咛小琴："记住每日三次，每次三片，别忘了。"

小琴说："忘不了。"她说话的时候，眼睛定定地望着我。看得出来，她对我是无比感激的。

我走过去在巴特尔头上拍了拍："小巴，你真行啊，你真不愧是小巴特尔！"

小琴站在旁边一个劲地笑。

我越来越受不了阿拉乌拉的寂寞。小琴和她的羊群如果不来，那就更难受。那天下午，突然刮起了大风。贺兰山的邻居是腾格里大沙漠。有风必有沙。本来天气晴朗，万里无云，忽然间就狂风怒吼，黄沙滚滚，一时间天昏地暗，世界混沌，河川里的巨石飞快地向前滚动……我害怕极了。是不是地震？是不是山崩？后来我攻读唐诗，才知道这不足为奇，早就有人写过贺兰山"一川碎石大如斗"呢。风沙过后，洞口便积下几尺厚的沙子。早上起来，耳朵里、鼻子里都有沙粒。吃饭的时候，沙粒咯得牙齿嘣嘣直响。谦虚点说，我的肠子里至少也有几百克沙子了，真是的，早知道当兵看山洞，还不如让我爷爷来呢！

我到后山去了一趟，回来后发现巴特尔不见了。这小东西肯定是跑到伊利盖图找小黑去了，回来后非严厉处罚它不可！

一个多小时后，巴特尔回来了。它站在洞口怯怯地望了望我，打算顺门边溜进来。我猛然大吼一声："站住！"巴特尔吓得一抖，乖乖地站住了。我问："你擅离职守跑到哪里去了？"巴特尔望望我，不吱声。我说："你不说我也知道，你那点小阴谋能骗得了我！"

我找来了两个装手榴弹的空木箱连在一起，搭在巴特尔背上，罚它在洞口的小操场上走 20 圈，我坐在一块石头上监视它。它走了两圈后，我发现它的前腿有点跛，就讽刺地说："好啊，为了谈情说爱，把你疯成这样了，活该！"巴特尔走到第 18 圈的时候，前腿跛得更厉害了。它停住求饶地看着我，意思是不想再走了。我想不能姑息它的错误，大声说："不行，继续来！"巴特尔无奈，终于把最后两圈走完了。

　　我取下木箱，巴特尔身上已经汗津津的了。它低着头，到一边歇息去了。我没有理它。狗也和人一样，你给它二两好颜色，它就想趁机开染坊！

　　肥胖的白云在天上滚动，活泼的羊群在地上奔跑——小琴赶着羊群过来了。她见我手提木箱，就问："你提那个干什么呀？"

　　我用下巴指了指巴特尔说："罚它了。"

　　"为什么罚它呀？"

　　"它随便离开岗位，不请假去找小黑！"

　　"什么时候？"

　　"上午十点钟前后吧。"

　　小琴说："没有呀，整整一上午，没见巴特尔来呀。"

　　"也许是和小黑一起溜走了吧。"

　　小琴态度很认真："小黑一直没有离开我呀。"

　　我一惊："巴特尔没去？真的没去？"

　　"我哄你干什么呀！"

　　这么说，是我主观武断冤枉它了？那么它那一阵子干什么去了？

　　小琴说："你干脆放开它，让它随便去，咱们悄悄地跟在后面，就知道它去干什么。"

　　是个好主意。我过去对巴特尔说："去吧，出去玩玩去！"

　　巴特尔点了点头，感激地走了。

　　我和小琴远远地跟在后面。我们看到，它低着头边走边朝地上看着，像在寻找什么东西。转过两条山沟，巴特尔卧在地上不走了。我和小琴走到它跟前，它才发现了我们，想站起来。我摆摆手："尽管做自己的事。"原来它是在找一种草。它把那种草在嘴里嚼了嚼又吐在前腿的爪子上。我明白了。它一定是前爪受了伤，为自己敷草药呢。我蹲下来，拿起它的爪子细细地观察着，发现爪子上有个伤口，显然是扎过刺。刺可能被它用牙齿拔掉了，现在只留下了伤口。莫非它上午找草药去了？我急忙坐在地上，把巴特尔抱在怀里，真诚地给它道歉："巴特尔呀巴特尔，我冤枉你了，我不该折磨你呀……"

巴特尔很感激，眼里涌出来两滴泪珠。

我在我们家是老大，名副其实的长房长孙，因此从我生下来起，我祖父祖母就爱我如掌上明珠，我不能忘了他们的恩情。想到这里，我决定给家里写一封综合信：

> 亲爱的爷爷、奶奶、父亲、母亲、弟弟、妹妹：
> 你们好！抬头望明月，低头思故乡，我太想念你们了！爷爷、奶奶和全家人的身体都好吗？我这里一切都很好。我们这里有电影院，有俱乐部，有图书馆。不想看电影的话可以看彩色电视，我们连的彩电尺二高，尺八宽，大得很！不想看彩电的话可以下象棋、下军棋、下围棋、打扑克、打台球——听说咱们乡上也有人打台球，是不是？我们吃得也很好，除早饭外每顿两菜一汤，天天有肉。我们这里还出一种宝……贺兰石砚，外国人来买，一个收他80多块钱呢。特别是那一天，我们的师长（比县长的官还大一级）还跟我握过手呢……千句捆成一句说，我这里一切都很好，请全家都放心！爷爷那种卖九分钱一个的锅刷子就不要再扎啦，你们没有退休费不要紧，将来的生活有我呢……

信写好后就暂时放在坑道里，等上级来人检查工作时就带回去发走。

我按规定将坑道里的柴油发电机发动了一次，洞内立刻灯火通明，像进了地下宫殿一样。巴特尔跟在我的身后摇头晃脑，好像它对这一切很明白，其实正如人们通常说的，它是狗看星星，只知道一片光亮。我逐项登记了干度、湿度、温度，检查了各种设施，来到坑道外面，正好小黑也刚赶到这里。巴特尔的伤口已经痊愈，它和小黑见面后非常亲热。

忽然，巴特尔丢下小黑，爬到一个高坡上，向沟口张望着，随后"汪汪，汪汪汪"地乱叫。我赶紧站起身，观察周围的动静。

一会儿，小黑也惊慌地站在巴特尔身边"汪汪汪"地叫着。

这时，沟口拐弯处走停停地开进来一辆轻便摩托车。在很远的地方，有两个年轻人跳下车子，提着个小皮包，朝坑道口走来。他们快到我跟前的时候，巴特尔和小黑跑过来，一边一个，站在我的两旁，狗视眈眈，仰天大吠。

那两个人有点害怕，站住说："解放军，你的狗——"

我对巴特尔和小黑说："没关系，安静点！"

它们不叫了。

那个胖点的人嬉笑着说："解放军同志，哈哈，您、您是在这里看山洞的？嘿嘿……"

我头脑里模模糊糊地受到某种启示，觉得这两个不速之客的到来有点蹊跷。我不理他们的茬，问："你们是干什么的？"

"哈哈，我们从巴音浩特来，想到石炭井去，迷路了。解放军同志，你能给我们找点水喝好吗？我们都快渴死了！"那个瘦条个说。

我看这两个人20郎当岁，精气神样样充足，血液旺盛，水分饱满，根本就不渴！小琴阿布说过，坏马走路一闪一跳，好人说话一说一笑，这两个后生肯定不是等闲之辈！开玩笑，竟敢在解放军面前耍花枪。我严正地说："老实说，你们到底想干什么？"

"嘿嘿，我们想跟您解放军交个朋友啊。我们知道，你们当兵的一个月就发那么6块钱，这年头那几个钱还不够点眼药！咱们一块儿做个生意怎么样？保证不让你吃亏！"

我故意问："做生意？做什么生意？"

"嘿嘿，我们想买两支手枪和子弹，怎么样？给你这个数，行不行？"

"1000块？太少了！南方一支手枪卖两三万呢，少糊弄人！"

"那是传说。嘿嘿，咱哥们儿好说话，就给你算8000块，一支小枪8000块，怎么样？够你用半辈子了吧！"

我说："这个数嘛还够朋友！不过实在对不起，我这儿没有那小玩意儿，有大炮，不知道你们要不要？"

那两个家伙一听，气得双眼瞪得圆溜溜的像四个鳖蛋。那个胖子气哼哼地说："小子，你放明白点，咱们给你钱，是小狗坐轿子，抬举你了，你要是再不识好歹，可别怪咱们不客气！"那家伙说完，"噌"地拨出一把雪亮的匕首，举在眼前，做了个"猴王献桃"的招式。

那个瘦点的也怪声怪调像唱流行歌似地说："咱们两个收拾你一个，还不是张飞吃豆芽——小菜一盘！反正这深山野谷，过了周年你爹也不会知道！然后咱们进洞想拿几支就拿几支，你现在好好想一想吧，免得后悔！"他说完也亮出一把宰羊的

尖刀子。

真是没戴过笼头的毛驴脖子硬，没受过指教的小子嘴巴硬。我笑着说："咱待在这深山里怪孤单的，就缺两个朋友，你们如果客气点还好商量，可你们现在拿出了那玩意儿，路全叫你们给割断了。好啦，趁早回去吧！"我说完坐在洞口一块石头上，脚尖轻轻地点着。

那个胖子的眼睛贼光一闪，对那个瘦子说："上！今天先熟了他的皮再说！"两个家伙张牙舞爪地扑过来了。

我忽地一下站起来，用下巴对巴特尔和小黑一指："上！"

两个狗早就跃跃欲试，现在一听命令，立刻朝那两个家伙扑去，眨眼的工夫，巴特尔和小黑分别咬住了对手的手腕。那两个家伙疼得"哇哇"直叫，连忙松手扔下刀子，大喊："解放军饶命啊，饶命啊，放我们回去吧！"

我喊了一声："撤！"

巴特尔和小黑丢开那两只血淋淋的手，退回来了。那两个小伙子转身就往回跑，跑了几丈远又站住了。那个胖子恶狠狠地喊道："小子，你别高兴得太早了！"他说着从背包里掏出一个大玻璃管子，又一步一步逼过来："你今天不给枪就和你没完，非放了你的血不可！"那个瘦子也叫道："不给你点厉害，你不知道马王爷的三只眼！"

我怒火填膺，转身拿起一根钢钎，横在手里说："你们身上不舒服就过来吧！"

那两个家伙趁机一人捡了一块石头握在手里，咬牙切齿地走过来。我下达命令："上！"

巴特尔和小黑再次冲上去。那两个坏蛋晃了晃手中的石头，两个狗站住犹豫了两秒钟。那个胖子借机把玻璃管对准我射出一种透明的液体。说时迟那时快，巴特尔一看大事不好，像闪电一般向空中跃起，挡在我的前面——硫酸几乎全射在巴特尔身上了。几乎是同时，小黑配合巴特尔一口咬住了胖子的胳膊，并用前爪抓对手的面部。那个瘦子急忙用手中的石块去砸小黑，但只砸到它的尾巴上，无关紧要。那家伙一看形势不妙，转身就跑。胖子趁小黑换口的机会，也脱身就逃。巴特尔虽然负伤，仍和小黑又追上去，分别咬住对手的一个小腿。几分钟的时间，两个强盗满脸伤痕，衣衫破烂……两人没命地叫喊"解放军同志，饶命啊，我们跟你闹着玩的。"那两个家伙挣脱巴特尔和小黑逃跑了。

我及时把这一情况向上级汇报了。

其实我看守的几条坑道里根本就没有枪支弹药，只有一些粮食和生活设施，就是他们进去，也只能是竹篮打水一场空。

我带上巴特尔和小黑凯旋回到洞口，急忙检查巴特尔的伤情。啊，它的胸腹被硫酸烧得稀烂，惨不忍睹。脖子上，脸上也受了伤。我心里非常难过，对它们说："今天多亏你们二位啊，要不然我负伤不说，叫那两个坏蛋得逞岂不大丢解放军的面子吗？巴特尔呀巴特尔，你真不愧是个巴特尔呀！"随后，我给巴特尔伤口抹了些消炎药。

小琴来了后，帮我熬了一锅稀饭，放上白糖，我亲自给巴特尔喂了三碗。可是小黑只吃了半碗——它好像肚子疼，呻吟不止。

天快黑时，我才发现小黑已经流产了。

巴特尔的伤口慢慢愈合了，小黑也恢复了正常。

那天，小琴忽然对我说："你快来看，巴特尔的左眼……"我一看巴特尔的左眼凹陷，很不正常，我拿一块旧布蒙住它的

右眼，叫它走动，它毫无方向地乱碰乱撞——它的左眼确实瞎了，是被硫酸烧坏了。

我十分痛惜地对小琴说："我要给巴特尔和小黑请功……"

这次战斗是我当兵以来唯一的一次"正规战"。这件事发生后的半个月内，我神经兴奋，心情愉快，不觉得孤独，不觉得寂寞，也不觉得烦恼。

遥远的阿拉乌拉，我怀念你！

（原载《西北军事文学》）

一条惊天动地的新闻没有发生

那还是上个世纪 70 年代初，我在贺兰山里当兵，并且光荣地担任了副班长——那可是我们家祖祖辈辈最大的官了。那时候，中苏边境刚刚发生了局部战火，形势非常紧张，甚至到了全民皆兵、全民备战的地步。我们部队是统帅部很神秘地藏在贺兰山里的一支专为对付侵略军的伏兵。此时，我们已经在贺兰山里修筑了数百条军事坑道，里面藏了足够部队三个月用的武器、弹药、食品和水。我们班重任在肩，专门驻守其中最大的一条坑道和附近地域的工事。

责任与荣誉从来都是相辅相成的，经常有上面很高级别的首长来我们驻地视察，每次都少不了一番慰问、表扬、鼓励什么的，而且常常和我们合影留念。开始我们心里还有那么一阵子激动，时间一久便习以为常，只当是例行公事了。

我们班分来了一个陕西兵，叫刘铁锁，正巧与我是同一个地区的，算是难得的"老乡"了。由于这份特殊的关系，他就主动向我靠拢。但是这个小老乡长得困难一点，山里娃，没文化，个头小，又黑又瘦，不爱说话，特别不招班里的一把手——我们班长喜欢，经常给他出点小难题。尤其是他一戴上那个质量很差、又小又脏的皮帽子——好的都让别人挑走了，活像智取威虎山上的那个活宝小炉匠。于是，班长就带头把这个外号送

给他，并带头叫开了。到后来甚至班长心情不好有点烦闷的时候，总拿他闹着玩。他成了班里的一个开心果，只要班长愿意，就随时随地拿他找乐子。缺陷不是缺点，再加上毕竟是老乡，我有点同情他，他的外号我一次也没有叫过。

大家都这样叫，小炉匠也没办法，但看得出来，每次他的脸上都那么抽动几下，眼里也冒些火星子。这样一来，原本就不爱说话的他，更加沉默了。他就那样日复一日，站岗、训练、做饭、打扫卫生，不苟言笑地、默默无闻地生活着。

我们所在的那个地方叫"阿拉乌拉山"，蒙语意思是奶头山。因为远远地望去，那座山就像一个女人的乳房。我们一共九个人，天天呆在深山沟里。地上不长草，天上不见鸟，白天看石头，晚上数星星，没有电视，没有报纸，见不到一个女人，生活实在单调枯燥。那会儿心头总有一种不可名状的火苗叫阿拉乌拉山沟里的风越吹越旺，按捺不住地呼啦呼啦地往上冒，时常有一种想发疯、想胡喊乱叫、想开枪、想干点什么坏事的冲动。

时日一长，刘铁锁总爱有意无意地往我跟前蹭，可我怕得罪一把手而戴上"老乡观念"严重的帽子，还得保持点应有的距离。那时候就那么一顶小帽子，就足以把你卡在入党和评选五好战士的门外。对此他当然也能理解，不生我的气。说来他对我的那点乡情和好感，无非是我最大限度的容忍了他的那点天生的缺陷而已。他对我心存感激，除了是老乡，除了我不叫他的外号，还有一个原因，我常常给他读家信，还替他写过几封回信。

那时候讲究"五个第一"，排在第一位的是思想政治工作第一。我们班的思想政治工作之一就是搞一帮一、一对红，一把手对我不加任何提防，让我和小炉匠结成了一对子，我们在谈心的时候，除了思想政治工作外，也趁机拉拉老乡。每当这时候，小老乡的心情就格外的好，话也比较多。那时候我才发现，他的心灵竟是那样的朴实、天真和善良。

但是小老乡的处境越来越糟，因为班长越来越把他不当回事。小老乡的脸色也就越来越阴沉，越来越无奈。

转眼间到了那年的除夕夜，不知不觉就平平安安地过去了。

第二天上午，小老乡找个机会拉了一下我的衣服，我们就来到了外面的一条小山沟里。我们在一块石头上坐下，小老乡却很久不说话。我问了好几次，他才瞅着我说："副班长，我给你说个事，你可对谁也不能说，行不行？你不答应的话，我就不说了！"

那神情无论给了谁都不能不答应，我说："你看你，咱俩谁跟谁呀，我对天、对地、对贺兰山发誓，保证对谁都不说，你快说！"

他终于低着头，给我讲了昨天晚上那让我魂飞魄散的一幕。

昨天晚上半夜，小老乡站完岗，没给别人交岗，也没有睡觉，而是策划并实施了一个非常、非常可怕的行动。班长的所作所为已经使他无法生活下去了，他要报复。昨天晚上他站完岗回到宿舍后，取出一捆手榴弹，放在班长床下面，将其中一个拧开盖子，掏出拉火绳，又一圈一圈地套在班长的脖子上——只等班长的脑袋一转动，那个手榴弹、那捆手榴弹、那条坑道、那整座阿拉乌拉山就会在几分钟内连续爆炸……那样一来，一条惊天动地，震惊全军、震惊全国，甚至震惊全世界的特大新闻就会在除夕夜诞生了。

小老乡喘着气做完了这一切，然后安静地躺在了自己的铺位上。不知为什么，过了一会儿，他又坐起来扫视了一下全班

正在酣睡的战友们，突然，他的目光停留在我的脸上——副班长可是个大好人呀，他一次也没有叫过我小炉匠呀，他还帮我念过好多回家信，也帮我写过好多次回信呀，还跟我谈过好多次心，还有、还有……副班长不能也这么死了呀，我不能连累他，不能这样害了他！那样的话，我就太没良心了，整整一年了，他可是真的没叫过我一次小炉匠呀……小老乡终于把拉火绳又轻轻地从班长脖子上一圈一圈地取了下来，所有的东西都放回原地。

于是，这个除夕夜就平平安安的什么也没有发生。

听完了小老乡的讲述，不知是因为我、因为全班战友，还是因为整个贺兰山……我的眼泪滚滚而下。我紧紧地抱住他，很久很久地，什么也说不出来。后来，我只会神经质地重复一句话："铁锁呀铁锁，谢谢你，谢谢你对我的信任。你知道吗，你的这份信任，够我享用一辈子了……"

刘铁锁也反复说："不不不，副班长，你可千万别这么说，都是你对我太好了、太信任了，你是个好人，是个大好人，好人应该有好报……"

听了刘铁锁的话，不知怎么的，我的心里感到万分惭愧。

最后，刘铁锁又一次郑重其事地对我说："副班长，这件事你可对谁也别说，要不，我就啥啥都完了！"

我急忙说："铁锁，你放心，我发誓，我对谁也不说，对谁也不说……"

事后不久，班长复员回家，我荣幸地升任班长，刘铁锁也里里外外完全像变了一个人，年终还受到了上级的嘉奖。

重　逢

中越边境的三○三高地终于拿下来了。老远望去，一缕缕浓烟从杂乱的草丛中、从半截的树桩上颤悠悠地上升着，好像很疲乏似的慢慢在空中飘散。眼前布满了大大小小的弹坑，弹坑附近横七竖八地躺着那个"第三军事强国"士兵的许多尸体……现在已进入打扫战场阶段了。

我们汽车连从自卫还击战开始就配属这次主攻三○三高地的先锋团执行任务，眼下的任务是要把一批俘虏兵送到后方去。出发前，政治处王主任对我说："李连长，执行这个特殊任务，同志们还是第一次。你回去动员一下大家，一定要严格遵守我军一贯的俘虏政策，圆满完成任务。"

我说："主任，你放心，只要讲一下，战士们是能做到的。"

看得出来，大家的情绪十分激愤。尤其三班那几个司机，瞪着眼，拉着脸，很不乐意这些刚放下武器、手上沾满我国军民鲜血的俘虏兵上他们的车。

刚下过雨，道路泥泞，车速很慢，虽然大伙心里不痛快，但对完成任务是不含糊的，在押运排的配合下，按预定时间很快就到战俘收容地了。随后是给战俘们编组休息，准备吃饭。

我正在跑前跑后招呼检查车辆，忽然听到一个陌生的叫声："李班长！"我和旁边的几个同志同时转过身来，看到蹲在地

上的俘虏堆里站起来一个人，朝我们刚走了两步，就被执勤的战士拦住了。这时，他又用比刚才稍低的声音喊道："李班长！"三班长看出是叫我，吼了一声："这是我们连长！"

他又叫道："李连长！"

包括我在内，大伙都像丈二和尚，一时摸不着头脑。我盯着他看了一会儿，啊！会是他？我不禁脱口喊道："农山，是你！"我这句话使在场的人更糊涂了。

我站在他的对面，要是十年前，我真会抢上去和他握手、拥抱呢。

可是，现在……这个念头刚一出现，就又像闪电一样飞快地消失了。我继续保持着完成这次任务应有的严肃态度，望着农山那呆板、憔悴、被愁苦笼罩的脸。

周围的同志一齐把眼光投向我："连长，怎么回事？"

我转过身和大家走到车队跟前，回头又看了一眼农山，他又默默蹲在那儿了。"我们打过交道，"我望了大伙一眼说，"那是十年前的事了，大约比现在的日期晚十多天。1969年3月初，新沙皇在我国珍宝岛故意寻衅闹事，全国人民随时准备回击北极熊的侵略。就是在那种情况下，我们连执行一个任务，把我国人民节衣缩食省下来的一批粮食等物资，转运到中越边境的一个地方，赠送给越南接收。我就是在那次执行任务中认识了农山。那时，我是咱们连一班长，他尽管三十多岁了，也还只是个班长，他们班参加搬运物资。就这样，我们慢慢熟悉了，成了朋友。"

"朋友？"新战士小刘插了一句。

"对，是朋友，还是个好朋友呢。"我撂下手里的擦车布接上说，"他家原来住在南边的一个寺里，和其他人一样，北边的兵都派到南方去，南边的兵都派到北方来，据说这样做是为了叫他们能安心服役。农山就因此一直在北方当兵，时间长了，学会了一些中国话。这样，我们才有了做朋友不可缺少的媒介，友谊也一步一步地加深了。"

"有一次，他们搬运粮食时，一个麻袋被车厢上的角铁挂破了，白花花的大米漏了一大堆。我赶紧拿了针线包和一条新毛巾，把麻袋缝好，又一同把地上的大米收拢到一起，用手捧进麻袋里。最下边的一层已经沾上泥土了，农山还要往麻袋里装，我一把拦住他，扫到一个小簸箕里，对他们说：'这个我们淘淘就可以吃，你们等等。'说完我就朝我们临时住的地方跑去。心想，给越南兄弟的粮食里一粒砂土也不能有。我找到司务长，称了分量，换上好米，准备拿回去添进麻袋里。"

"当时，我没注意，农山一直跟在我后边，他心里已经完全明白，兴奋的神情在他脸上早已消失。路过伙房时，我要找炊事班长说个事，农山也跟了进来。正好这时快开饭了，蒸好的米饭刚下笼。我回过头，发现农山站在笼边不动了。那天，咱们照常吃的是大米、小米、高粱米做的'三合一'。农山是个感情很重的人，我立刻明白了他的心思，一把拉住他往外走：'快，咱们装车去。'农山还是不肯动：'你们吃的是这个？'他的眼睛已经湿润了。炊事班长机灵地说：'这叫"三米饭"，营养丰富，换个花样，改善生活嘛。'我又拉了拉他：'快走，快走吧。'炊事班一个老战士也说：'为了帮助越南兄弟解决困难，我们就是吃"四米饭""五米饭"也没什么。'农山不再说什么了，和我一块走出来。整整半天，他一句话也没说，只是闷着头一个劲地干活。"

"最后一天，任务快完成了，夜里又下了一场大雨，早上

路面依然很滑，汽车在附近的一个小陡坡前，几次都没有冲上去。我和副班长抱来自己的被子铺到地上，汽车终于吼着爬上去了，可被子早就轧成了泥絮絮。到了卸车地点，不料农山抱来两条被子走到我跟前说：'给，这两条被子给你们带回去，那两条我们留下了'，他一边说着一边用眼睛瞅了瞅刚才汽车带回来的泥被子。我这才发现，刚才太疏忽了，让他钻了空子。我忙说：'你简直是开玩笑，谁用还不一样？'大伙也帮腔说：'一家人嘛，还分啥里外呀？'我用双手推着他往回走；'快让大伙休息吧，你就爱扯这些闲筋！'"

"和农山他们最后告别的时候终于来到了。农山深情地握着我的手说：'李班长，你们中国真是我们的亲大哥呀，我们越南人世世代代都是不会忘记你们的。等到将来胜利了，把我们国家建设好，我们一定要用实际行动报答你们！'他的声音很有力，饱含着兄弟一般的情感。我也激动地说：'兄弟嘛哪用说这些话，中国人民不仅过去是、现在是、将来也永远是越南人民的好朋友！'我们共同喊着：'胜利后再见！胜利后再见！'就这样，我们依依不舍地分手了。唉！想不到，在这个时候，在这个地方，在这样的情况下，我们真的'再见'了！"

大家默然不语。停了一会，二班一个战士说："这个人看来倒像个忠厚人。"

"什么忠厚？忠厚人还来打兄弟？"三班副抬起了杠子头。

"我们要把上边和下边分开嘛，越南人民大部分还是好的嘛。前天，那个越南兵不是主动缴了枪给我们带路吗？"

"好啦好啦，检查车。"我有意转移了话题。因为这些问题对战士们来说，本来就像一加一等于二那样明白，少数同志不过是说气话。

　　我把这个情况给管理战俘教育的韦副主任作了汇报。他同意我和农山再谈谈，进一步了解一下情况。待他们吃过饭，我和三班长，还有军区联络处的刘干事，一起来到越南战俘休息的地方，找到了农山。他在我们部队战俘管理人员的安排卜刚理完发，刮了胡子，换上了新衣服。只有这时候，他似乎才像个正常人了。

　　为了尽快消除他的顾虑，我先说："农山，我能在这儿见到你很高兴啊。"

　　"我也感到很高兴，很幸运。"农山说。

　　"幸运？"三班副不禁问道。

　　"是很幸运呀，我来到中国，再也用不着受气了，我的愿望实现了。李连长——"他迫不及待地说，"好朋友，我有件事要求你，你一定会答应吧，嗯？"

　　"你慢慢地说吧。"

　　"不……不……"他语不成句地说着，又沉默了。

　　于是，我问："你是什么时候到三〇三高地的？"

　　"我们调到这个地区已经几年了，整天修工事，挖洞子，大家看出来是要和中国打大仗了，议论纷纷。上边说，中国想侵略我们，是我们最大的威胁。我们现在要先进攻中国，才不会吃亏。有的头头还说，中国人打仗的规律早就摸透了，中国虽然人多，但他们几十年没打过仗了，没有啥了不起。我们越南呢，则有连续作战和连续打败法国、美国的经验，何况还有个'条约'给保险呢。"农山说着，忘记了他现在是俘虏，好像给自己人说话似的："那些家伙的心肠我们早就看透了，大家施工中就磨时间，想法混日子。他们还给边境一带的老百姓发了枪，组织了公安屯，配了特工队。那些家伙真是一群狼，

见东西就抢，老百姓谁也不敢惹。李连长，你说我们能对中国同志开枪吗？十年前，我对你说过，中国的友情我们是永远不会忘记的，我永远遵守我的誓言。今天早上，你们开始炮击时，我们火力点上的五个人都进了山洞。后来，看到你们的人上来了，就出来缴了枪，一发子弹也没少……"农山一边说着一边望望大家，他显然想使战士们相信他说的都是实话。

"农南现在在哪里？"我问，"全家都好吗？"十年前在谈话中我知道，他家里还有母亲、妻子、一个儿子和一个女儿。母亲在他当兵后不久就死去了。当时战事紧张，家里给他的信不知在哪里化成了灰烬，几年后他才知道的。他十分想念南方的家乡和亲人，时时刻刻都想回到家乡去。当我说完这句话再看农山时，不由得惊愕了：农山像触了电一样，神情木然发呆。

"家？我的家……我的家在哪儿？哪里还有我的家呀！"他终于泣不成声地说话了。一定是他家里出了什么不幸的事，我有点后悔了，不该提起这些事，让这个正直的中年人遭受痛苦的袭击。但毕竟是经过战争炮火熏陶的人，他控制住感情继续说下去：

"你现在还记得我们一家人，我要感谢你，还要替他们感谢你，因为他们永远不再属于这个人间了。"

"我们分别后的第三年，我终于有了一个机会在出差途中偷跑回家看了一回，这样我也就放心了。回来后，我是多么思念家里人啊，每天晚上，我躺在床上都要祝愿她们母子平安，在心里说：我会回来的，不久就回来，你们等着吧，我们总会像个家的。我还经常给他们写信，一封接一封的不断地写，虽然他们能收到的希望并不大，可是，不写心里就过不去。去年，我才收到转来的一个亲戚写来的一封信。我的天啊，谁让我收到这封信啊，看了信，我的心都碎成渣子了。原来，这些年我一直是在跟鬼说话、是在为死人祝愿啊！"农山说着，抹了一把泪水，继续着他的回忆和叙说。

"妻子在一次轰炸中早就死去了。到后来，这个坏消息我终于能够忍受了，因为在战争中死去的老年人、中年人、青年人和儿童真是太多了，而我和我的儿子女儿终于保留下来，比较起来，我们这个家庭是够幸运的了。可是，我哪一天才能见上他们兄妹俩呀！我申请了十几次要求回家，都不准。后来我明白，他们是要打中国、打柬埔寨、霸占整个东南亚，这些家伙，几十年战争给人们带来的苦难他们还觉得不够多啊！"

农山气愤极了，双手紧紧握在一起，不停地在使劲，越使劲双手就越抖得厉害。

"就在去年，我们越南出兵柬埔寨，正好经过我的家乡。把我刚十六岁的儿子也拉去当了兵，十五岁的女儿竟被一帮家伙糟蹋，投河死了，尸首也没找到。可怜我的女儿，她没有被美国兵炸死，却被越南兵害死了。我的家、我的家就这样破碎了，完了，彻底的完了。"

我忙问："农南没有给你来信吗？"

"来了一封信，我真庆幸，我到底收到了他的信，要知道，我每一天都在盼这封信啊，我就是为这封信和活着的。正是这封信，它装着我后半生的全部希望啊……"

农山的声音越来越低了："前不久，第二封信也收到了。这封信是他们班的一个新兵写来的。我要是二十年、三十年后收到它多好呀，或者这一辈子永远也别收到它。这是一封要命的信。"他浑身打着哆嗦，眼泪在他饱经风霜的脸上毫无顾忌地流淌着。他用颤抖的手从内衣里掏出一封信递给我："这就

是第二封信。"

我接过来，又递给刘干事："还是你念吧。"刘干事抽出信，先自个看了一遍，然后翻译过来，信是这样写的：

> 农山大叔：
>
> 我叫阿根，和农南在一个班，是一起由咱们老家当兵、几个月来相依为命的。我本不应该给你写这封信，可是又想，还是要写，还是应该把农南的事告诉你。尽管这样做会给你带来痛苦，甚至过早地毁灭你；我可以欺骗你，但不应该欺骗他。只有这样，我才对得起农南呀。那是一天傍晚，上边派我们班去搜抓柬埔寨兵，在一处山路上，农南和另外一个老兵掉在陷阱里，我们赶紧抬回来抢救……但是，当晚我们只好把他俩掩埋了。
>
> 我们真想不通，为什么要把我们骗到外国来，是谁把农南他们害死……大叔，你虽然从此什么亲人都没有了，但是我求求你，别难过，要活下去。在我们越南，像你这样的人，甚至还有比你更苦难的人早已成千上万，而且今后还会继续多起来的。我家里的人也都完了。你别太难过，要活下去，我将来养活你，如果我还能活着回来……
>
> 阿根

刘干事把信翻译完了。大家陷入沉默之中，农山双手抱着头，蹲在地上，痉挛似的抽动着身子。即使是一个铁汉子，也经不起现实这样的捉弄啊。在静寂中，忽然抬起头说道："我最后的一丝希望已经随着农南的埋葬而埋掉了。好，这下就好了，我什么牵挂都没有了。李连长，你跟领导说说，让我留在中国吧，我再也不回去了。我在中国干啥都行，我才四十多岁，还不太老……我刚才认出了你，叫你就是为了这个事，我们是朋友，你答应我吧，啊？"

我望着他那双燃烧着仇恨怒火的眼睛，望着他那双瘦骨嶙峋然而有力的双手，心里问自己：应该回答他什么呢？

这时，远方双传来隆隆的炮声，又一场反击战开始了。

（原载宁夏《朔方》）

身不由己

"呜——"国际列车昂扬地长啸一声，冲出了中国大地，进入了辽阔的俄罗斯国境。这是一列充满理想、充满欲望、充满梦幻的火车。车上的乘客，无论是中国人、俄罗斯人，还是东欧人，很多都是做生意的，其中不乏财大气粗的"大腕"级人物。

坐在八号软席车厢的唐敏，30多岁，头发油光黑亮，西装做工考究，鼻梁上一副金边眼镜，加上踌躇满志的神采，透露出一种精明干练、气宇不凡的派头。他供职于国内某华龙贸易公司。

唐敏望着窗外陌生的大地，吸了一口极品中华烟，陷入了深沉而甜美的回忆。

那天，总裁把他召到办公室。每当他看到那张宽大的写字台和它后面坐着的40多岁的总裁，看到他那聪慧明亮的目光，看到他那庄严神圣的姿态，他心中就油然产生一种羡慕感。他太熟悉、太渴望这种特殊的气氛了。

"小唐，我打算派你去办一件事，不知你是否愿意？"总裁声音非常温和，却内含一种威严。根据以往的经验，总裁吩咐的事情虽然是征求意见，但到头来你只能照办，不能不办。唐敏赶紧说："总裁怎么能说愿意不愿意的话呢，凡是您安排的事情，我都愿意。有什么事情要我去办，您尽管吩咐就是。"

"那好，"总裁的话音依然很温柔，"我们公司继在日本、韩国、越南设立分公司之后，我想在俄罗斯再开一个'窗口'，这些年那里动荡很大，经济滑坡，这正是我们公司发展的好时机呀，明白我的意思吗？"

唐敏赶紧说："明白。"

"明白就好。"总裁用手轻轻地拍打着真皮转椅的扶手，"这一块地方大有可为呀！"

"这是我们公司的空白区。"唐敏紧跟总裁的思路说。

"是的，是我们的空白区。现在，我打算就派你去填补这个空白！"总裁稍有激动地说完，然后紧紧地盯住唐敏。这是他的习惯做法。唐敏感动得几乎颤抖起来，他真有点不敢相信自己的耳朵。他之所以如此激动，一来是他根本没想到总裁会这样信任他；二来是他明白，俄罗斯和东欧的确是一块用武之地啊。

"明白这副担子的分量吗，小唐？"

"请总裁相信，我一定竭诚努力，不辱使命！"

"小唐，用老人家的话说，那里是一张白纸，可以描绘最新最美的图画啊。"

唐敏充分表现出他的机灵，立即兴奋地说："总裁，我知道您都考虑好了，您就给我具体指点指点吧。"

总裁不紧不慢地从抽屉里拿出一个文件袋，放到唐敏面前："一切都办好了，三天后出发。商场就是战场，分秒必争啊！"

火车又是一声长啸。唐敏从沉思中回过神来，面带微笑。经过艰难的长途旅行，唐敏终于抵达他梦幻中的大都市莫

斯科。他毕竟在公司工作多年，"头三脚"的套路还是清楚的。他很快租了一套二层楼房，独门独院，又按国内习惯，在门口用中、俄、英三种文字挂了一块大铜牌：中国华龙贸易总公司驻莫斯科分公司。

来时，总裁对这个"窗口"的方针已有明确指示：俄罗斯及众多的东欧国家重工业发达，轻工业滞后，比例失调，轻重错位，是一只翅膀飞行，所以才掉了下来。根据东欧国家及俄罗斯现状，总裁授他十六个字的经营原则：以轻易重，以货易货，互为补偿，各取所需。

经过初步考察，他不得不赞赏总裁的高明。所谓"以轻易重"，就是用国内的轻工业品换东欧的重工业品；所谓"以货易货"，就是以物换物，这指的是付款方式。这些国家外汇非常短缺，以货易货的办法最为方便；后面的"互为补偿，各取所需"就好理解了。

唐敏首先盯上了俄罗斯的钢材。他很快与有关商户达成协议，将俄罗斯的钢材大量运回国内，再由国内公司组织包括各类副实品、轻工产品等在内的数百种日常生活用品源源不断地运到俄罗斯。至第一个合同全部兑现，中国华龙公司以每天一个专列的速度和规模，整整运了一个多月。结果是双方皆大欢喜。仅这打响的第一炮，唐敏就为公司净赚 600 多万元。按公司规定，唐敏可得到提成奖励近 30 万元。

总裁说话算数，这笔钱立即付给唐敏。

接着，又是第二笔、第三笔……大量的利润源源不断地流进总公司的金库。同样，大量的提成也陆陆续续地汇入唐敏的账户。他每得到一笔提成，就立即设法兑换成美元。原来，按官方汇率，0.76 个卢布就可以兑换 1 美元，而到了九十年代，需要 4000 多个卢布才能换到 1 美元。在莫斯科，谁手里还敢存放卢布呢。

连唐敏也大为惊讶：这一切是不是来得太顺利了？这样的来钱速度简直叫他有点害怕了：这究竟是好事还是坏事？可是，那一阵儿过后，他脑子里时刻考虑的还是赚钱，赚更多的钱！

华龙公司与其打交道的俄罗斯商家称得上是门当户对的贸易伙伴，他们不是自由市场上的小商小贩，他们的交易绝对没有假冒伪劣产品，绝对守信用，双方都够得上商场上的大手笔。他们继续用国内的副食品、服装，大到皮夹克、羽绒服，小到罐头、电池……换钢材，换木材，换化肥，换燃料……凡是中国和俄罗斯境内紧俏的东西都可以换。与此同时，公司总裁发挥后盾威力，积极完美地做好配合工作。华龙公司在俄罗斯乃至整个东欧的声誉越来越好，利润与日俱增。

"窗口"变成了"大门"。其中功劳最大者，自然非唐敏莫属。

唐敏在为公司做生意的同时，又暗地里和国内另一家公司联手经商，因为对方的条件更优惠。属于唐敏个人的钱应该用天文数字来计算了，但他仍然昼思夜想着赚钱，赚更多更多的钱。

街上霓虹灯五彩缤纷，耀眼炫目。一辆高级小轿车在一座小楼前停下，唐敏从车上下来，绕过车头，打开车门。一位身材颀长的女郎从车上下来，唐敏非常客气地说："玉洁，我们上楼吧。"她立即挽住他的胳膊，款款而行，向门口走去。她叫丁玉洁，北京人，是唐敏刚刚结识的女朋友。她的身材非常标致，不胖不瘦，恰到好处。长发披肩，短裙露腿，走起路来不快不慢，别具风采。她面庞白皙，眼睛有神，惹得唐敏不住

地回头观望。

丁玉洁有点有好意思地说："老看什么，不认识？"

"认识了才能不停地看，要是不认识，那就不能这样看了。"唐敏笑嘻嘻地说。

他们是在一家华人办的舞会上认识的。如今在莫斯科，仅华人开办的商店、餐馆、酒吧、公司等等已达3000多家。因此，华人经常在一起聚会，既结识了朋友，又交流了信息。

唐敏的钱越多，越感到一种难耐的寂寞。那天，他早早地来到了一家叫红玫瑰的歌舞厅。忽然，他眼前一亮，一抬头，只见门口走来一位风度迷人的女士。他冥冥中觉得，这就是他千觅百寻、千呼万唤的那个女人。虽然他已经和四五个女人同居过，但一直没有找到他心中期盼的那个女人和那种感觉。

那天晚上，他和丁玉洁几乎泡了一个通宵。于是，他们又约了第二次、第三次。三个晚上，他们互相了解了对方的一切。原来，她的父亲是国务院的一位副部长。她在北京上完大学后，又到莫斯科留学，今年刚刚毕业。但是，她并不想马上回国。她今年26岁，既充满一个年轻女人的美韵，又具备了一个知识女性的聪慧。

唐敏正躺在床上看录像片，一个美国性感女郎正在疯狂地表演脱衣舞。忽然，浴室的门响了一下，丁玉洁走了出来。她头上湿漉漉的头发还掉着水滴，身上穿一件十分柔软而透明的浴衣。人还没到，一股奇异的香味就扑鼻而来。刚才门一响，唐敏就急不可待地一跃而起，眼睛直直地盯着她的身体，扑过去紧紧地抱住她，大步走向卧室。他将她放在床上，近乎粗鲁地脱去了她的浴衣，就在她的脸上、胸上狂吻起来，嘴里语无伦次："玉洁，我爱你，我爱你，你、你、你乐意吗？"

"别问我，你别问我……"丁玉洁声音颤颤地说。

他们度过了一个如痴如醉的夜晚。

从此，他们正式同居了。

他们爱得甜蜜，爱得真诚，爱得深沉。丁玉洁帮助唐敏收集信息，整理资料，提供保障，成为他的得力助手。公司总裁得知此事后，主动提出付给丁玉洁一份优厚的报酬。现在，唐敏可谓春风得意，万事不愁了。于是，他又想到了赚钱，赚多少才算够呢，他似乎并没有考虑过。

这天是周末，他们去赴一个宴会。欢畅淋漓的玩乐之后，陈经理约唐敏去密室商谈。陈经理开门见山："唐总，鄙人久闻大名，今日有幸相识……"唐敏急忙说："不敢不敢，我们都是一条道上的人，相依为命，相依为命。"

陈经理俯向唐敏说："我结识唐总，是想和你做一桩生意，不知阁下有没有兴趣？"

"说说看。"唐敏不显山不露水地说。

"不瞒你唐总说，我们是想和你联手作劳务生意。"陈经理又把身子往前移了移，神情不无诡秘。

唐敏闯荡多年，何事不知，何事不晓？他一下子明白了，陈经理是个"蛇头"！所谓的劳务生意，说穿了就是"贩人"。陈经理见唐敏有些犹豫，便从衣袋里掏出一张纸，拍到桌子上："这是十万美元，'端锅'费！"

唐敏看了眼，是一张支票。所谓端锅费，即见面礼，或曰入伙费。这是蛇头们的黑话。这些年，出国淘金热方兴未艾，有的去美国，有的去澳洲，有的去日本，没赶上早班车的，近几年又瞄上了俄罗斯和东欧。可是出国护照、入境卡等一大堆

手续，办起来谈何容易！有的人花了好几万元，手续才办了一半。于是，有些精明人就揽起了这种生意。这种人就是"蛇头"。

蛇头们在国外也有同伙。国内的蛇头收了一半钱，办好有关手续，负责把人送出国门；国外蛇头则负责接应，把有关手续交到手里，甚至还帮你联系住处。至此，蛇头再收取另一半钱。接下来便"劈穴"：从此分手，各行其道，不管死活，一刀两断。

这是黑道上的规矩。

陈经理的劳务生意做得很艰难，船都弯在出国护照上。他猎狗般的鼻子嗅到了唐敏。唐敏和他的公司名气实在太大了。陈经理知道，华龙公司能办理有关手续，他们在有关部门有特殊关系。这是那些蛇头望尘莫及的。因为华龙公司有向全世界各地输出劳务的正当业务项目。蛇头通常办一个出国护照收5000美元，时间为一个月。如果想快，行，再交2000美元"加快费"。如果唐敏同意，这部分收入就是总公司的了。他个人的好处费，由蛇头另外付给。尽管这样，蛇头们从每个劳务人员身上还要获取几万元人民币。

他们谈成了。每次都由唐敏的分公司办好俄罗斯方面的全部手续，再由国内的总公司办理有关出境文件。一切办妥，再分别由两方的蛇头结账。

唐敏和丁玉洁回到了家里。他伸手啪地打开了电视机，画面照旧是色情录像片。他拉丁玉洁坐在沙发上，一把把她揽在怀里。然后若无其事地掏出那张支票，伸到她面前："明天把这件事办了。"他的意思是叫她去银行把这笔钱转到自己的账户上。

丁玉洁一看十分惊讶："这么多钱？要是在黑市上兑换，

就是近百万人民币呀。"

"怎么？嫌钱多了咬手呀？"唐敏在她的脸上亲了一下，十分轻松地说。

"这是哪来的钱？"

"做生意赚的嘛，还能是偷来的？"

丁玉洁收起支票，不再打问了。唐敏又把她搂在怀里，一只手按在她高耸的乳房上揉动着，高兴地说："对了小洁，刚才忘了告诉你，明天你去银行给你单独开个账户，这笔钱就转到你的账上，算是我送给你的一份小礼物。怎么样，高兴吗？"

"给我单独立个账户？"丁玉洁扑闪着漂亮的大眼睛，有点意外。

"是啊，那就算你自己的钱了嘛。"

"有这个必要吗？我的心，我的身子，我的一切，不是都给你了吗，还分什么你的我的吗？"

"国外都这样。"他又情不自禁地吻了她一下，"小洁，你真纯洁，真好！过去我曾认识过一个女人，八字还没见一撇呢，她就总是打问我有多少钱，总是问我给她多少压箱底的钱。小洁，自从我们相识，你好像从未问过这些事。"丁玉洁从他的怀里坐起来，娇嗔地说："你也太小看人了，你以为我嫁你是嫁你的钱吗？如果是嫁钱，我早都嫁人了，中国的、外国的都有！"

唐敏又赔罪似地抱住她的肩头说："好好，是我的不对。不过，你越不提钱，我就越要为你着想。这钱，我非给你不可！"

丁玉洁觉得自己再固执就太过分了，就转过头吻他一下，深情地说："那好，那就按你说的办吧。"

"这就对了嘛，单凭你这句话、这份心，也值那么多钱呀。"

他们终于沉入甜蜜的梦乡。

一年后，他们生下一个宝贝儿子，取名唐新华。他们专门为儿子请了一个华人保姆。唐敏凭着自己的才干，凭着自己的交际，凭着自己的钱财，早已誉满莫斯科华人圈，甚至受到华人的敬仰，成为华人成功的典范。

他们的日子过得可谓完美无缺！

唐敏在妻子的协助下，生意更加兴隆茂盛。几年来，经他手办理的入境劳务人员越来越多。仅此一项，就给公司带来了丰厚的利润。当然，他自己的收入也非常可观。

这天中午，他和丁玉洁在一家餐馆吃饭，最后离开时，发现一张餐桌上坐了几个中国人。他就随意问道："你们是从哪儿来的？"

"中国温州。"其中一个人答道。

唐敏心中油然产生一种亲近感，就又问道："你们是来干什么的？"

"打工，做生意。"还是那个人说。

"你们都叫什么名字？"

"我叫陈长海，他叫林志云，他叫周国民，这个叫刘福根。"那个叫陈长海的说完，又问："先生也是从中国来的吧？"

"是的。"唐敏应了一声。他心里想起来了，这几个人正是一个月前他给办的手续。但他没有说出来，心想，要不是我，你们哪能到莫斯科呢？他的脸上情不自禁地浮出一种悠然自得的笑容，在心里说，人真是太有趣了，同样都是上帝造就的子民，偏偏有的人就掌握着其他人的命运。他以一种救世主的口气说："好好，都是中国人，都要互相关照。"他说着掏出一张名片说："给，你们拿着，上面有电话号码，有什么难处了就找我。"
这时，丁玉洁悄悄地捣了他一下，意思是让他快走，说那么多
话干啥。

唐敏明白，说道："好，就走就走。"

路上，丁玉洁埋怨道："吃你的饭，走你的路，管那么多
闲事干啥！"

"这些人刚出国，两眼一抹黑，能帮就帮一点，何况，咱
们也收过这些人的钱。"走了两步，他又开导她说："人有了钱，
就要多行善事。"

他们驱车而回。

陈长海是那几个人的头儿，四十岁左右，在国内闯荡多年，
手里有一笔钱。其他三个人虽算不上"大款"，也是当地的富户。
他们手里有几个钱，就烧燥得不行，在国内呆腻了，非要到国
外开洋浑，发洋财。但是出国以来，陈长海领上这几个人，在
莫斯科像没头苍蝇一样碰来碰去，打工下苦不愿干，做生意又
摸不着门，一个多月过去了，还是一无所获。后来，他们听人
介绍，又到基辅、彼得格勒去碰运气，还是不行。反正手上还
有些钱，听人说东欧放得宽，就又跑到华沙、布拉格去找生意。
折腾了好多天，没一点辙，在老家温州的那一套玩不转，就又
回到莫斯科。

人虽然回来了，可手里的钱没几个了。每个人为办出国手
续，前前后后花了成十万，出来几十天又花了好几万，到了这
步境地，几个人的洋财梦终于破灭了。他们住在一个小旅馆里，
互相埋怨，一筹莫展。刘福根说："大哥，你拿个主意吧，你
说咋办就咋办。到了这份上，不怕歹主意，就怕没主意。"

周国民说：“我们手里的钱凑一凑，如果够买车票，干脆回吧。”

林志云说：“那我们一人十几万元就这么白撂了？”

周国民说：“不白撂又有什么招儿，谁爱这样？”

刘福根不吱声，瞅着陈长海，等他拿主意。陈长海这会儿一直没吭气，低着头盯着唐敏留下的那张名片。突然，他把手在桌子上猛地一拍：“妈的，我们找这个小子去！”几个人一看，只见他双目圆睁，眼珠子红得怕人。有人问：“你说清了，到底找谁？”

陈长海指着名片说：“你们看，我们不就是唐敏这个公司邀请出国的吗？我们的手续不就是他们办的吗？这家伙不知道坑了多少人，赚了多少黑心钱，我们不找他找谁？”

“对，就找他去，叫他给我们退钱，我们不干什么鸡巴劳务了，我们要回家，叫他给我们赔偿损失！”

周国民胆子小，说：“可是原来合同上说得很清楚呀，到了国外，人家就不管了呀。”

“到这一阵儿了，谁还管那么多！这会我们山穷水尽，不找他找谁！再说，那小子有的是钱，也应该拉我们一把！”陈长海恶狠狠地说。

主意已定。陈长海瞅着名片，拨动了电话号码。电话里很快传来一个男人的声音。陈长海立即说：“是唐总啊，你吃饭了吗？噢，我叫陈长海，就是那次在餐馆遇到的呀……你说生意呀，还凑合，挺不错，这都是托你的福啊……你晚上有空吗？我们想来拜访你，表示我们一点心意……啊好，那就一言为定，好，好……”

　　吃过晚饭，唐敏和丁玉洁一边看电视，一边逗儿子玩，十分欢快，极尽天伦之乐。白天他们都忙生意，只有晚上才能和儿子玩一玩。这已经是他们每天生活不可缺少的一个内容。现在，这个家应该说是个十分幸福美满的家庭。自从有了丁玉洁，唐敏专心施爱，不再和别的女人厮混，他对丁玉洁非常满意。

　　忽然，门铃响了。陈长海几个人走了进来。打过招呼后，丁玉洁带儿子进了卧室。唐敏热情地招呼他们坐下，他并没有看到他们带什么礼物，不过，他并没有在意。

　　胡乱扯了一会儿，陈长海摊牌了："唐总，咱们明人不做暗事，有话直说啦。我们几个人到今天为止，每人花了十几万，如今落得跟乞丐没什么两样。我们打听了，合同上也说得明白，是你的公司邀请我们参加劳务输出的，但我们现在是两手空空，你总不能不管我们死活吧。现在，我们要回家去，请你退还我们的出国费用，赔偿我们的损失，给我们每人付给 15 万元，我们就两清了……"

　　唐敏从沙发上站起来，气愤地说："合同上写得很清楚，有什么问题，你们应该去找你们的蛇头！我是和蛇头谈生意的，与你们没有任何关系！"

　　"蛇头在什么地方，你给我们叫来！"陈长海不动声色地说。其实，他们早就找过蛇头了。那家伙看出这几个人不是好剃的头，早就溜掉了。

　　唐敏回道："我怎么知道蛇头在哪里，你们自己去找！"

　　陈长海说："姓唐的，你是个聪明人，脑袋放明白点，你要是不答应我们的条件，今天就和你没完！"

　　"怎么？你们要敲诈勒索？"唐敏满脸怒气。

　　"哼，"陈长海怪笑一声，"你怎么说都行吧，可事情不

办不行！"

刘福根也跟着说："唐总经理，你的钱已经够用了，总不能眼看着我们饿死吧？有事找你帮忙，这可是你那天说的话啊！"

"你们这是叫我帮忙吗？你们这是无赖！"唐敏气咻咻地说完，走向电话机，拿起了听筒。忽然，一只手按住了电话机了："怎么，要报警？"唐敏回头一看，是陈长海的手。再一看，他们每人手里都是一把明晃晃的尖刀。他头上不由得冒出了虚汗，胳膊也发软了，把听筒放回了话机。

"走，坐到沙发上去！"陈长海像对俘虏发布命令一样说。

唐敏慢慢地走向沙发。

丁玉洁正和儿子玩耍，忽听到楼下像吵架，急忙跑下来，到客厅一看，她惊得呆住了。她过去大声质问："你们要干什么？"

"咋呼什么？再多嘴割掉你的舌头！"有人喊道。

丁玉洁看出来这是一伙真正的劫贼，便对唐敏喊："他们要钱就给他们嘛！"

唐敏想，碰上这伙恶棍，也只能这样了。他走向套间，打开保险柜，拿出几捆钱，放到桌子上说："这是 8 万美金，你们每人两万，差不多等于 20 万人民币，拿去吧，我们从此一刀两断，再有事找你们蛇头去！"

"不，这刚够路费，还有我们的损失呢？我们要是不受你们的骗，折腾这几个月，在国内要挣多少钱呢，嗯？"陈长海晃着手里的刀子，瞪着眼睛说。

唐敏气得大声说："实话告诉你们，我们公司给你们办手续，每人只收四五千美元，可我现在给了你们多少？这都是我私人的钱啊，你们总得讲点良心吧，总该知足吧！"

陈长海说："良心，什么叫良心？他妈的钱就是良心！叫我们知足，你知足吗？你在中国人身上捞了多少钱了？还叫我们知足呢！"

丁玉洁早就气得心脏乱跳，胸口发闷，说不出话来。这伙无赖，对付外国人一点招儿都没有，专找中国人耍横。她对唐敏说："给他们，家里的钱都给他们！"

陈长海冷笑道："这还差不多嘛。"

唐敏朝室内走去。陈长海跟在后面，刀尖抵在唐敏的腰部说："少耍花招，不然要你的命！"他发现另外三个人都跟了上来，便说："刘福根，你留下，看住那娘们！"

唐敏打开保险柜，往外取钱。陈长海找了个皮箱，把那些现金、首饰、珠宝全装进去了，然后对唐敏说："好啦，这些钱就算我们借你的。我知道这是你钱财的一部分，银行里的钱，我们就不要了，给你留着吧。"

唐敏挥着手说："走吧走吧，快走吧。"

陈长海说："好，好，我们走，我们走……"他说着，猛地朝唐敏腹部刺了一刀。唐敏大叫一声，用手捂住刀口。接着，刘福根又在背后捅了他一刀。唐敏嗵地倒在地上，一阵痉挛，死了。陈长海骂骂咧咧地往外走："妈的，我们走也不能留下你！"

丁玉洁听见唐敏的惨叫，急忙跑过来，正好撞到陈长海的身上。他随手就给了她一刀："妈的，也不能留下你！"

正在这时，保姆从门外走了进来……

过了几天，警察接到了一个华人的报警。他们来到唐宅，

望着老少四具尸体，一个警察摊开双手说："谋财害命，中国人干的，不可思议，不可思议！"

血案发生后，很快传到华龙公司，总裁不胜伤感："魔鬼啊魔鬼……唉，是我成全了他，也是我害了他啊……"

过了两天，有人找总裁毛遂自荐："让我去接替唐敏的工作吧，我一定……"

总裁望着他，无语。

那人心慌了：莫非总裁不信任我？这个美差轮不上我？

忽然，总裁用低沉的声音说："你不会后悔、不会怨恨我吧？"

"不不不，不会，绝对不会！"

总裁说道："那好，那你就做准备吧，三天后出发！"

那人高高兴兴地走了。

秦 腔 迷

一

　　整整五年没有回关中老家探亲了，时常勾起一种难割难舍的思念。刚进腊月，就收到爷爷一封信，说他实在想念我们全家，叫我们想办法赶回去过春节。他还特意提到，要趁我们回家之机，办一件大事，了却他一桩心愿。至于什么事，他没有说。爷爷有什么心愿这么重视呢？我心里揣了个疑团搁不下。我们全家一商量，决定回老家过年去。

　　在县城下了火车，浓郁的故乡气息扑面而来，满耳朵都是亲切的方言土语。这时候，喇叭上正放秦腔《铡美案》，那韵味那样醉人，我立刻沉浸在醇美的乡音乡情中。

　　我们八百里秦川，又称关中，是陕西的"白菜心"，土地肥沃，民情敦厚。以西安为界，以西咸阳、宝鸡地区十多县为西府，以东渭南地区十多县为东府。两府县县有秦剧团，村村有自乐班，人人能吼几板戏。关中是秦腔之乡，产生了好多演唱艺术家，更培养了无数戏迷。我爷爷李长寿就是其中之一。我是听着爷爷"王朝马汉一声叫，把老爷的铜铡抬上来"的唱腔长大的，是听着家乡人关于爷爷的好多传闻故事长大的。

　　那一年，爷爷还小，他们几个孩子在打麦场上玩耍，学大

人演《铡美案》。爷爷扮包文正，陈跛子扮陈世美。玩到铡陈世美那会儿，他们竟用真铡刀做实验，铡刀一压，把陈跛子的小拇指铡掉了一节子。陈跛子疼得大哭大叫，我爷爷吓得跑回来蜷缩在家里做饭用的铁锅里……

爷爷长大后，斗大的字识不了两箩筐，却能连唱带背，一字不拉地唱诵十多本戏。爷爷爱唱戏，自然也爱看戏，关中人口稠密，村庄之间远则四五里，近则一二里。哪个村演戏，锣鼓家伙一响，四面八方的村子都能听见，大路上立马就有人络绎不绝地直奔剧场。没多久，周围很快就路断人稀。只要有戏看，下午收了工，爷爷就顾不上吃饭，拿两个冷馍，抓几根生葱，转身就走，天大的事也挡不住。他总是笑着对奶奶说："没法子，锣鼓一响，脚跟发痒，漆下的钩子——油（由）不得嘛！"

那一年冬天，离我们十多里地的范家洼演戏，爷爷自然夜夜必看。人家看完戏就回家，他却还要跑到后台问长问短，最后只好一个人往回走。那一夜，奶奶好歹等不着爷爷回来，焦急不安。天亮后叫人去找，发现爷爷竟在半路上的一块麦田里睡着了。

那儿有一片坟地，他半夜走到那里，鬼差神使地转起了圈儿，一转就是大半夜，把人家的麦苗蹋得不像样子。来人叫醒了他，他半天还不明白是咋回事。爷爷的好朋友油葫芦看着现场笑着说："看来是阎王爷没啥下锅了，叫你给推磨子磨面哩吧！"事后，村上人就给他起了个外号：李磨子，广为流传。年龄差不多的，见了面叫"磨子哥"，小一辈的叫"磨子叔"，再小一辈的就叫"磨子爷"。爷爷一概笑脸答应，好像还有几分荣耀似的。那件事发生后，村上剧团拉板胡的陈跛子给爷爷编了一段"顺口溜"，成了村上的典故："李长寿，爱看戏，回来遇上鬼兄弟；推了一夜大磨子，糟蹋四亩庄稼地。"此后，村上就多了一句俗语："李磨子看戏——活见鬼！"

不过，给爷爷造成大名声的还是他的唱戏。我们东府是戏窝窝，无论走到哪里，都能时常听到有人放开嗓门吼秦腔。人们上下工的路上，赶集走亲戚的途中，吆牛犁地的空当，动不动就唱一板戏。我爷爷堪称唱野戏的代表。爷爷说，唱上一阵子戏，能解闷，能解乏，一天不唱没精神，两天不唱丢了魂，三天不唱病缠身。

一次，有个人在崖头上边走边唱："一斗麦磨成面能吃几天——"当时，爷爷正巧在崖下面解大便，急忙提起裤子应了一句："那要看吃饭人是多是少——"他这一唱不要紧，把上面那人冷不防吓了一跳，差点跌下来。这件事在村上传得很广，就有年轻人问："磨子叔，到底有这回事没有？"爷爷总是笑而不答，不置可否。

那一年春节，村上准备演戏，提前排练《铡美案》。本来爷爷擅长演包文正，这一次却要演秦香莲。那天晚上在祠堂排完戏，别人都回家了，爷爷却叫上我父亲和姑姑扮成冬哥和秋妹，来到戏台上反复练习台架动作。后来惊动了半夜起床喂牲口的饲养员，叫了一伙人，拿了镢头棍棒来到剧场，以为有人在戏台上偷东西呢……

久而久之，我们李家村因为爷爷的关系，又多了几条常用语。嫌对方爱说话，就说："李磨子唱戏——嘴不乏？"形容办事有把握，就说："李磨子上戏台——没说的！"

我们东府人唱大戏无非几个年节。

春节：从"破五"开始，短的演到正月十五闹元宵，长的一直唱到正月二十三。

四月八庙会：这时候庄稼将熟未熟，地里没有忙活，人们就都去赶庙会，有庙会必定有戏。

再就是八月十五中秋节：这时节夏收早已完结，秋粮将收未收，庄稼人正好趁机热闹一阵子。人们的定亲、婚嫁等喜庆红火事大都在这些时候操办。

由于逢年过节大唱特唱，有的人唱上三五天嗓子就哑了。但我爷爷不管唱多久，嗓音始终如初，被村上人称为"金嗓子"。

新中国成立前的有一年春节，我们村首屈一指的财主给老母亲过七十大寿，张罗了两家戏班子唱对台戏（至今我们村上的对台戏楼相对矗立，别具风格，时常有城里来的专家学者和外国人来参观。据县文化局的人说，像这样的戏台在东府别无仅有）。主家提前半年打了招呼，要求每天晚上两家同唱一本戏，以见高低。

对台戏已经唱了四个晚上，先唱《三滴血》《游龟山》，又唱《铡美案》《辕门斩子》，唱来唱去，两家不分上下，各有千秋。要论谁高人一筹，就要看第五晚上了。这天晚上，天刚麻麻黑，村边墙下走来两个年轻人。走到一棵树下停住，女的问："你就是夜黑（昨天）的杨宗保？"男的也急忙问："你就是夜黑的穆桂英？"两个人开了话头，竟越说越多，越说越亲热，忘了迟早。

戏台上已到了开戏的时候，两家台下都挤了黑压压一大片人。台上业余剧团的头儿都着急了，眼看就要开戏，扮主角的演员不见了！这边不见了男主角，那边不见了女主角。头儿只好一面派人去找人，一面按时敲锣打鼓"炒台"。这边一"炒台"，那边怕冷落观众，也赶忙"炒台"。每次开戏前，戏台左侧的文场（拉板胡、二胡及吹笛子的等）和右侧的武场（敲板、打锣、拍钹、弄铙的等），先要一起演奏敲打一阵子，时间长短不一，把气氛"炒"热为原则，这就叫"炒台"。等于发个通知预告一下：正戏马上就要开始。这时候，没占位子的就赶紧往里挤，戏院外面的赶紧往里跑。

记得我上小学那时候，只要一听见"炒台"声，心里就发慌，撒腿就往剧场跑。一般情况，"炒台"不宜过久，观众的耐心总是有限的。"炒台"时间太长，就容易"炒煳"，观众就要骂娘。我们关中运用很广的一句话说，"好事不用等，瞎戏锣鼓多"，就是从"炒台"总结出来的。

这会儿人还没找回来，没招儿，只好继续"炒台"。下面的观众哄哄开了："咋球弄的嘛，炒这么长的台？"

周围人接上说："这才是怪事，那边也一个劲地炒台呢！"

村外树下面的杨宗保和穆桂英话说起来没个完，越说越离不开。忽然穆桂英抬起头说："呀，炒台唡，快回！"说完顺手塞给杨宗保一件东西，转身就往回跑。杨宗保打开一看，是个鲜红鲜红的红肚兜，高兴得一蹦三尺高，忙叠好塞进怀里，往戏院跑去……

转眼到了四月八逛庙会，杨宗保和穆桂英又见面了。这一次一见面，杨宗保就送给穆桂英一个小圆镜。这个穆桂英就是梁牡丹，名字很中听，戏也唱得好，只是人长得黑了点，平常娘家人都叫她黑牡丹。那个杨宗保就是我爷爷李长寿了。黑牡丹后来就是我的亲奶奶。那一回的"炒台"事件弄得很不像话，观众意见很大，真实原因很快就在十里八乡传开了。当然这件事也从另一方面给李长寿和黑牡丹扬了名声，褒贬不一。但不管怎样，后来她和他唱戏的时候，观看的人更多了。

五十年代中期，国泰民安，风调雨顺，关中农业大丰收，

又是庄稼人唱戏的好时候。那年春节，有好事的东跑西颠，硬是又闹起两个戏班子唱对台戏。这种场合肯定少不了我爷爷。这些年，我爷爷李长寿经过千锤百炼，已经由演杂角长进到擅长演胡子生和吼大净。《辕门斩子》里的六郎杨延景，《周仁回府》里的周仁，《铡美案》里的包文正都能演。看对台戏很有意思，戏迷们特过瘾。愿看南台的，转过身往南看；愿看北台的，转过来朝北看。有的人一会儿看南台，一会儿看北台，专挑顺眼顺耳的观赏，常常很难说清哪边输了人，哪边赢了台。

那天晚上，演我们东府家喻户晓人人能唱的《铡美案》，爷爷扮包文正。有一场戏他出台时忘了戴胡子，台下观众立刻哄然大笑。爷爷随即发现了自己的失误，回去再戴是万万不行的，他灵机一动，本来应该唱"王朝马汉一声叫，把老爷的铜铡抬上来"的戏文，爷爷竟正儿八经地唱成："五朝马汉一声叫，把老爷的胡子抬上来！"那王朝马汉赶紧借坡下驴，果真回去把胡子捧了上来。爷爷转过身戴上胡子，又唱道："王朝马汉一声叫，再把老爷的铜铡抬上来！"王朝马汉赶忙又回去正式抬铜铡去了。观众看到这里，照样看得津津有味，还响起一片喝彩声。这一喝彩不要紧，立刻把好多观众吸引过来，最后竟赢了台。故乡的人就是这样纯朴、宽容，并带有一种农民式的幽默。

那一回对台戏唱过后，村上人说："宁可三天不吃饭，也要看李磨子的《铡美案》！"爷爷在那回对台戏中大大地出了风头。

后来有个城里来的记者采访爷爷，问他在戏台上为什么能那么轻松自如，爷爷说："没啥没啥，上台下台一百八，唱戏就像说闲话！"记者又问爷爷为什么唱戏的劲头那么大，爷爷依旧涨红脸说："没啥没啥，解解乏，解解闷，庄稼人就这点活头嘛！"再问，他还是这几句话。

唐三千，宋八百，演不完的三列国。爷爷到底能唱多少戏，怕是连他自个儿也说不清。爷爷没上过学堂，硬是靠唱戏唱出了大学问。他的第一个本事就是给村上的小孩起名字。

那一次，他给一个小孩起名叫"赵玉照"，主家问咋这么叫，他解释说："三国时有个人叫司马师，统领几十万人马，是大将军，还不好！"主人听了，还挺满意。

又一次，他给人家小孩起名叫"陈晨"，给大人讲解说："知道曹操吗？打江山坐天下的人，能文能武，盖世英豪，放心吧，好名字！"人家高高兴兴地走了。

爷爷给人起的名字还有王飞（随张飞）、李子龙（随赵子龙）、赵瑜（随周瑜）、张琦（随韩琦）等等。只要是爷爷给起了名字的，到孩子看满月的时候，都要给他送几个点了红的肉夹馍。每当这个时候，爷爷高兴得可滋润呢。爷爷倒不是稀罕那几个馍，那是他的创造得到了社会承认的证明。凡是爷爷给起了名字的小孩，长大后无论是当教师、当干部的，还是当工程师、当厂长的，都对自己的名字很满意。不像我们东府叫得相当普遍的牛娃、狗娃、石头、铁蛋、黑丑那些名字，叫人长大后十分尴尬，常常成为被人开玩笑的资料。

爷爷还能口头作对联。我们村上有个五保户老汉，生产队平时常安排他看看庄稼，干些轻松活儿。他死后埋在村北，他没儿没女，生产队只好给他办丧事。写挽联的学校老师问："门上写啥对子呢？"

爷爷在旁边说："这还不好写，你就写：生前城南赶麻雀，死后村北看庄稼，门楣上写：哟呼哟呼！"写字的老师连声说：

"咦！实在是好，既实际又生动！"村上的阴阳先生死了，爷爷根据墓地位置，也给作了一副对联："头枕乳罗山，脚蹬金水河。"横批是："天地阴阳。"

我爷爷的学问还表现在他能随时随地编好多"顺口溜"。陈跛子是三队老会计，曾因爷爷那次看戏回来遇鬼，给爷爷编了一串话，后来爷爷也编了几句回敬他："三队有个老会计，领着妇女常下地，不说一句正经话，净放屁！"

有对小两口闹离婚，爷爷给编了一段：

嚓嚓嚓，当当当，
十八姑娘找对相；
先见面，后照相，
欢欢喜喜进洞房。
红绸子袄儿没穿烂，
两口闹下大意见；
打打闹闹过不成，
哭哭啼啼进法院；
法院一断，
成了单干……

那一天，大伙儿正在地里干活，路上有一对小两口回娘家，哼哼唱唱十分亲热。爷爷当即编好顺口溜：

蒲篮筛子都挂起，
兰兰引上女婿忙罢去；
一路上哼哼唧唧做啥哩？

亲嘴哩，说话哩，

唉呀呀，

年轻娃娃胆大哩，

过路人见了害怕哩……

前多年，我们家乡一到冬春农闲时节，就要抽大量民工外出修公路，修水库……只要有爷爷参加，每天晚上，他住的屋里必然挤满了人，有的倒水，有的点烟，目的是要叫爷爷"来一板"。每逢这时候，爷爷必定当仁不让，叫陈跛子拉板胡，油葫芦敲板，就酣畅淋漓地唱起来。最叫好的是"大实话"：

为王的上朝来脊背朝后，

不小心把肚子放在前头；

你大舅你二舅都是你舅，

你外爷你外婆那是两口；

走一步退一步不如不走，

高桌子低板凳都是木头；

大黄狗大白狗都爱吃肉，

一头牛两头牛都是牲口……

爷爷唱一唱，得喝喝水，歇歇气，其他人也跟上唱一唱。这样三唱五唱，就三星高照夜深了。好戏能把人唱醉，瞎戏能把人唱睡。大伙儿听爷爷唱戏竟没有一点睡意，缠住爷爷不散。爷爷就说："好了，唱来唱去，无非是小姐赠金后花园，落难公子中状元，你们中不了状元，明天还得干活，回去吧！"大伙不依，爷爷就又唱一段，最后说："解解乏解解闷就行了，

你们豆腐渣擦勾子，没个完还成！"大伙只好依依不舍地回去，第二天晚上照来不误。爷爷唱的那一段大实话，后来村上的人十有八九都会唱，不过是没有爷爷唱得那么动听罢了。

爷爷一辈子只爱秦腔戏，对歌舞、话剧之类从不光顾。那一年，镇上来了一个剧团演话剧，人们都说成是演戏。爷爷和奶奶也去了。可是还没看多久，爷爷就拉上奶奶出来了，一边往回走一边嚷嚷："啥嘛，净说话，那也叫演戏？"

二

"文革"开始后，秦腔古装戏不准唱了。爷爷只有在野地里、山坡上偶尔吼几声："王朝马汉一声叫，把老爷的铜铡抬上来……"

有一天，村上来了县文化馆的一个干部，叫刘文彬。他帮助村上成立了一个"毛泽东思想文艺宣传队"，穿上黄衣服唱歌，挥动红宝书跳舞……几十天后，文艺宣传队举行第一场演出，革委会主任陈捣鬼爬到树上，用喇叭筒喊叫，要全村人都去看。爷爷看完回来，不停地说："啥嘛，脚一扎手一扎，唱啥都唱啥，那叫演戏？哪有秦腔好！"

那个刘文彬回去没多久，又带男男女女一伙人来到我们村，要树立什么典型，叫毛泽东思想文艺宣传队排演样板戏《红灯记》《沙家浜》，而且一定要唱京剧腔，还要求全村男女老少人人都要学唱。除宣传队的人正儿八经排练外，全村人每天晚上都要集合在打麦场上，工作组唱一句，大家唱一句。那一年我已十岁，也跟上学会了两段京剧："提篮小卖拾煤渣，担水劈柴全靠她，里里外外一把手，穷人的孩子早当家……"这件事几乎遭到了全村人的消极抵制。人倒是都去了，可没人使劲。说是唱戏，实际上是乱哼哼，而且声音七长八短，你高我低，不成体统。爷爷回到家大发牢骚："那叫唱戏？那叫和尚念经！"

村上人都把那个刘文彬叫"刘神经"。

有天晚上，陈捣鬼来到我们家，对爷爷说："磨子叔，县上老刘叫你去演戏哩，那些娃娃太嫩，弄不成事，那个李玉和、胡传魁，还非你演不行，人家这是看得起咱，明天你就去，晚上排戏也给你记工分……"

这个陈捣鬼叫陈家祥，原来是大队上的会计，人长得像个瘦猴子，平时为人心眼小，爱计较，说一句话要眨三次眼，背后爱拨弄是非日鬼人。村上有句话说："挤眉疙眨眼，捣鬼不停点"，就把他叫了个"陈捣鬼"。"文革"一开始，他就拉了一伙人造反，成立了"燎原"战斗队，当了司令。后来成立革委会，他就当上了主任。

我爷爷四方脸膛，身材壮实，是个堂堂正正的男子汉，他一见陈捣鬼那副尊容心里就不舒坦。他不动声色地问：

"唱咱们秦腔还是唱京戏？"

陈捣鬼眼睛飞快地眨了眨："当然是唱京剧呀，这是上头安顿下来的事，不是哪个人随便叫唱的。"

"唱京剧，我不会！"

"有县上来的人教啊，人家教不会不走哩！"

"那你叫别人学嘛，我只会唱秦腔。我这一大把年纪了，学京戏干啥？我又不是北京人，我要是生在北京长在北京，早都会唱，还用得着人教！"爷爷是个撞倒南墙连土担的犟脾气人，说不去就不去。

陈捣鬼碰了钉子，气呼呼地走了。

第二天，村上业余剧团敲板的油葫芦儿子结婚，下午，他跑到我家，叫爷爷晚上去热闹热闹。家乡人把那种不拘形式的清唱叫"自乐班"。谁家有红白喜事，叫上八九个人，摆一张桌子，放几条凳子，有人敲板，有人拉胡琴，不打扮，不化妆，就开场了。自乐班的活动，即使在60年代"低标准"，家乡人"粗布裤子，红薯肚子"那时候也没有停止过。

爷爷看了一眼老搭档说："人家现在叫学京戏，咱还敢唱秦腔？"

油葫芦眼睛一瞪："噢，我弄了几十年戏班子，现在儿子结婚唱一阵儿，谁还能把我挡住？走，没事，天大的铁锅我顶着！"

爷爷叹了口气："唉！油葫芦，你说这是抽什么筋嘛，天下老百姓咋能都唱一个京戏哩！我就不习惯那个腔调，哼哼呀呀的，有劲使不上！"

油葫芦说："人家外地人也烦咱们秦腔呢，说唱秦腔像是吵架哩！"

爷爷脖子一直，声音忽然提高："那就各唱各的，井水不犯河水嘛！"

油葫芦说："这回看这来头还不小哩，说是要消灭秦腔哩！"

"消灭？能消灭么？那戏都在老百姓心里扎了根呢，他能挖走？"爷爷一磕烟锅，忽地站起身："日他先人，管天管地，管不了老子唱戏！女人忧愁哭几声，男人忧愁吼几声！咱这就说定了，今晚上咱们就痛痛快快吼一阵子。庄稼人就这么点活头嘛，咱们唱了，看他还能割了舌头不成！"

晚上，油葫芦家院子里挂了一盏油灯，人来人往，十分热闹。锣鼓胡琴一响，立刻惹来好多人。我爷爷先唱了一板戏，觉得不过瘾，这些天窝在肚里的气还没顺过来，就大声说："陈跛子，把我的胡子给拿来！"

陈跛子停住手中的胡琴弓子，惊异地问："咋？今黑个还戴胡子呀？"

"戴！"爷爷大声说。

油葫芦在一旁说："磨子哥要戴，你就给拿去！"

陈跛子人很忠厚，兼管剧团的戏装，立刻起身走了。

按家乡的习俗，自乐班唱戏，从来是不戴胡子不化妆的。爷爷唱了一辈子戏，挣了点名声，除了他的嗓子好，台架耐看外，还有两手精彩的绝活。一是闪帽翅：两边同时闪，那很平常，难的是一边闪。如果左边闪，右边则纹丝不动；同样，如果右边闪，左边则纹丝不动，家乡人称之为"凤凰单闪翅"。二是抖胡须：半尺宽三尺长的胡须，在头不动的情况下，能像波浪一样地抖个不停；还能将中间一寸宽的那一绺胡须几乎吹成九十度的直角；有时还能使两边的那绺胡须自动飞起来。爷爷对那副胡子十分珍爱，那是他亲自挑选买来的，基本上是他的专用品。

陈跛子小跑着回来了。爷爷接过胡须，表情庄重地戴好，站在场地中央，摆好了架势，气宇轩昂地唱起了杨六郎的一段戏：

> 我杨家投宋来不要人保，
>
> 白龙马银战杆自挣功劳。
>
> 我大哥替宋王把忠尽了，
>
> 我二哥保名节永归阴曹，
>
> 我三哥被马踏尸骨难找，

四八郎失番邦永不还朝，
我五哥五台山修行学道，
我七弟被仁美射死法标，
我的父捐忠躯一命丧了，
单丢下孤身延景保宋朝……

这天晚上的几板大戏，爷爷唱得酣畅痛快，声情并茂，也惹得陈跛子的板胡拉得格外动听。最后少不了又唱了一回"为王的上朝来脊背朝后，不小心把肚子放在前头……"笑得人们嗷嗷大叫，连新娘子也忍不住捂上嘴笑个不停。

自乐班昨晚上的行动，陈捣鬼很快就知道了。他跑到刘神经那儿说："老刘，那个李长寿，咱们叫他唱戏他不来，夜黑却搭了一班人自个唱开了，这不是故意跟上级做对么！"

刘神经站起来，倒背双手，在屋里转了三圈，给陈捣鬼指示说："这样吧，我们当干部的不能和普通群众一般见识，咱们做到仁至义尽，你再去叫一回，叫他来唱京戏，他不来再说。"

陈捣鬼说："好好，我就去。"

一顿饭的工夫，陈捣鬼回来了，气呼呼地说："李长寿那个老家伙，真他妈的是小娃的鸡巴，你越逗他还越硬咧。他不唱，要唱就唱秦腔！"

刘神经把桌子一拍，唾沫星子乱飞，怒气冲冲地说："你带上几个人，把他弄到革委会来，扳掉他这个尖尖，看还长什么权！"陈捣鬼叫了一伙平时在革委会混工分的"生瓜"，风风火火地走了。

一时三刻，爷爷被那伙人押来了。

刘神经坐在桌子前，亲自审问爷爷，陈捣鬼坐在旁边趾高气扬。爷爷心地坦荡，满腔热血，难以洞察他们的计谋，直来直去地回答刘神经的问话："样板戏我不敢说不好，就是京剧我唱不来！"

刘神经又问："你是不是说过，唱京剧哼哼唧唧，像和尚念经哩？"

爷爷说："我不会唱京剧，也不喜欢京剧，觉得比起秦腔来没劲！"

刘神经气恼地说："我说你李长寿啊李长寿，你这个农民脑筋真该换换了。你知道不知道，推广京剧，普及样板戏，这是北京的领导决定的，你李长寿胆大包天，竟敢……"爷爷又说了好多刘神经不爱听的话，把刘神经气得暴跳如雷，大声喊道："好，咱们不说了，你李长寿等着瞧，我就不相信铜盆子煮不烂你个老牛头！"

天黑后，审问继续进行。屋里只点一盏黑乌乌的马灯，光线昏暗，像阎王殿。陈捣鬼走到爷爷跟前问："我代表老刘再问你一次，京戏你到底唱不唱？"

爷爷还是老话："不会唱，要唱就唱秦腔！"

爷爷话音刚落，桌子上的马灯突然熄灭，四周一片黑暗，从屋子角里窜出几条黑影，抢起棍棒，劈里啪啦地朝爷爷身上打去……最后将爷爷关起来了。

过了四五天，待爷爷能立起身子了，刘神经和陈捣鬼召集全村人召开批斗大会，清算我爷爷的罪行。刘神经给爷爷定了三条罪：一是恶毒攻击中央文革领导；二是抵制排演革命样板戏；三是顽固地宣传帝王将相才子佳人封资修黑货。

有天晚上，我给爷爷去送饭，离老远我就听见爷爷放开嗓门大吼："王朝马汉一声叫，你把老子头割了；割了还有身子在，

不过三天长上来……"我怕饭凉了，朝前走去。只听门口的两个看守说："这老熊是越活越糊涂了……"

我走到屋里，把瓦罐里的包谷糊汤倒到碗里，又拿出两个掺了红薯面的馍给爷爷吃。爷爷看了一眼饭菜，回头猛地抱住我。他的眼窝里涌出了泪水，问我："好乖娃，你给爷爷说实话，你怕不怕？"

我低了头说："现在不怕了。"

爷爷用粗大的手在我头上抚摸着，疼爱地说："叫爷爷看头上的双旋还在不在？噢，在，还在哩！"爷爷平时最爱看我头发上的双旋，看一次就要说一次："头顶双旋，滚过鸡蛋，长大做个知县！"然后朗声一笑，再加上一句："做了知县可别把爷爷忘了！"家乡人说，头发长双旋是吉兆，双旋之间又能滚过鸡蛋的，长大后必定当个县官。爷爷就这样经常拿我的双旋开心。

爷爷又问："最近考试了没有？"

我说："考了。"

"语文考多少？"

"100分。"

"算术呢？算术考多少？"

"100分。"

爷爷又使劲把我一搂，不说话。过了一会儿，他哽咽着说："是爷爷把我的好乖娃害了，都怨爷爷啊！小明，爷爷给你说几句话，你一定要记住，照爷爷的话办，啊？"

我点了点头："嗯。"

爷爷说："不管在学校还是在村上开批斗爷爷的大会，人家呼口号你就跟上呼，人家喊坏分子你就跟上喊，人家说爷爷是坏人你就说是坏人，一定要记住！"

我说："我不。"

爷爷又使劲把我搂了一下，几乎是哀求似地说："那不行，你一定照爷爷说的来，那样对你有好处！你爱爷爷，爷爷心里是知道的。"

我答应了："嗯。"

爷爷说："你回去给你奶奶和你爹你娘说，就说爷爷好着哩，爷爷不会死的……"

我再也忍不住，哇的一声哭开了。

陈捣鬼为了表现自己积极，叫油葫芦和陈跛子把村上业余剧团积攒了几十年的古戏装、道具抬出来，一把火烧光了。晚上，陈跛子来看爷爷，抹着眼泪说了烧戏装的事。爷爷气得两眼发红，骂道："陈捣鬼啊陈捣鬼，你这个小人、败家子！你……"待爷爷骂了一阵子，陈跛子凑到爷爷跟前说："你那副胡子我给你留下了，谁也不知道。"爷爷转过身，紧紧地抓住陈跛子的手使劲摇着："还是你对我知根知底啊！"

陈跛子无奈地说："陈捣鬼咋是这么个没良心货呢，为了巴结上司，就糟蹋邻里乡亲。"

爷爷说："日他先人，看戏上，比世上，啥时候都有这种人啊！"

陈跛子比爷爷小几岁，跟爷爷在一起泡了几十年，是个很实在的人。秦腔戏尽情吼唱，亢奋昂扬，气氛热烈，有一半是靠文场面支撑的。文场面的激越撩人又是靠板胡支撑的。拉板胡的人坐头把交椅，家乡人尊称为"拉头弦的"。陈跛子拉头弦远近闻名。他跟爷爷一样，也没上过学，只认得自家的名字。那一年,村上托人从西安易俗社请来一个拉头弦的把式(师傅)，

专门给陈跛子教手艺。

把式示范后说："我给你把谱子抄下来，你以后慢慢练。"

陈跛子难为情地说："唉，我不会你们那个刀来米发……"

把式又说："要不我用老记谱法给你记，工尺上乙……那些会吧？"

陈跛子越发红脸了："那些我也不会。"

把式没招了，摊开双手："那你说这咋弄呀？"

陈跛子说："你只管拉你的，我听听就成。"

把式瞪大眼睛："你单凭耳朵听能记住？"

陈跛子说："试试吧。"

把式看也只能这样了，就在前边拉，让陈跛子在旁边学。最后，陈跛子全靠自己的悟性和耳功，硬是把把式传授的一套秦腔曲调全学会了。此后，半县人都知道我们村的戏班子有两个台柱子，也知道他们的特长，那就是李磨子的嗓子，陈跛子的弓子。陈跛子对我爷爷是很敬重的。平时到我们家，一来就伸手摸爷爷的水烟袋，赶上啥饭吃啥饭。他三十多岁死了老婆再没娶女人，生活过得很艰难。爷爷好多衣服刚洗了两水，就送给他穿了。

陈跛子从我爷爷的屋里出来，扑蹋扑蹋地往回走。还没走出三丈远，就听爷爷扯破嗓子地唱开了："王朝马汉一声叫，你把老子球咬了……"陈跛子大惊失色，慌忙跑回去，爬在窗口压低声音说："好我的磨子哥哩，你千万再莫这么唱，实在要唱就唱点别的……"

后来爷爷又唱起了"大颠倒"："村头上碰见人咬狗，拿起狗来打砖头，没料想砖头咬了手，一下子咬得血长流……"那天晚上，爷爷唱了好多戏，想唱什么就唱什么。不知什么时候，门外远处蹲了很多人，悄悄地听爷爷唱戏呢。

夜空黑沉沉的，十分冷寂。

第二天，陈捣鬼就跑到刘神经那儿告状说："李长寿这老熊不是个东西，叫他唱京戏，他偏不唱；不叫他唱秦腔，他偏要唱，昨晚上又唱了半夜，这不是给我们示威吗？还骂我们是儿子，他是老子，动不动就是'王朝马汉一声叫，你把老子球咬了'，你看看，都是些啥话嘛！"

刘神经恼羞成怒说："把他颠倒吊起来，叫他再唱！"

陈捣鬼按刘神经的指示，叫那伙"生瓜"，果真把爷爷的脚脖子绑住，吊到房梁上折腾了半夜。

就在这天晚上，村上排练京剧样板戏的戏班子里出了一件大事。晚饭后，已到排戏时间了，还不见演李铁梅的张兰花和演李玉和的李大力那两个年轻人来。派人去叫，家里没人。寻了半夜，也没找到。戏没排成不说，两家的大人也着了慌。双方的亲戚家都找了一遍，都说没见人。天亮后，派出去找人的一个小组在三十里外的黄河岸边发现了一只女人鞋，拿回来一认，就是"铁梅"的。又过了两天，人们在五十里以外的河滩上发现了一具女尸，由于泡得太厉害，无法辨认了。这一下可不得了，两家人全体出动，找陈捣鬼要人，闹了个天翻地覆。

刘神经抓典型推广京剧，普及样板戏，受到重大挫折，十分气恼。过了几天，我爷爷以"现反罪"被县上来人拷走了，判了三年刑。

天空阴暗，不见太阳。

爷爷不顾浑身疼痛，挣扎着走出去，在路边等啊等啊，终于等来了包青天的轿子。他急忙像秦香莲一样跪下，大声喊道：

"包老爷，我冤枉，我冤枉啊——"包老爷看了他一眼，并不说话，却唱道："王朝马汉一声叫，把老爷胡子抬上来！"包老爷戴上胡子，对他说："你有何冤枉，快快地道来！"爷爷说："我是乡野一个普通百姓，一生除了种地，就爱唱几句秦腔，解解乏，解解闷。我尤其爱扮成你的模样，唱《铡美案》。可县上来的刘神经不让我们唱秦腔，非要唱京戏不可。就为这，打断了我的腿，判了我的刑。老爷，我冤枉啊，你要为我做主啊老爷……"包老爷打断他的话说："你装扮成我，唱的什么戏，先唱唱我听一听！"爷爷说行，就放声唱道：

> 头戴黑来身穿黑，
> 浑身上下一锭墨。
> 国母笑咱面貌丑，
> 三尺红绫披在身……

爷爷唱了一阵儿停下说："我就是这么唱的，老爷，你快给我申冤啊！"包老爷说："不忙不忙，你再唱给我听听！"爷爷只好又唱了一会儿，唱完了又叫包老爷为他申冤，可包老爷还要听。爷爷壮了壮胆子问："包老爷，你到底是断案哩还是听戏哩？"包老爷说："我要先过了戏瘾再断案。"爷爷说："莫非老爷爱听秦腔，也是戏迷？"包老爷说："是啊，我也是个戏迷，所以叫你不要忙……"爷爷不等包老爷说完，又着急大叫一声："我冤枉……"这一叫爷爷醒来了，苦笑道："唉，弄了半天是个梦！"他又揉着疼痛的腰和腿，叹了口气。

过了一年多，爷爷被提前释放回家了。回来后，他的一条腿也像陈跛子一样跛开了。那是被陈捣鬼那伙人打坏的。

爷爷回家后，奶奶擦着眼泪说："啥世道啊，唱戏也唱出罪来了！"

爷爷说："日他先人，弄来弄去就可怜个庄稼人！"

奶奶劝道："咱们庄稼汉算个啥，在人家那里没个鸡毛重。胳膊拧不过大腿，你以后也就别唱了。"

"啥？"爷爷回头瞪了奶奶一眼，"别人这么说你也这么说！"

奶奶说："我还不是为了你，你看看你那腿！"

"唉——"爷爷无可奈何地长叹一声，"咱们庄稼人唱两句野台子戏，撞谁伤谁了啊，人家也觉肋子疼！好，不唱了，以后永远也不唱，谁唱谁就是三孙子！"

三

70 年代末的一天，艳阳高照，气候宜人。爷爷忽然把那副从陈跛子那儿悄悄要来的大黑胡子挂在门楣上，仔细小心地梳理着，嘴里轻轻地哼唱道："王朝马汉一声叫，把老爷的胡子抬上来……"奶奶见爷爷眉开眼笑，像换了个人似的，就过来问："你今天这是抽什么筋呀，咋把这东西拿出来，不是又找事么？"

爷爷看了一眼奶奶，继续抚弄着他的宝贝胡子说："陈跛子今天赶集回来说，县上又唱开秦腔古戏咧……"

奶奶打断爷爷的话说："我说嘛，你今天怎么高兴得五脚子六手的，原来是……"

"原来是世道大变了！"爷爷忽然走到奶奶跟前小声说："跟你商量件事……"

奶奶说："有啥你就说嘛，看你神神忽忽的像个啥！"

县城的剧院门口，高音喇叭播放着昂扬嘹亮的秦腔戏曲，十分动听悦耳。剧院门口的半条街，人们熙熙攘攘的格外热闹。售票窗口围了一大堆人，拥来挤去。有了票的人大声叫着同伴的名字："买上咧，在这儿，快进！"没买上票的人也大喊着："使劲往里挤嘛，戏台上已经炒台咧！"

我爷爷路上催我奶奶："走快点嘛，恐怕已经开戏了！"爷爷和奶奶经过商量，背上烙好的锅盔，来到县城住最便宜的旅馆，整整看了四天四夜戏，一场也没拉。这天下午 奶奶看完戏，出了剧院门正看热闹，忽然爷爷拉了奶奶一把："快走！"奶奶不情愿地说："慌啥哩嘛，天气还早哩！"爷爷又使劲拉了奶奶一把："叫你走你就走嘛！"奶奶只得跟上爷爷离开了戏院门口。等走远了，奶奶问："到底是咋回事嘛？"爷爷说："我瞅见那个刘神经正从戏院往外走着哩，我一见那个货心里就冒火！"奶奶说："是这事，你咋不早说哩！"

一个月后，我们李家村的业余剧团在禁演古装戏十多年后又恢复了。村委会花了几千块钱，从西安买回一套戏装，购置了锣鼓胡琴，委派了团长。原先唱过老戏的人又吃香起来，爷爷被尊称为"老导演"。

整整一冬天，业余剧团天天晚上排戏，准备春节大演一场。尽管是排练，每天晚上都有人围观看新鲜。有的自愿跑腿叫人，有的架火烧水，还有的提来自家的红薯，在火堆里烤熟了拿给演员吃。这几个月里，只要谁家有红白喜事，戏班子必定去吹，拉，演，奏，唱，热闹一番。如果是婚嫁红事，就唱《穆桂英挂帅》："女将军掌帅印不让须眉，二郎滩战敌寇里外靠你……"如果是丧葬白事，就唱《祭灵》："满营中三军齐挂孝，白人白马白旗号……"这实际上也是一种"热身排演"。

这天晚上排戏回来，爷爷蹲在椅子上边吸旱烟边对奶奶说："你说可笑不可笑，那一年陈捣鬼和刘神经日鬼我坐了牢，我还做了个怪梦……"

"啥怪梦？"奶奶问。

爷爷把他梦见包公请求申冤的梦说了一遍，磕了磕烟锅，又笑着说："包公就是一个劲要听戏，不给我判案，可笑不可笑！"

奶奶也笑了："包老爷跟你一样，也是个戏迷，净耽搁正事！"

爷爷说："我耽搁啥正事了，我可从来没……"

奶奶说："没耽搁正事？糟蹋了人家几亩地，又在牢里受了一年多罪，害得家里人个个打不起精神……"

爷爷不再说啥，只是笑了笑。

转眼间就是正月初五了。戏报贴了方圆四十里，各家都通知了亲戚朋友。戏台也已布置停当，崭新的幕布十分漂亮，戏台两边请学校老师写了对联贴了上去：

八百里秦川红旗飘扬
三千万儿女怒吼秦腔

从初五晚上开始，每天戏台下面人山人海，挤来挤去。一会儿统统朝东倒，一会儿齐刷刷朝西倒。有些捣蛋小伙子故意兴风作浪，趁机往人家姑娘媳妇身上靠，还偷偷在人家身上捏一把。眼看戏唱不下去了，戏台边上就跑出来一个人，提了一

把大铜壶，里面装满凉水，专往人稠处浇。一浇，就安静一阵子。可是没多久，就又挤开了。

爷爷年过花甲，一点不服老，戴上他和陈跛子珍藏多年的大胡须，又演了一回《铡美案》《辕门斩子》10多本戏，美美过了一回瘾，高兴得像年轻了好多岁。

回到家里，奶奶故意问："你不是发誓赌咒，说你再不唱戏了吗？"

爷爷说："漆下的钩子——油（由）不得么。庄稼人，也就这点活头嘛！"

此后，家乡恢复了过去的老传统，隔三差五唱自乐班，经常能听到锣鼓胡琴响。自乐班给寂寞的乡村带来了欢乐，带来了生机。

那一年，镇上举办几十年来最大的物资交流会，领导根据群众的再三请求，请来了西安的专业秦腔剧团演戏助兴，而且有人人皆知的陕西名家女胡子生李爱琴亲自登台演出。四邻八乡的人奔走相告，像过年一样热闹。李爱琴演的角色，像杨六郎、周仁、海瑞等都是我爷爷平时最喜欢演的，因此他的兴致特别高。李爱琴女扮男角，声音洪亮，台架潇洒，曾多次出国表演。她的名字在我的家乡有口皆碑。乡亲们知道的大人物除了国家领导人，就是任哲中、肖若兰、李爱琴、刘茹慧、员宗汉等省上的秦腔名家。剧团这次来原定演五个晚上，后来又加演两场。我爷爷自然从头看到尾，一场不拉。

那天晚上，戏已演完，剧场观众也走光了。有两个老汉和三个老太婆来到后台，非要见李爱琴一面不可。领头的就是我爷爷和陈跛子。李爱琴刚卸戏装就过来了。我爷爷他们赶紧把各人手中满满的一篮鸡蛋提到她面前说："爱琴，你的戏唱得真个是太好了，叫人看不够么。我们几个人今晚上能见你一面就心满意足了。这些鸡蛋是我们各人的一点心意，你收下补补身子，千万要保重，以后常到我们这儿来……"不等老人们说完，李爱琴早已热泪盈眶，万分感动。她哽哽咽咽地说："各位大叔大婶，乡亲们爱看我的戏，就是对我最大的奖赏，这鸡蛋我不能收……"爷爷他们哪里肯依。最后，李爱琴说鸡蛋她收下，送到食堂大家吃，却又塞给每人30元钱。爷爷他们说啥也不收。推来让去的，围过来的人越来越多。在剧团其他演员的劝说下，爷爷他们还是把钱拿上了。李爱琴一直把爷爷他们送出了戏院大门。爷爷摇着手里的钱："你看你看，今黑个咋弄下这事嘛！"陈跛子也说："说是给人家送点心意，反倒叫人家花了这么多钱！"

到了80年代后期，爷爷万没想到村上的剧团越办越难了。本来跟人家有了约定去贺喜，可到时候张三去了省城贩衣服，李四去了县上倒辣椒，总是牛到马不到，锣齐鼓不齐，弄得失了约，误了事，受了气。

爷爷一气之下，干了一件石破天惊的大事，以我们家的成员为主体，成立了一个家庭业余戏班子，还起了个名字叫"秦光"剧团，意思是"秦腔之光"。乡亲们都叫"李家窝子班"。领头的是我二叔李大力，主要助手是我二婶张兰花。爷爷是名誉团长，在内线掌勺把子。

那一年我二叔和二婶由于不爱学京戏，对革委会关押我爷爷有意见，当然也为了他们的爱情而私奔他乡。当时，张兰花已经跟人家订了婚。他俩原想，只要他们跑出去几个月，生米

做成熟饭，谁也就拆不散他们了。他们逃走时，按戏上的办法，在河边故意扔了一只鞋，想吓唬一下陈捣鬼和刘神经。

他们回来后，爷爷已经坐了牢。奶奶托人说情，给张兰花原来的对象家退了500元的彩礼，又另外送了点人情，总算了结了那件事。

我们家的剧团成员还有我爹我娘、三叔三婶、四叔四婶，还有几个侄儿、侄女。他们大部分人是一专多能，有的一出戏串演几个角色，有的还会摆弄锣鼓乐器。爷爷没料到家庭剧团成立后，竟十分红火。四镇八乡约定不断，春节前后婚嫁喜庆事多，包戏还得排队。外出演戏时，一辆小四轮拖拉机拉人，一辆拉道具，轻便灵活，来去自由。晚上如果回不来，男女分开住就行了，非常方便。爷爷规定应约演戏只收一点烧油费和辛苦费，由主家给，给多少算多少，从不讨价还价。

打虎要靠亲兄弟，打仗要靠父子兵。现在村上人又加了一句：唱戏要靠窝子班！我们李家窝子班人少心齐，九牛爬坡个个出力，戏越演越好。有时候四代同台，小的可以演大的，大的可以扮小的；公公可以拜儿媳为将为帅，儿子可以将老子一刀砍了……每场演出都给观众增添好多笑料。

爷爷领导的家庭剧团，名声越来越大，喇叭上作了广播宣传，报纸上登上介绍文章，爷爷整天乐得合不上嘴。

那天，新任村长来找我爷爷，扯了一会儿闲话后，他陪着笑脸说："磨子叔，不瞒你说，我今天过来有点事，说了你可莫生气。"

爷爷抽了口烟说："你向来是个干散利索人，今天咋这么拐弯抹角的。有戏则长，无戏则短嘛。有啥事尽管说，二叔还能怪怨你！"

"是这样，"村长一笑，说，"你领导的秦光剧团深受欢迎，现在是飞机上吊灯泡，名气大咧，县上要树立你为'农村文化工作先进个人'，还要往省上报。不单要报人名，还得报材料……"

爷爷打断村长的话说："唉呀呀，八竿子搭不着嘛，咱们庄稼人不过是叼空儿吼叫几声，助助兴，解解闷儿，还算啥文化先进哩。这事就算咧，看把你难场的，我还以为啥大不了的事呢！"

村长说："磨子叔，你听我把话说完嘛。这个材料看来是非报不可的，县上专门写材料的人已经下来了，在村委会等着呢。人家上面的人能来，咱们就得应承是不是……"

爷爷想了想，说道："要是为了上面的事，那就叫来吧。"

村长又一笑，神秘地说："咱说好了，人家写材料就得找你了解情况；要找你就得上你的门，人家进你的门，你就要好好接承。"

"这还用你给我教！"爷爷瞪了眼说。

"人家还给你带来个民间艺术协会的会员登记表，待会儿我给你填上。"村长说着，掏出一张表放在桌子上。"磨子叔，你以后就是有身份的名人了。"

爷爷朝那表格看了一眼，无所谓地说："咱们庄稼人唱戏，还不是图个高兴，图个痛快，啥会员不会员的，都是闲淡事！"

"人家叫我过来先给你认个错，道个歉！"

"认啥错？道啥歉？"爷爷瞅着村长，踩不着深浅。

村长说："你听我说嘛，来的人是县上文化局的局长，就是前些年来过咱们村的那个刘干事刘文彬。"

爷爷忽地从椅子上站起来，使劲拍了一下桌子："这号人我不见！他当他的局长，我当我的农民，没啥来往！见了他，我的眼窝往外冒血哩！"

"人家刘局长说了，你大人莫记小人过，他还要当面给你认错道歉呢，请你原谅他。"村长走到爷爷跟前，恳切地说，"磨子叔，咱们下面的人也要体谅上面工作人的难处。那会儿是大势所趋，他们吃公家饭的人也不容易……"

最后，经村长再三劝解，爷爷还是答应了与刘局长见面的事。后来爷爷还请他们在家里吃了一顿饭，家庭剧团还给他们演了一场我们家男女老少都上场的保留剧《辕门斩子》。刘局长十分满意，很受感动。材料写好了，人也回去了，说是过几天还要来录像。

坐上通往镇上的公共汽车，我的心早就飞回家里去。

回到家，全家高兴得不知该怎么好。天伦之乐真是无法比拟，无法形容。我瞅空儿急不可待地问爷爷："你叫我回来，到底要办什么大事呢？我都憋了一路啦！"

爷爷笑眯眯地说："你在外面当军官，五、六年没有回来了。爷爷今年78岁，老了。七十三，八十四，阎王不叫自己去。我怕万一哪一天眼一闭，就见不上你了，爷爷想你们全家啊。另外，就是信上给你说的，还有一件大事，也叫你们回来一块热闹热闹……"

我抢着说："咱们的家庭剧团演戏，对不对？"

爷爷笑着说："对，对，可也不全对。"

"怎么不全对？"

爷爷停了停，说："你也知道，爷爷一辈子没别的喜好，就爱看戏，爱唱戏，现在有个心愿，春节期间不单咱们的剧团要演戏，还想邀请方圆四镇八村的剧团都来演一演，最后像人家电视上那样，搞个评比，也发个奖。至于钱么，我都准备好咧，总共3000元。这里面也有你们平时给的。你在外面见识广，看办这件事好不好？"

我说："好！好！这是大好事！你那些钱留着自己用，花费的钱我承担！"

"不不，用我的钱，用我的钱！"爷爷坚持说。

事情定了。从正月初五开始，在我们李家村举行秦腔大赛。一伙年轻人自告奋勇，骑了自行车，四面八方去发请柬，贴戏报，搞联络。最后，共有十五个农村业余剧团报名参加比赛。村上提前布置好戏台，清扫了戏院，组织了一套迎来送往的人马，个个忙得像赶贼哩。戏楼顶上用红布拉了一道横幅，上面贴了六个大字：民间秦腔大赛。

大赛开始后，方圆数十里地面赞为盛事。每天下午，太阳还没下山，小孩子们就抬桌子搬凳子，提前占位置。观众场场爆满。窗台上、树杈上、墙头上，早就爬满了小孩子。周围卖羊肉泡馍的，卖糖糕的，卖炒粉的……各种小吃摊一家挨一家，品种繁多，异香扑鼻。各种叫卖声高低起伏，抑扬顿挫，听来非常有趣。登台演出的剧团后来居上，一家胜一家，一心要取胜得奖。大赛刚进行了三天，就轰动了半个县。

最后一个晚上，爷爷坚持要上台再演一场《苏武牧羊》。爷爷说，年龄不饶人，演了这一次过个瘾，以后就再不上台了，只当顾问。说文明一点，这实际上是爷爷这一辈子的告别演出。

爷爷终于如愿上场了。他穿着黄色的戏装，拄着长长的拐杖，一步一颤，风雪中赶着一群羊……那些羊都是学校娃娃扮

装的，每人包了一块白布，在戏台上爬行。爷爷把苏武牧羊的情景演得十分动人，台下不时传来喝彩声。

戏中有一个动作：苏武在风雪中倒在地上，用右手撑住；然后直起身子，又倒下，再起来……爷爷表演得太像了！人堆里发出了响亮的赞叹声。可是，爷爷最后一次，也就是第三次倒下身子，用手撑住地，起了几次，身子却起不来……再使劲，还是起不来……台上台下的人心中忽然一惊……

爷爷最终猛然扑倒在戏台上，再也没有起来。

入殓的时候，奶奶给爷爷的棺材里放了三样东西：大胡子，红肚兜，小圆镜。奶奶还按家乡的习俗，给爷爷烧了好多纸钱，还烧了一个她精心糊成的戏楼和几个戏人儿。

参加爷爷丧葬仪式的人非常多。

听到秦腔大赛和我爷爷去世的消息，特意赶来的文化局刘文彬局长动情地说："给老李的挽联我来写！"刘局长态度庄重严肃，根据他的特长和家乡山水名胜编写了一副对联，贴在我家大门两侧：

种庄稼吼秦腔名驰金水三百里
上戏台抒豪情声震梁山第一家
横批是：大戏迷

赔我一条命

天高云淡，大雁南飞，已经是秋天了。

我特别喜爱在这个天高气爽的时节散步：迎着微风，悠然自得，一边漫步，一边构思创作，或者干脆胡思乱想，时常就有一大堆思绪呀、灵感呀噼里啪啦地往外冒，感觉特别好。

这天晚饭后，我正在常去的小公园里走动，突然，对面发出一声尖叫："我等你大半天了！"

我神经衰弱，最害怕惊吓，这一声大叫，吓了我一跳。我忙用手捂住心口，朝前一看，朦胧夜色下，影影绰绰的有一个女孩站在两步开外的地方，她似乎身穿一件黑色长裙，长发披肩，婷婷玉立。

见是个女孩，我就稳了稳神，问："你是谁？"

"你最好别问我是谁！"

我听她说话有点怪，身形面目又看不清，就心存疑惑："说吧，你等我大半天了，到底有什么事？"

"我的事大了！"

她的声音依然怪怪的，我强打精神，装腔作势："哎，你有话就好好说嘛，怎么这种口气呢？你到底是谁，叫什么名字？"

"我叫受、害、者！"她说话一字一板的，很有力。

"咦，你这姓名很稀少啊。我读了那么多书，从没见过你这么个姓名呀？"

"世上没有，就我一个！"

"那好，你说说，你是干什么的？"

"我原来是大学中文系三年级的女学生，现在被你害死了！不过，我还没进地狱呢！"

"女同学，人命关天，你可不敢乱说啊！"我心里不由得有点发毛，急忙四下看了一眼，"我凑合算是个文化人，年逾不惑，身单力薄，戴着眼镜，胆子特小，你可别吓唬我。"

女孩子突然抽泣着说："我不是吓唬你，这是真的！"

我急了："你说是真的？这不可能！我不认识你，从来没见过你，怎么能说我害死你了呢？"

女学生提高了声音："你先说你是不是叫李不闲？"

"是呀，我是叫李不闲。"

"你是不是作家？"

"咋说呢，反正几十年了，我倒是写过不少诗歌、散文、评论，还帮老干部写过革命回忆录，还替文工团写过快板，不知道这算不算作家？"

"你是不是写了一本小说，叫《爱就爱到死》？"

"对呀，是写过这么一本书，我整整写了10多年，可那只是个书稿呀，出版社给不给出还不一定呢！"

"你骗人！"

"我、我、我骗人？我从来没骗过人的，我多次被单位评为先进工作者、模范党员、学雷锋标兵，怎么会骗人呢？再说，即使我骗人，也不能骗你们这些年轻轻的女大学生呀，我儿子也上大学呢！"

女学生有点发火了："你还说你不骗人，那我问你，这是什么？"她说着从背后刷地一下拿出一本书来，伸到我面前。我一看，那书名果然是《爱就爱到死》，作者的名字果然是李不闲。我一下子懵了：我的书真的出版了？出版社怎么不告诉我一声呢？四年了，书稿已经在出版社整整躺了四年了呀。这的确是我的书，我忽然万分激动，心潮澎湃，汹涌不止。

"你说，这到底是不是你写的书？"我正在激动，那女孩再次严厉地问。

我心中不知她的来意，不明她的底细，就搪塞道："大概……好像……就算是我的书吧……"

眨眼间，她忽然消失了。

再一眨眼，她又站在那里。

正在我发愣时，她突然万分悲痛地哭诉道："你呀你，你可把我害惨了，你赔我，你赔我一条命！"

她哭着朝我扑过来。我一边抓住她的手一边思考对策往后退，压低声音说："姑娘，你千万小声点，一条人命哪，这可不是闹着玩的。"

"我不是跟你闹着玩！"她猛然甩掉我的手，大声说，"你根本不是人类灵魂工程师，你是彻头彻尾的杀人犯！"

我靠近她，想拉她到树丛中去，免得别人听见。可是她很快后退了，面目依然看不太清。我极力想看清她，但不管我怎么努力都无济于事。记得她刚才穿的是黑色的连衣裙，怎么转眼间她身上穿的却是白色的连衣裙呢？难道是我记错了？今天这是怎么了？我又往前走了两步，还是看不清她，我心里越发疑惑了，心也乱跳起来："你、你到底是、是、是人还是鬼？"

对方的声音奇怪而低沉有力，摄人魂魄："我是人，又是鬼；

我是鬼，又是人；我既是人，又是魂灵；我既是我，又不是我；我不是我，又是我，你看着办吧！"

我急忙说："我有心脏病，你别再这么说话好不好。"

过了一会儿，那女同学又抽抽咽咽地说："我读过三毛，读过琼瑶，读过亦舒，都没有读你这本书这么惨，你把我害苦了，都是你，都是你，你、你、你把我害死了……"

我心里又害怕又疑虑："你说你已经死了？我就说嘛，我怎么老是看不清你呢。"

"是的，我已经死了，是你和你的书把我害死了！"

"啊，那你说，我怎么害死了你，我为什么要害死你？这可是个大原则问题，你一定要说清楚。"

她抽泣着说："我曾与一个男同学相好过，可我远远没有你书中那个叫丹丹的女孩幸福。她多美好啊，她多幸运啊，她深深地爱着对方，对方也深深地爱着她，他们完全有可能像你的书名那样爱就爱到死的……可是我，我们分手了，不可能再和好，我彻底地绝望了，我得不到丹丹那样美丽的爱，我、我只有……所以，我就……"

"真有这回事？你不是瞎编吧？"我下意识地说了一句，心里想：我真的有那么荣幸吗？我的书真的有那么迷人吗？世界上哪怕只有一个读者能这么爱我写的书，我也知足了，那我十来年吃的苦也值啊！这太旷古绝今了，看来真应该授予这位女同学诺贝尔文学读者奖！

人往往一得意就忘形，可能是我脸上的笑意情不自禁地太明显了，那女学生突然大怒道："你还笑！"她上前拉住我的手，"我问你，你为什么要写这样的书，赚女孩子的眼泪，害女孩子的性命？"

我害怕地往后退缩着，急忙辩解："我、我、我不是故意的……"

"你说，要不是你的书，我怎么会死？我跟你没完！走，你跟我去法院，我恨死你，我要你赔我一条命！"

我灵机一动，情急智生，诚心诚意地对她说："女同学，你不应该恨我，你应该感谢我！"

"什么？你有没有搞错呀，我还应该感谢你？"

"是啊，你是应该感谢我，因为你独一无二，你是幸福的，我非常非常的羡慕你！"

女孩瞪大了眼睛："我是幸福的？你还羡慕我？"

"是的，你听着。我虽然年龄比你大好多，但也和你一样，小时候也很爱读书，而且绝不比你差，好多书都叫我如痴如醉。父母叫我锄地，我锄掉了庄稼留下了杂草；叫我烧火，我烧干了锅烧煳了饭；叫我给弟弟去买药，我买来了一本书……父母为此可没少骂我。不过那时候语文老师倒很喜欢我，他给我的作文打过 99 分。老师看我很苦恼，问明缘由，就到我们家对我父母说了很多好话。从此，他们再也没有骂过我。我就更爱读书了，可我读来读去，至今没有读到一本美妙得能让我自己去死的书啊。你多幸福呀，那是一种什么境界啊，那么美好的书独独让你碰上了，我简直太嫉妒你了，我太羡慕你了！"

大学生毕竟是大学生，她马上说："你的意思是不是说你写出了能害死人的书，应该给你发个文学奖？"

我赶紧说："不不不，我可不是那个意思。我是说，你的确很幸福，我真的很羡慕你。我愿意用我所有珍藏的书去换你读那本书时的美好感受，你同意吗？"

"我？我当然不同意！"她的声音很小，像蚊子叫。

"这不就对了嘛！"

"不！"女学生突然提高声音，"你别走，我几乎差一点被你说服了。"她竟然冷笑两声，一字一板地说："你啊你，好你个李不闲，你真不愧是个编故事的作家啊，真是活人能让你说死，死人能让你说活。但今天不管你说得多么天花乱坠，我还是要告你，我要你赔我一条命……"

那女学生力气真不小，拉着我跌跌撞撞来到了法院门口。法院的门又高又宽，两个门环像脸盆那么大，门上钉了好多排大钉子，有点像北京故宫的大门。我们来到了法庭上，法官端坐堂上，黑衣黑帽，好像还穿着黑裙子或者是黑袍子什么的，一个个脸色铁青，怒发冲冠，大檐帽竟像雨伞一样大，特别怕人。我心里胆怯地回头一看，旁听席上坐的竟都是作家协会的会员。那些人大部分我都认识，我赶忙低下头，脸发烧，心发急。刚才回头的瞬间，我觉得还有一个什么人也坐在下面。我再次回头看了一下，不好，果然是他，我们处长。作协会员在倒关系不大，顶多是丢个脸。我们处长在就坏了，那是要丢饭碗的。尽管我是业余文学爱好者，处长也多次对我旁敲侧击，说我不务正业，不热爱本职工作，最近机关正搞竞聘上岗，弄不好处长会让我下岗的。

我忽然问自己，我真的写过那本叫做什么《爱就爱到死》的小说吗？我实在搞不大清了。现在是在法庭上，法官等会儿就要宣判定罪了，这可不是闹着玩的。事不宜迟，怎么办？我忽然一想，对呀，赶快先给出版社文艺部的贾主任打个电话呀，我那本书究竟出版了没有？先把这个最最最根本的问题搞清楚再说。

我竟然忘了在什么地方，转身就走。

法官问："犯罪嫌疑人李不闲，你要干什么？想跑？没门！"

我说："大半天了，我想去方便一下。"

法官口中带火说："这里是法庭，不是你家里。你藐视大法官，大胆！"

我想，即便是文化人，即便是在法庭上，该硬的时候还得硬："可我真的不行了，如果叫我在这里出了问题，那既不人道，对法庭环境也不卫生呀。"

没想到法官眨眨眼睛说："这么说嘛，好像还有点道理。那好，我们就给你点人道，去吧，快去快回。"世上好多事情就是这样，你软他就硬，你硬他就软。

我急忙趁机跑到外面，用刚买的很漂亮的手机打电话。我先拨他办公室电话1234567，没人接；又拨他的手机号1397654321……还好，通了，接电话的正是贾主任。

我说了本意，没料到他竟然说："时间太长了，那本书出没出，我也记不大清了。"

啊，怎么会是这样？你这狗屁主任也太不像话了。大锅饭真好吃啊，人家书商十多天就出一本书，我的书稿送到你们那里四年多了，你们就这样对待作家和作家的劳动成果？好半天我才放下听筒，心里很生气。

没办法，我只好快步回到法庭上。

不知为什么，法官看着我诡秘地笑了。

这时候我真有点害怕，有心承认女学生拿的是我的书，那就要承担法律责任啦，人家一个如花似玉的中文系女大学生，硬是让你的书给活活的害死了，这还了得！自古以来借债还钱，杀人偿命，这是起码的道理。再说，法网恢恢，疏而不漏，你一个小小的业余文学爱好者岂能逃脱？即便算你个过失杀人或

者间接杀人，那也够你喝一壶的！要不，那就案板上的鲤鱼，干脆给它来个大瞪眼，死不认账？可是，要是我的书稿万一真的已经出版了，你不承认，岂不是自欺欺人？

我开始恨死自己了：你什么不能干，干嘛非要当那个狗屁业余作家呀？你当业余作家什么作品不能写，干嘛非要写那种害得人家女大学生寻死的爱情小说呢？

还是老婆骂得对："你写，你写，你就是写上一辈子，能写成个百万富翁？"

她还有更恶毒的话呢："你什么都不干，也比你干这个强，至少不惹我烦！"唉，要是早听她的话，她也不至于动不动就要和我拜拜呢，我也不至于落得今天这样的下场啊。再说，数十年来废寝忘食，点灯熬油，费笔买纸，吃尽苦头不说，到头来还惹上一场官司，这到底是图啥呢！

想到这里，我突然心中一惊：老婆不知说了多少次要和我离婚，要分居，她到底搬走了没有？我是不是需要赶紧回去看看？她要是还没搬走的话，叫她来看看女同学手上的这本书，也许她心里的气也就消了，看到成果、看到光明了嘛。

我的心里乱极了。忽然，我心头一亮，急忙过去对那女学生说："我刚才给出版社打了电话，我那本书出没出还没搞清呢，你大概拿的是一本盗版书吧，那是别人偷印的。"

女同学立刻反驳："即便是别人盗印的，书总归是你写的吧？难道这李不闲不是你？"

我说："那也可能是同名同姓呀。"

女学生提高了声音："这儿，那你看看这儿——"她翻了一下书，用手指着扉页说，"你能说这照片不是你？"

我小声说："那会不会是那些可恶的书商克隆的另一个我，

那不是真正的我、原始的我。"这么一说，我自个也明白了，回头就对法官说："尊敬的大法官，我要告这个女学生，她陷害我。"

法官问："你们到底谁告谁呀？"

我说："原来是她告我，现在是我告她！你们不是经常宣传，法律面前人人平等吗？"

法官问："你为什么告她呀？"

我回道："她说是我的书害死了她，可她当做证据的那本书是盗版书。"

法官又飞快地眨了眨眼睛说："你说她拿的是盗版书？"

我想，不能中了法官的圈套，就说："是啊，我想，她拿的可、可、可能是盗版书。"

法官从袖筒里嗖地抽出一本书来，慢慢地摇晃着说："我这里也有一本书，书名叫《爱就爱到死》，作者是李不闲，从书内的照片核对，正是你。难道说，我这本书也是盗版书喽？明白吗，大作家，这叫铁证如山，来，你过来亲眼看看！"

我战战兢兢地走过去一看，名字是我，照片也是我。我心跳加快，满头大汗，不知如何是好。这、这到底是怎么回事呀？我的书到底出没出呀？

我对法官说："尊敬的大法官，要不，我看就算了，我不告她了。到底谁告谁，我们再商量商量？"

"什么？你们还要商量商量，这是商量的事吗？你竟敢拿无比神圣的法律当儿戏！简直是胆大包天！"

这时候，女学生突然大哭大叫起来："你呀你，好你个李不闲，我原来是那么崇拜你，盼望见到你，还想让你给我买的书签名呢，想不到你竟是这样的人，要知道，你这么做，让我

太失望了，只能让我更恨你！"

看着她那悲伤欲绝的样子，我心里也不是滋味，文化人心都软，就急忙安慰她："女同学，你千万别生气，我一定再写一本让你更满意的书，写好后就把名签上，先让你一个人看！"

"啊，你还想再害我一次啊！"

忽然，法官像古董拍卖师一样，高高地举起一个大木槌，"啪！"使劲敲了一下。这一声巨响叫人胆战心惊。女学生吓了一跳，害怕地说："大法官，你别生气，都是我给你惹的麻烦，干脆，我也不告他了。"

"咦——"大法官的眼镜差点儿掉下来，"不是你要告的吗，怎么又变卦了？"

女学生小声说："反正告不告都差不多，再说作家也怪可怜的，我看了人家辛辛苦苦写的书，再跑来告人家，好像不太人道吧。"

大法官大概觉得自己受了戏弄，不由得发火了："不行，这儿是法庭，不是瓜果蔬菜自由市场，你以为想来就来，想走就走啊？既然来到了这里，就由不得你们了！现在，我正式宣判——"

我心里极其害怕，就哀求说："尊敬的、可爱的、威严的大法官，你等等，让我再好好想一想。"我心里乱七八糟的，今天这事到底是咋弄的？我的书到底出没出呀？莫不是我爬格子爬傻了，把梦想的事当成了真实的？或者是把真事当成了梦想的？还是二者都有？

我的头脑直发胀……

爷　爷

　　我的老家在黄土高原的一个山坡上。爷爷一生不识一个字，唯一的喜好是吸自己种的旱烟叶。忙时，烟杆别在腰带上；闲时，烟杆含在嘴里。爷爷一辈子在黄土地上辛勤劳动，早睡早起，身体健康。据他说，他一生没有去过一次医院，没吃过一片西药。在我的记忆中，爷爷从没有生过什么病。顶多是感冒受了凉，晚上喝一碗熬好的生姜茶，加条被子睡一觉发发汗，第二天就没事了。

　　爷爷是从来不睡午觉的，冬天坐在南墙下，夏天坐在树荫下，歇一会儿，抽两袋烟，就又去干活了。生产队到了夏收、秋收时节，麦场上要有人看收回来的庄稼，那些活基本上都让爷爷承包了，而且不要工分。他说，闲着也是闲着嘛，正好给队上省个劳力。

　　那一年除夕下午，我领上3个弟弟，跑到爷爷屋里，一进门就跪在地上，大声说："爷爷，过年了，我们给你磕头！"

　　爷爷笑呵呵地说："快起来，快起来，看弄脏了衣服！"

　　我们爬起来要出门去玩，爷爷叫道："哎，等一等，爷爷给你们发压岁钱！"

　　我们就站住了，眼瞪得圆圆的，等着爷爷给我们发钱。

　　爷爷磕了磕手中的旱烟锅，起身走到屋角，在一个小墙洞

里摸索着。摸了一会儿，他的手抓着一把东西出来了，一看，禁不住大笑起来。他一边笑一边擦着眼睛上的泪花说："啊，钱没有了，都叫老鼠咬碎了，咬成渣渣了……明年，明年爷爷给你们藏好，不让老鼠知道……"其实，爷爷总共不过有块儿八角零钱罢了。爷爷简单得连个小木箱也没有，他藏钱的墙洞正好可以给老鼠做个窝。

爷爷平时是不花钱的，平日里也不愿意留钱。父亲给他零用钱的时候，他不要，总是说："有吃的，有穿的，有烟叶，要钱干啥？"我记得爷爷给我们发压岁钱，一次一人一毛。在那些没有发钱的除夕里，看着爷爷慈祥的面容，我心里比发了压岁钱还高兴。

那一年深秋，树叶发黄，天气渐渐凉了。那天早上，太阳已经一竿子高了，从来不睡懒觉的爷爷还没有起来。母亲叫我去叫爷爷吃早饭，父亲拦住说："别叫，再等等，叫爷爷多睡一会儿。"过了一袋烟的工夫，爷爷还没有起来，母亲就又让我去叫。我立即去了，可我再也没有叫醒爷爷。

爷爷就这样去世了。

他活了 94 岁。

（原载《银川晚报》）

想对父亲说句话

上世纪六十年代，我十来岁，家乡黄土高坡上十年九旱，家家穷得叮当响。不过，旱地方也有好处，种的瓜特别甜、特别香。那一天，生产队长派我父亲去卖瓜，我跟上父亲到瓜园里把小香瓜装上，总共140多斤，然后不敢消停，拉上车子就往镇上赶。集市上人很多，太阳热辣辣的，我身上不住地淌汗，口干舌燥，十分难受。父亲提着那个用农药瓶子代替的水壶，里边的水没多久就喝光了。

我眼巴巴地瞅着满车的瓜，那股香味直往鼻孔钻，惹得我不停地咽口水，嗓子眼像钻了个毛毛虫。我早就盯准了车上那个最小的、像拳头大的、肯定没人愿意买的小香瓜，几次想向父亲提出吃了它，可是看着父亲那木然的脸，我没敢开口。

父亲非常焦急，因为瓜卖不完，那天的工分就记不上，可是瓜卖得非常慢，问的人不少，掏钱的不多。我望着一个个来到车前的人，心里紧张地盼望着他们能多买我们的瓜。

看着那些买主，我心里对他们比县长还敬重。但到头来总是失望比希望多，那一次一次对我内心的打击真是太惨了。我甚至想，以后谁干了坏事，别打骂他，只罚他来卖瓜就行了。

天依然很热，买瓜的人依然很少。

我们一分钟一分钟地等待着、煎熬着。

忽然有几个穿戴整齐的人来到车子前，买了五六个瓜，蹲在路边吃起来。父亲有事走开了，叫我不要乱跑。

那会儿，我真没出息，看着那几个人吃瓜的痛快样儿，嘴里的涎水咽得更勤了。终于，一个人大概发现了我的可怜相，将剩下的手心大的一块瓜送给我："给你，拿上吃！"

我慌忙接过来，小心翼翼地咬了一口……

父亲回来了。他看见我手里拿着瓜，脸色立刻变得铁青，紧走两步，伸手在我后脑勺上扇了一巴掌："谁叫你偷吃瓜，嗯？给你说了多少次，这是队上的瓜……"

我一下哇地哭了，手里没舍得吃的瓜也掉在了地上。我一边哭一边说："不是我偷吃瓜，是刚才那些人给我的！"

父亲呆住了，忙用手给我擦眼泪。

在村上的学校里，我一直是好学生，给父亲争过很多光。

在我的记忆里，父亲这是第一次打我。

随后，他弯腰把我刚才掉在地上的瓜捡起来擦了擦，主动递给我："来，是爹不对，快把瓜吃了。"

我说："不吃！"

父亲大概是豁出去了，转过身在车子里寻找着，拿起我早就盯准了的那个最小最小的小香瓜，递到我跟前："来，那就吃这个。"

我止住了哭声，不管父亲怎么说，到底没吃那个与我挺有缘的小香瓜。为此，后来父亲多次提起过，为了吃瓜他曾打过我一次，不无懊悔之情。

其实那会儿，我不再是赌气，也不是生父亲的气，而是真的不想吃那个瓜了，因为我也知道，那确实是生产队的瓜，不能随便乱吃的，更何况我毕竟已吃了一点香瓜了。

父亲当时一定是误解了我的心意，以为我不吃那个小香瓜是生他的气。多年来，我一直想对父亲说明那是一场误会。可是直到父亲去世，一直没机会说过。多年来，我心里常常记起这件事，特别是到了吃瓜的季节，总是搁不下。

(原载《银川晚报》)

明亮的玻璃

由于一场意外的事故，我从脚手架上摔下来，下肢永远瘫痪了，我只好整天生活在我们这栋楼房的二楼上。

高高的脚手架从此成了童话中的幻影，母亲的笑脸后面隐藏着无限的忧伤，女朋友在信封里装来一个二指宽的纸条，宣告："让我们永远做个好朋友吧！"

我的心灵在悄悄地呼唤着死……

我们家楼房的南面是一条小路，小路那面是一排普通的平房。我现在唯一能做的，就是常常自觉不自觉地坐着轮椅来到阳台上，毫无意识地随便观望那排平房和平房后面的原野。

记不得是哪一天，我忽然发现对面一间平房里，有一个70来岁的老太婆在擦拭窗户上的玻璃。

她擦得那样认真，那样仔细。

在那一排平房里，她们家那个窗户上的玻璃格外明亮。

第二天，我以一种不可名状的心理，又来到阳台上。果然，她又在那里擦玻璃。同样是那么认真，那么仔细。

以后，她每天大约从9点钟开始，擦到10点钟，天天如此。

真是鬼差神使，我以后也每天从9点钟开始，推着轮椅，来到阳台上，看她一下一下地擦玻璃。我们都很准时，像约好的一样。我们似乎都在默默地坚持着。每当我看到那个明亮的玻璃窗户，心里就感到非常舒服，好像有一缕温暖的阳光从那个窗户上一直照到我的心里。真怪！

记不清从哪一天开始，我练起了哑铃。当那位老太婆开始擦第一下玻璃的时候，我也开始举第一下哑铃。同样记不清从哪一天开始，我忘记了自卑，忘记了烦恼，只是等待着那个擦玻璃的陌生的老太婆的出现。

从此，每当我举起哑铃，也举起了我的信心，举起了我生命中的太阳，身体也渐渐地壮实起来。

这天早上9点钟，我又准时来到阳台上，望着小路那面的窗子，准备开始我们的"第一下"。可是，她没有出现，当然也没有擦玻璃。奇怪，几十天了，她很少间断过呀，到底发生了什么事？

我久久地等待着，观望着……我的眼睛里悄悄地涌出了泪花。这天，我也没有练哑铃。

母亲看见我的神情，吃了一惊："小明，你怎么啦？"

我没有说话。

"你到底怎么啦？不舒服？"

我喃喃道："她今天没有擦玻璃。"

母亲惊异："你说些什么呀？什么擦玻璃不擦玻璃的？"

我用乞求的目光望着母亲："你帮我下楼吧，我要到平房那边去看看！"

"那儿有啥看的！"

在母亲和邻居的帮助下，我推着轮椅下了楼，来到那排平房前。我的担心成了现实：她昨天擦完玻璃下椅子的时候摔了一跤，晚上就去世了……

我真后悔！我为什么没有早点见上她一面啊！

一棵石榴树

秦川骊山脚下，是石榴的故乡，也是我的故乡。

父亲是培育石榴的能手。

那一年父亲的一个朋友从城里来我们家小住，临走时，他望着父亲培育的小石榴树说："这些小树苗将来都能长大开花结果吗？"

"能呀，这是专门培育出来的优良品种啊。"父亲笑笑地说，脸上有一种掩饰不住的欢快。

接着，父亲的那个朋友提出，要父亲为他选一株最好的小树苗，他要带回城里养在花盆中，让它开花结果，当做雅景终日相伴呢。父亲略一思索，给他刨了一株，包好根带走了。吃饭时，父亲脸上郁郁的有些不快，我便问："你怎么不高兴呢，是舍不得那棵树苗吗？"

"怎么会舍不得一棵小树苗呢，我是担心那棵树苗从此就结不出正果了。它作为礼品送给人，得到爱惜，原是好事，却实在是把它给毁了。"

我听了父亲的话，心里也就疙疙瘩瘩的不大舒坦。但毕竟是桩小事，不久，我便忘却了。我想父亲也是。

过了两年，父亲的那位朋友又来探望父亲，他照例去榴园溜达。他见了园里那些石榴树，大叫起来："哟，你这些树苗咋长得这么欢实呢？唉，我的那棵……看来还是要行家经管呢。"

父亲听了，只是笑了笑。不几天他托人将那盆石榴树带来了，又附了一封信，说是他可惜石榴树这么养着，终会被他那个外行给误了，不但结不出果，怕是连一朵花也开不了呢，还是送回来由父亲管上吧，等开花结果时再来取。

我一看那棵小石榴树，果然和前年无甚两样，而它的伙伴们早就窜上去老高了。

想不到父亲并不把它放到正经榴园里去，很随便地置于路旁，任其自生自长。我不解，又可怜小石榴树那矮小的萎弱的模样，就问："爸，你为啥把它不放到榴园里，让它赶快长，好赶上它的伙伴们呢？"

父亲看了小树一眼，摇了摇头，浅浅地一笑，说："傻孩子，它永远也赶不上它的伙伴们了。"

"那为什么呢？那位叔叔不会管，现在你管它，还赶不上吗？"

"我管也赶不上的。"

我再问："它的伙伴们先长大，它随后再长大不行吗？就好像我们小朋友赛跑，第一名能跑到头，最后一名也能跑到头，只不过迟一点呀！"

父亲哈哈一笑："不行啊，树苗的成长和你们小朋友赛跑不是一回事，再说，小石榴树嘛，它是在最不应该耽误的时候给耽误了。"

"它怎么给耽误了呢？"我瞪大了眼睛问。

"啊，你真是个斗大的线团，缠起来就没个完啦。"父亲拍了一下我的头，"它呀，它不应该离开它原先扎根的土地，

让人作为盆景供奉在案几上呀。"停了一会儿，父亲又说："孩子，你以后要永远记住这个道理啊。"

我听了父亲的话，想了好久，也不能完全理解。现在过去十多年，我才有点明白了。

（原载《银川晚报》）

山沟里的穆斯林

三十出头的马玉兰戴着白帽，正和儿子收拾院子，忽然大门吱咛一响，进来个人。她忙放下手里的活儿招呼道："哟，是村长，今天咋有工夫上我们家？你可成稀客咧！"

村长说："你这刀子嘴呀，紧邻对门的还啥稀客稠客哩！"

马玉兰递过小木凳："村长，你坐！"她说完，回屋端来了盘清真月饼："银川捎来的，你尝尝！"

村长吃了一口，叫着她的经名说："咱们买燕阔气了，拿月饼待承人哩！"

马玉兰神秘地一笑："过两天再来，兴许还有好吃的哩。"

村长说："好，有啥好吃的别忘了给二叔留着点！"

马玉兰心直口快地问："村长今天来是有啥事吧？"

村长说："这年月人人忙得像鬼推磨，谁有闲工夫乱转，二叔还真有点事哩。"

"只要我能办的，没麻搭！"马玉兰说着，朝天上望了一下。

"是这样，村上来了工作组，都是银川大地方的人，村上给这些人吃派饭，明天轮到你家咧。"

"这事……"马玉兰的干脆劲没有了，"村长，这事，这事能不能往后推几天？"她说完又朝天上看了一眼。

村长心里不高兴了：过去给工作组派饭，你推三他推四，

绿地文学丛书

叫人腿跑断，鞋跑烂，好话说上一大车，还是没人应承。那时候推脱有情可原，咱山区这老鼠不拉屎的穷窝窝子么，谁家能给城里来的工作人端出一桌可口的饭菜呢？可现在哪个回回家日子没变样？就说你买燕吧，男人两年前就跟上乡里的伊斯兰建筑队出了国，在"伯们爷们"那地方挣大票子。前几天，我还见乡上的"电驴子"送来个 1000 元的汇票呢，管几顿饭还要推来推去的，人真是越有钱越狠抠哩——咦，怪事！她咋又往天上望哩，天上有西洋景么？他奇怪地也往天上一看，啥啥也没嘛。

他问马玉兰"咋哩？管不起？"

"管不起？"马玉兰从空中收回目光，亮亮地一笑，"村长莫笑话人，几顿饭还能管不起！我叫往后推几天，是——"

"妈，快看，飞机过来啦！"儿子忽然大声叫起来。她赶紧朝天空望去，果然有一架飞机在天上正飞哩。村长也看了一眼，心想，这有啥稀奇的，咱这达哪一天不过几架飞机？他疑惑地问："买燕，你们这是……"不等他说完，马玉兰就兴奋地说："他爸来电话说，他们今天就要从'伯们爷们'那达坐飞机回国哩！"

"啥'伯们爷们'，是阿拉伯也门，说了多少次还没记住！"儿子立即纠正妈妈的话。

村长用手拍着脑门，笑呵呵地说；"噢，看我这脑筋，跟榆木疙瘩一样，弄了半天……明白咧，明白咧！"

村长说着朝门外走去，再没提派饭的事。

（原载《宁夏日报》，获宁夏作协小说征文二等奖）

明月似镜

月光如银，柳丝依依。

月琴与永才漫步而行，谁也不好意思开口。饭前，小侄女兰兰带回来个纸条，他约她晚上在村外会面。这会儿月琴不住地看他，心里甜甜的。他高高的个子，大大的眼睛，咋看咋顺眼。永才呢，心里也痒痒得像鸡毛在拂哩。本来见了她先说啥后说啥，他早就查了书本做了准备，谁知这会儿老虎驾辕牛拉梢，全乱套了。

他觉得自己是男子汉，应该带头打破沉默，就说："你怎么不说话呀？"

"我不知道该说啥。"她声音小得像蚊子叫。

"你可以问我嘛，你问啥我就答啥，比如我们家的经济状况，今年的收入呀……"

月琴还是没说话。

别看月琴少言寡语，说话像用酒盅子量哩，可心里亮着呢：那还用问吗，全村5家万元户，数你们家最硬气；还有彩电、手扶、轻骑，这些我都清楚……

忽然永才脑子一亮，想起原来准备好的一句话，赶紧说："月琴，以后你就是电视台，我是电视机，我只有一个频道，专收你的节目！"

"你说些啥麻，我听不懂！"

"那好咱们不说这个了。哎，你喜欢听音乐不？江玲玲的'男朋友'听过吗？"

"没有。"

"唉呀，太好听了……"

月琴忽然收住脚："你听，那边什么声音？"

"哪边？没有啥声音呀？"永才一直想着自己的心事。

"呀，不好，像是前边水渠决口了！"月琴立刻惊慌起来。

永才随口说："管它呢，那边又没有你们家的地。哎，江玲玲那首歌最适合你们女……"

月琴打断他的话："不管谁家的地，冲毁了该咋办呀，咱们看看去！"刚走了两步，永才像被蝎子蜇了似地喊起来："坏了，我们家的荞麦地就在那边呀！我咋昏了头呀我，快跑！"说完，他以百米冲刺的速度向前冲去。

月琴在后面边跑边喊："等一等，等等我！"

等月琴跑到跟前，那里已经围了好多人，流水声、叫喊声响成一片。永才对月琴轻松地说："嗨，老汉叫门哩——没事，是这边渠决口了，我们家的地正好在那边……"

"快下去堵口子呀！"

永才说："不，等等，我们家的地在……"永才一把没拉住，月琴跳了下去。

折腾到半夜，决口堵住了。月琴成了个泥人，连累带凉病倒了。

她叫兰兰给永才捎了个纸条，永才见了非常高兴，可是打开一看，他傻了眼——上面没有一个字。

（获《银川晚报》小说征文二等奖）

心灵的乐园

——后　记

世界上有各种各样的路，唯文学这条路最为神秘莫测：它是那样宽阔，宽阔到无论什么人，不需办任何手续，也不用打什么招呼，就可以踏上来；它又是那样狭窄，狭窄到常常使人感到无路可走，或者因疲倦而叹息，或者因拥挤而旁观，以至于在这条路上留下身影的人太多太多了。这是一条既可赞颂又可诅咒的路，是一条充满痛苦与欢乐、充满绝望与希冀、充满成功与失败的路。阴差阳错，鬼迷心窍，我也挤在这条羊肠小道上凑热闹。

一个寓言：有一双美妙绝伦的红舞鞋，非常招人喜爱。你只要见到它，就会迷上它；你只要迷上它，就想穿上它；你只要穿上它，就会永远不停地跳啊跳，舞啊舞，至死方休……我不知天高地厚，不知世事艰难，也轻率的给自己套上了文学这双红魔鞋。

其实，我是因走投无路才踏到这条路上的。"文革"开始时，我刚上初中。本来学生以学为主，但由于大家都知道的原因，我们无法再学下去。回到农村后，又不甘寂寞，就开始自学音

乐，所谓的音乐不过是吹笛子、拉胡琴，再加上吼两句秦腔罢了；自学美术，所谓的美术不过是用粉笔涂涂黑板报的报头之类的玩意儿罢了等等。似乎文学这一行更便于自学吧，我的手就不知不觉地伸向了那双充满魔力的红舞鞋。先是搜读各种能借到手的书籍，继则记录农民们粗野而又不乏妙趣的乡谚俗语。后来再偷偷地学着写稿，其内容大多是农村的好人好事。我的作品最先是发表在家乡的喇叭上和黑板报上的。

自从套上这双鞋，踏上这条路，我虽然也有过欢乐，但更多的是有过苦辛，有过徘徊，有过自卑，有过后悔，也有过无奈——套上了这双魔鞋，早就身不由己了。

小时候记录了一首农村歌谣：今天碰钉子，明天碰钉子；钉子碰了三百三，脑袋碰成个铁蛋蛋。我的脑袋已经成为名副其实的文坛上的铁蛋蛋了。不过，那一张张退稿笺、一摞摞废稿纸，碰得我总算有点懂事了：如果你想做官，想致富，想出名，那就不要往这条路上靠；如果你想轻松，想舒服，想享受，也不要往这条路上迈。敦煌石窟堪称艺术的宝殿，它的作者当初大概并不曾想到他们的作品会获得如此享誉全球的殊荣吧。《红楼梦》可谓文学的一座高峰，曹雪芹十年辛酸泪，好像不曾拿到多少稿酬，也不曾得到什么奖吧！

是的，真正的作家写作不纯粹为了拿稿酬，不为出集子，不为争地位，不为坐美车，不为住洋房，也就不必为此去拉关系，找门子；更不必为此去点头哈腰，白费心思。精神上超脱，心地里干净，一切为了神圣的艺术，为了高尚的追求，就什么也不必多虑了，只是想做个追寻梦想的人，如此而已！一个没有梦想的人，也许太可怜了。

有了这种心态，文学艺术对我来说，就成为自我修建的一个小花园，有了闲情雅致，就不动声色地来到这里，赏赏花，锄锄草，浇浇水……不要让它变成一片荒漠，有时还要撒上一些美好的种子，让这里成为四季常青的绿洲，永远百花齐放！

这里同时也是我心灵的一个乐园：每当面对文学的时候，心灵在这里自由舒展，思维在这里随意神游，就像漫步在一个没有游人的公园，引领精神散步，径直抵达心灵的美妙殿堂，接受神圣艺术的熏陶，享受内心精神的抚慰，心中无比悠然，无比陶醉。

在这里我思接千载，化育万形，脑海中常常就噼里啪啦地蹦出一大堆五彩缤纷的灵感火花，只要很快把它们整理出来，往往就是一篇有趣的小文章。于是，这一天就过得格外得意，特别愉快。

多年来，在自己培育的这个小花园里，也长出了一些小花小草，尽管它们还远不够美丽漂亮，但毕竟是自己的耕耘成果——这就是今天出现在读者眼前的这本小册子。这是自己多年来中短篇小说作品的选集，包括军旅题材和地方题材两大部分，是从各个阶段作品中选出来的，由于时间跨度比较大，有的内容今天看来也许不合分寸，但为了一段历史情结，也没作什么改动，保留了其本来面目。

真诚地欢迎大家来到这个小花园里自由漫步，畅然呼吸，修枝剪叶！

李德明于静虚阁

2013 年 5 月 1 日